那种黑，是光芒本身

王自亮——著

中国出版集团
東方出版中心

任何一个人，当你活着的时候应付不了生活，那么就用一只手拨开笼罩着你命运的绝望，同时，用另一只手草草记下你在废墟中看到的一切。因为，你与别人看到的不同，而且更多。总之，在你的有生之年，你已经死了，但你却是真正的获救者。

——卡夫卡

作者与著名诗人、作家余光中(左)在一起

目 录

卷一 春之祭

卷二 酒吧长谈

卷三 大雨将至

卷四　大马士革

卷五　另一些声音

卷一　春之祭

下井记

“煤矿”一词，在我的意识深处埋藏了多少年，它所表达的是沉默、封闭和严酷的生存境况，一个朦胧的死亡影子，一副转世的精神骨架，一团由于巨木和野草朽腐酿就的地火。

通过小说、戏剧和电影，借助于某种奇特的想象力，煤矿笼统地保存在我的脑海里。“矿井”、“底层”与“令人扼腕的事件”，并置于图像或文字博物馆，让人徒生哀叹。从作家们对矿区令人心碎又合理想象的描绘，到“莺歌燕舞”年代有关“夺煤大会战”虚虚实实的报道，尽管手法大相径庭，但共同点是刻意渲染煤矿工人辛酸生活之上的欢快表面。

随长广煤矿的7矿矿长和技术员下井时，它—— 一个并非虚拟的煤矿——经过长期的沉默之后，突然向我敞开，在头脑中注入一道令人眩目的强光，带来一次与登上月球表面相差无几的感觉，看到了一个陌生而酷烈的奇境，一个几乎被完全遗忘的角落，体验了与日常迥异的另一种情景——短短几个小时里，我有了许多前所未有的经历。

直到换上矿工衣服，戴上安全帽，打开矿灯之际，我们这些准备下井的人还是好奇的、跃跃欲试的，脸带微笑，互相调侃，似乎正在穿上一件漂亮的太空服，准备登上向往已久的宇宙飞船载人密封舱。矿井是我们所十分陌生的，我心想，亲临矿井绝非影像与幻觉所能取代的。

事实上，等待我们的不是造价昂贵的密封舱，而是用钢板和铁条焊接而成黑乎乎的铁笼罐。远远看上去，它显得那么粗糙和笨重，带着满身污泥，十几个人进去，“铁笼罐”立刻显得十分拥挤，井壁的水沿着顶部滴下来，在黑暗的井中我们都淋了一场“雨”，几乎还没有反应过来，就已经穿越了将近1 000米复杂的地层，来到一个全然陌生的世界。

这个情景很快使人联想到，知识阶层和社会精英们的那些考察、体验，或所谓的“田野调查”，终究有一种隔岸观火的感觉。他们所记录的，是从“我”的视野里看出去的世界，“我”的存在成了一种测不准的干扰。在我看来，曹锦清的《黄河边的中国》，算得上一部颇为原汁原味的田野调查了，记录中原农民的家计与交换的细致程度，在中国非虚构类作品中无出其右，但读下来回荡在耳畔的最强大声音，依然是作者的主观感受，和黄河水流声一样不绝于耳，干扰着我们的阅读。

井下是另一个天地，虽然我们没有失重。我所看到的，是近于“虚无”的黑，是从小我们所接受的教育中并不存在的黑，那种黑是煤炭的暗中之黑，还有进入地底深层那种挤迫神经的空间之黑。当我伸出两手时，抓住的不是“物质”而是“概念”，黑的概念，况且黑色继续延展着，直到你初步适应这种黑。

我们走在巷道的感觉，就像在夜间到了一片荒凉的郊外，头顶上却没有哪怕一小片黯淡的星空，而空气又是如此的重浊——这一切都提醒我们身在何处。时而趟过积水的泥潭，时而走在电车的小铁轨旁，安静极了，也惊怵极了。我们说话时会发出强烈的回声，连咳嗽一声都有反响。最后，只有十几双塑胶靴子碰擦路面的声音，或踩到水中发出的空响。就像是在完成一次急行军。就这样足足走了四五十分钟，体力和耐力经受了下井的第一次考验。

我的血液里没有产业工人的血，更没有矿山的凝重投影。这些年，与儿时的玩伴也疏远得可以，与大地的关系变得松松垮垮，言不及义。我们的生存状态正如希尼所说的，与弯腰掘地的祖辈完全不同。改用笔来挖掘，进入另一种黑色层面，同样地令人心跳，同样窒息，但已经不会像父辈一样亲历生存的艰辛与繁难，甚至难以忍受的饥饿。平原上的水埠、深井和投入树林的月色，都在我们的眼中变得异样，近于诗歌意象，而非谋生的工具和环境。

到了采煤层，我们才真正找到了“感觉”——这自然是一句玩笑，但无法形容这里的环境有多么的恶劣：往上张望，密密麻麻地竖满了支架，坡又陡得要命，上坡时几乎是匍匐前行，像我这样初次下井的人，必须抓住两旁的绳索才不至于滑回去，而闷热的空气使我陷入晕眩，从地心传递的烤炙感一阵阵袭来，我似乎都能听到自己汗水滴落在煤层的声音，很快身上的工作服湿透了。在这灰土飞扬的地方，只要用手往脸上擦一把汗珠，保不准就变成了大黑脸，演张飞是根本不用去化妆的。来到又小又窄的作业面，工人们停住了手中的活计，只是朝我们善意地笑着。在矿井里，人们相遇几乎不发一言，只是用眼神交换信息，传递问候或提出要求。

这些汉子们，平日里也是与我们一样有血有肉的人。他们在阳光下也同样充满生气，表达兴奋或沮丧，甚至富有幽默感，在自家小院落里，或店铺门口，与很多人一样骂骂咧咧，推推搡搡，在熟悉的人群里表演几个拿手好戏。可此刻他们只是沉默地坐在矿井深处，憨厚、温和，看到我们这些陌生"来客"，只是点头微笑，不多言语，自然可以看得出写在他们脸上的良善和坚毅。从他们一脸灰土和闪烁明亮的眼神来看，似乎比我们更有灵性和血气。看到矿井下的他们，心里默念的是"平安"两字，一切更多的表达终属多余。

年轻时看郭沫若的《炉中煤》，每每被他的那种赤忱所打动：煤的叙说，地底的冲破，燃烧的愿望，交织成诗句之火，"我为我心爱的人儿/燃烧到这般模样！"但读着读着，很快就不能满足了，或者说无法引我进入更为复杂的感觉地带，进入事物的内核。它不耐咀嚼，故无法真正沉入内心。凡是大声喊出来的，会使我们当时为之一惊，却很难久远留存和严格酿造。

及稍长，读惠特曼的《草叶集》，折服于他的辽阔、深沉和锐利，一种来自地心的热力借着他的歌喉冲决而出，让阳光穿越最黑暗的底层，挽手而行，其实他的地底和尘土飞扬的路面，融合了他对生活的真切感知和驳杂的个人经验，野性的力量中自有整个煤矿亿万年储存的能量，激起火的旋风，烧毁一切朽腐的事物和观念。在他的《铭文》一诗中，掘金与探矿，铲除杂草，锄松泥土，拖船，大地上的劳作，与精神性的"鹌鹑在树林以及麦垄之间鸣啭"，是呼应的，也是互为因果的。

在矿井的这几个小时，却掀开了我们精神底层的真相，会露出人的丑陋和寒碜，想象力的贫瘠，爱的窒息，还夹杂着一种可怕的快意。多年来，我们全凭原有的生活尺度和观念、图景来判断事物和历史，对具体的人与事，经常缺乏一种整体性的辨识。在井下，异乎寻常的是，那条曾经断裂的事物之间的联系，竟然得以连接，获得新的纽带，并大有光辉。大地上发生的一切，阳光下所能造就的思维坡度，必得在地底和最深的黑暗中，接受重新估价和逼视，意志、情景和想象，包括鹰的攫取，鸬鹚的吞咽，以及雪崩似的衰亡，都得在 1 000 米以下的底层予以权衡和评判。矿井，不仅是空间的翻转，更是时间的负片。

弗里兹的《煤的历史》里有一个文字段落，是记载英国发现煤这个特异矿藏时的情景——

> 罗马入侵英国后，发现有一种露出地面的岩层在原野中尤其引人注目，那是一种深黑色的矿石，泛着柔和的光芒。一位罗马作家称之为“英国宝石”，因为它很容易被雕琢和打磨成华丽的首饰。一时间，英国因出口这种珍贵的物资而名声大噪，罗马国内的时髦市民也迫不及待地用这种首饰装扮自己。这些黑色的小饰物不仅时尚漂亮，而且还具有一种令人惊讶的神秘特性——易燃。这种被称为“煤精”(这个词后来演变成了“煤玉”，如“乌黑的煤玉”)的矿石，其实就是一种纯煤的特有形态。然而，由于人们分辨不清煤玉和煤，因此许多罗马人戴的似乎并不是煤玉，而是普通的古老煤块。后来，因为种种原因，这与煤玉原料相同的普通的煤，就被当成了英国的宝石。
>
> 占领英国的罗马人不仅用煤制作首饰，而且也开始燃煤。从士兵们的堡垒升起煤烟，从铁匠们的熔炉冒出煤烟，牧师们也在巴斯的米纳瓦神殿的永恒圣火中投入煤块，以缅怀这位智慧女神。把煤作为一种燃料来使用，在当时还不够普及，因而罗马作家们没有留下这方面的专门介绍，但在英国已经发现了一些罗马人使用煤的遗迹。至于英国人是否在罗马人入侵之前就开始烧煤，目前只有一个证据：在青铜时代，威尔士

南部的早期居民们用煤来火化死者。也许在他们眼中，煤只不过是一种焚烧遗体的便利工具，但更有可能的是，他们把煤当做一种神秘的媒介，用来护送死去的亲人到达另一个世界。在历史上，人们总是情不自禁地赋予煤以深远的意义。

由煤的发现直至煤的伟大用途，工业化过程中的剧烈逐利和疯狂开采，正是人类的这些举动带来了煤矿的沸腾，导致矿井里更为致密的黑暗，进入更为危险的境况。苦闷、孤独和沉重的意象，伴随着这一切。

在矿井里，上面引用的诗句和文字，与我一起穿行或匍匐于巷道，瞬间就被挤干了水分，保持了基本内核或被压榨成碎片。矿井，不是纯粹的物理空间，更是价值、用途和死亡铺就的，从地心直达虚无的道路。

从采煤层下来时，我是落伍了。又陡又滑的坡道，真难走，这是对体力、意志和灵活性的一次考验，看来我只能算是勉强合格的。不过当时我得到了一次意外的慰藉：矿长在我的后面不断给我打气，技术员让我把手搭在他的肩上，慢一些走下去。我能听得出来，他们的话语里充满了情谊和好感，他们伸出的手是刚毅的，肩膀也是如此的可靠，这是我在茫茫人海中所无法得到的。似乎向来如此，至少我在小时候就懂得这一信条——越是生活在社会基础层面的人，越是质朴，越肯助人，越少索取。

不过我也知道，这种瞬间的经历，不可能从根本上扭转人的生活姿态和生存方式，甚至也无法使他对自己和世界的基本印象发生逆转，但是，有时它却能产生意想不到的效果，以一种富有感染力的细节和现场感，降下一场迫不及待的雨水，悄然融入他的记忆深处，激发新的想象力、血性和尚存良知。

矿井，是一座深入地下的方尖碑。我辨认出它的碑文，上面写的竟然是："黑暗的奉献。"

2002 年 8 月 22 日，杭州

春之祭

一

关于春天，艾略特的诗句自然是精到的，有着绝望中的晦涩觉醒，但是他似乎没有参透春天的禅机呢：

四月是最残忍的一个月，荒地上
长着丁香，把回忆和欲望
掺合在一起，又让春雨
催促那些迟钝的根芽。

有时我想，其实春天就是莫扎特的第26小提琴奏鸣曲，无端的快乐在草叶上闪耀着晶莹的露珠，根部却贯穿着隐约的死亡之前的阵发性疼痛，而格吕米欧和哈丝姬尔的演奏恰好代表这呼应对答的两极。他们之间如此矛盾，又如此和谐。或者相反，春天就是贝多芬的小提琴协奏曲，一开始就是难度极高的八度音程，庄严中透露出隐忍与爱的期许。

当今年轻的小提琴家，被称为格鲁吉亚雏菊的丽莎·巴蒂娅斯，在一次访谈中这样说："它（贝多芬小提琴协奏曲——引者注）听起来非常简单，……却包含了太多的东西，特别是第二乐章，包含了整个生命的过程，实在是一言难尽。"是啊，春天不就这样"一言难尽"的吗？

也许，春天不是音乐，因为有时它缺乏歌唱性。春天真正来临之前，可能是一阵“心绞痛”似的历史终结，或战争中断之后的非人折磨：对死者的怀恋。春天背后可能是满目疮痍，令人极端失望。想想看，连臭名昭著的奥斯威辛集中营，也被春天茂盛的草木遮蔽，使人恍如置身于秀美的大地。现在你去那儿察看，外观上已经看不到太多的残酷景象了。

春天来临，将会唤起冬天的残留记忆。我们时常有一种体验，不管冬天会怎么快地过去，人们总是觉得它过于漫长。也许文艺复兴时期的意大利人就这样看待所谓“黑暗时代”的中世纪，而“戊戌变法”的中国仁人志士们也会如此面对沉重的外族统治。但是历史的春天一旦降临，又将会怎样呢？

简单地说，春天只是一个词。跟“花朵”、“房子”一样，“春天”是任何一个民族的基本单词。即便那个民族没有文字，也有动听的“春天”发音，与春天同样美好，听起来等于一场恋爱的开头，一次新生。若用汉语来发音，春天似乎有一种温暖的意味，一次意料中的回暖：大雁列阵，草木发绿。春天这个词的音调，并非是上扬的，其沉静的程度无异于被雨水洗涤过三次的可靠天空。而英语中的“春天”，不论是音调还是释义，都与溪流相关。可见，春天在英语中是跳跃的，至少是流动的。这令人想起拜伦，至少会想起苏格兰诗人彭斯。细究起来，春天的诠释和读音，关乎民族性格。

如果你生活在杭州，感受到的春天就跟北京大不一样。

西湖进入春天后，不是一天一个模样，而是每一个小时都在变幻着它的面目。由湖水、天空、堤岸和桥组成一幅空灵的画面，经受着雨水和阳光的交替洗礼，时而中国水墨，时而英国水粉，把附近美术学院的学生也搞懵了。开头只是一些细小笔直的枝叶，需要细心寻找才能发现的松针一般的新枝，好像是画家开始作画时貌似粗疏的三五笔，却已经流露了春天的匠心，那一定是严丝合缝的无边春意，还隐含着最后登场的春之盛宴：视觉的、肉欲的、精神的。

接着是柳枝的摇摆与桃花苞蕾的隐现，仿佛正在发出含蓄、暧昧而胸有成竹的春之约，爱情之约。用“撩拨”是过分了，说“矜持”又远没传神。尽管三四月的春风还是带着丝丝寒意，但也不那么刺骨了，中午时更是捎带了几分柔和，催促着周遭的生意，直到四五月变成所谓的“熏风”。怪不得“五四”前后的那一拨“湖畔诗人”要把他们的诗集叫《蕙的风》了。少年与女孩开始恋爱的尝试，那种难以把持的神情，摇摆不定的立场，不就是一场由精神及至肉体的“西湖之春”吗？德国诗人保罗·策兰写道：“妈妈，你是否还和从前在家时一样/能忍受这轻盈的德意志痛苦的诗韵？”何谓“轻盈的痛苦的诗韵”，不就是春天的诗韵吗？

当我们把目光转向钱塘江两岸时，春天又是另外的景象了。白居易的“春来江水绿如蓝”，是我向来服帖的诗句。住在西城，近几年来多少次过江，仔细观察过春日钱塘江光与影的变化，以及波浪的不同颜色，试图找一些新的感觉，好将春天的钱塘江描述一番，结果都以失败而告终。不过我还是发现，即使是春季，钱塘江边的树木也不是一抹烟霞的那种，而是浓阴浅绿的，显得格外气韵生动。山坡上散落的建筑，在春天来临之际，似乎也是一副略略走动的样子。

如果只能用两个词就把西湖之春和钱塘之春区别开来，我宁愿选择“意态”形容西湖，而选择“气象”表现钱塘。前者是初恋的变化无常，心情不宁，后者是定情后的呼应默契，由衷绽放。

二

我始终觉得，与冬天不同，春天是一种恣意显露，是万般温柔却目空一切的挑战。小草在歌唱，为什么歌唱？它在期待春天的复仇。春天需要大声喧哗，爱情不就需要大声喧哗的吗？只不过春天借助于花朵，爱情需要歌声与呼喊，叹息与哭泣。爱是一种能力，而且必须得到“承认”与“赞叹”。恋人之间的表达，一定要同时具备有形的笑谈与无声的对话，才算是完整的。而冬天则是“取缔”的象征，它让人们一件件穿上衣服，像包裹粽子般收藏起心情，过起庸常的、蜷缩的生活。过完整个冬天就好似只过了重复的一天。

春天每天每时不同，姿态万千，而且所谓反复无常的爱情也难以与乍暖还寒、时晴时雨的春天相比。春天教我们发生内心的蜕变，从衣着到嗓音到心境，直至到书写姿态。

春天引发了人们密集的联想。与其余季节相比，它是悄然侵入内心的。这一点难道不像爱的发生吗？有好多比喻，是摹写春天的，也是针对人事的。如“春风得意”，如“春宵一刻”，如“红杏枝头春意闹”，《红楼梦》里的金陵十二钗，有那么多的“春”，或与“春”密切相关的命名。汉语言中最发人幽思的就是“春情”或“怀春”，表明“春”与“情”是并辔而至的，可以怀想的，可以咀嚼的，也足堪玩味。有时无法理解，唐代强健如斯，诗歌中怀春者却比比皆是。

春天多么强大又如此弱小，这一点正好又是爱情的特征。春天与爱情一样，弱小时如游丝，若芦苇，像菊米，可以怠慢她，戏弄她，摧折她，但无法征服她；强大时似劲松，如岩石，若疾风，坚定而迅疾，终成大事。谁能摧毁春天？谁能阻挡内心的爱？有些人不相信爱，并以后现代的饶舌嘲弄她，那只能说是一件憾事，因为他否认了自己是爱的产物，起码是情与欲的产物。而春的回归正如爱的“亲在”，是人类最顽强最根本的期待，死亡也不能战胜。

春天和爱情一样也有令人不快的一面，但由于回归的力量和冒险性而变得令人敬畏。难道爱不就是一次人性回归吗？不就是一场恋人之间寻找“唯一之他者”的冒险经历吗？然而即使地球上剩下两三个人，也会迎接春天的复归，发现爱的实至名归。

春天的强大还在于她的复制能力甚于人类的繁殖力。我们从星星点点的岩石苔藓上，从冻土层简单生命的保存中，从那些微小的无脊椎动物借助于冰冷的洋流，花费几个世纪从地球的一极向另一极的迁徙之旅，我们可能获悉了春天的秘密，更体会了爱的仁慈。

“四季”是我始终喜欢的意象。我经常对四季的轮换产生深刻好奇。鸿蒙开凿之后，春夏秋冬到底谁先来到？也许这是个不需设问的问题，但既然是问题，就有它的逻辑。雪莱说，“冬天来了，春天还会远吗？”显然冬天是铺底的，春天后面来到：从绝望到希望，最后一切冰释。这有点像好莱坞爱情片的结局，或“有情人皆成眷属”所指向的期盼。

但维瓦尔第的《四季》是以春开头的，又令人相信四季以春天为先，接着是更为热烈的夏天，秋天是沉静的过渡，冬天殿后，显然与生命过程对应，也与世上许多被扼杀或苟活于灰色生活的恋爱相呼应。

记得是那年立春日，傍晚我确是喝了一点酒，但还没有到找不着北的程度，就决定出门走走，穿过大街到了对面的转角，不知从哪里突然刮过一阵风，明显觉得与昨天的风很是不同。那是软柔的，轻盈的，夹带着暖烘烘气息的风，只是拂面而过，消失得无影无踪，心里就明白春天降临了。

"她来了！"我几乎要喊出来。即刻浮现于心的，不知是俊朗少年与美丽姑娘恰巧碰面时的陌生感，还是中年遇到知己红颜后的前世今生的熟悉感，甚至什么也没有去想，只是对这一阵与我撞个满怀的春风的感激之情，心想，凭什么春天如此这般地眷顾我？

春天温柔的面目中，蕴含着摧毁一切的力量，却庇护着一颗自我表达的种子：爱。

三

春天的树木完全是从地下冒出来的。起先瑟缩在寒风里的枝丫，简洁而意味深长。天气转暖了，当你又脱去了一件毛衣的时候，街道两旁和近郊的树木突然变得陌生了。在冬天里本来孤零零的树枝，现在却彼此勾起手来，欢聚一堂。树梢上的那一大片压根儿不是树叶，而是一抹抹浅绿色的微霭。春天，树的面目每刻都在变化着，如待嫁的新娘。尤其令你感动的是，那些在秋日里根部裸露，树身千疮百孔，近乎朽枯的百年老树，在春天似乎一夜之间得到恢复，树叶纷披，随风翻卷吟哦，遮蔽了所有的创伤和变得衰老丑陋的那一部分树干，像一位经历颠踬之后遇到知己的再婚女子。

春天的树，给我们带来的不只是充盈的想象力，还有再生的祈望和勇气，对于绝望的摒弃。

也有消失在春日里的树。腊梅花凋谢，留下了黑黝黝的枯枝。冬青长得很旺盛，却失去了它在冬日里的魅力。还有一些树选择初夏或秋日。这一切都不碍事，春天毕竟是对树木大有触动的季节。

初春的树，常人是不肯轻易关注的。春天来了，人高兴，树亦如此。

但他们没有想到，树在春天里经历了一年里最痛楚的时节。诚然，在严冬中蛰伏，枝丫被打掉，蜷缩着，像北方居民贮藏大白菜、辣椒和酒过冬一样。树受些苦，生活得很简单，甚至颇为寂寞，却自由自在，捞上机会还可以睡它一觉。

春天来了，树一阵抽搐，它受不了乍暖还寒的天气，在春寒料峭的晨风里打了个寒噤。胃口是开了，吃得很杂，特别是江南的树，清明时节，三天两夜的雨水足可把一棵树胀得要命，就像饿了一阵子的人大嚼一通，非常不适。第三天太阳出来，明晃晃地照耀在树梢，炙烤得不行。但树在整个冬天都过来了，还怕在春天挺不住吗？它们活着，似乎什么也没发生过，一天天地恢复，抽芽，直到叶儿披满枝头，像莫扎特那样，经历困顿而多变的人生，却把数不清的音乐，饱含着欢乐、诙谐甚至调侃的作品，永远留在人间。

你可能忘了树在春天的一些“细枝末节”吧？在人的心目中，似乎春天的树是借助于某位神祇的魔杖繁殖起来的。要是你连续细心观察那些春天的树，心里准会充满一种悲天悯“树”的情怀：雨后初霁，那些若有若无，藏在湿漉漉的枝丫里的嫩芽，像一首诗脱颖而出之前盘踞在心中的意象，怀着一种表达的渴望，呼之欲出，远看若无。

接着嫩芽显现了，仿佛还残存朔风过境或大雪压枝时留下的伤痕，颜色淡得不成样子，像雏鸡破壳时初次砥砺的喙。树枝上出现了似乎是孩子学画时涂上的几笔，只有一丝难辨的浅绿，一种近乎淡黄的绿色。你可以把这层淡淡的雾霭，看作是一个春天登场前的楔子或序曲，好像是一团在脑子里模糊不清的飘浮的意念，一种挥之欲去，却无法排遣的惆怅。这些霞霓似的枝叶，在微风中战栗不已，有时看上去像拥抱在一块。春天发出了一份预备通知。又经过若干日子，春以它特有的调情般的手腕葬送残冬，这时树的变化达到高潮。一天一个样，一眨眼工夫，树枝转青，听得见簇簇细小的叶子迎风发出的低语了。

当你从这些树旁擦身而过，特别是在林荫道上匆匆赶路时，猛然抬头，你会感到所有的树叶都簇拥着奔泻成一条永远的溪流，似乎还能听到它们挤撞溅泼时发出悦耳的喧哗。春之树正以它们俊逸的、澄澈的目光向我们凝睇呢。慢慢地，树叶都长成耳朵那么大了，倾听着岁月不居的遗响，又覆盖了那一方空间，承受每一道能够抵达的光芒而不致有太多的遗漏。春天的树木往往带有繁华的格调，令人神往。就在不知不觉中，树完成了，情况急转直下，不可逆转。春天的树，终于有了在人和自然中的恒久形象，卓尔不群。

四

又到四月，又是春天。

气候如此变幻无常，而树木和草地是不顾一切地绿。阳光搅拌着雨水，涂抹着这座世界著名的城市，马可·波罗心中的东方之都，那些随着山势起伏、围绕湖水散布的建筑，以江南浅近而悠远的山水，甚或河埠、塔影和道路为背景，呈现出一幅幅妙不可言的图景。

看来，四季的轮回并不以内心的焦虑与思绪的出神而稍作停留，而这人世间的变局和幻化，也遵循“天行健、自强不息”的无情规则，把悲欢离合和一己喜乐抛诸尘土之中。

而今我相信另一种轮回，统领人与事物的轮回。肉体的、精神的，宇宙万物的、内心世界的，物质状态的、形而上领域的，都在轮回。大爆炸之后是急剧膨胀，而后收缩、坍陷，直至寂灭，然后重新开始。从生到死，向死而生。生等于死，死等于生。而最可怕的是，不生不死，无穷无尽的深渊。

生与死，这神奇的两端几乎没有差异，而大有深意的是“过程”：这里有大欢喜、大悲哀。关于春天，我在努力寻找一条线索，那就是从尼采的“重新估价大地上一切的价值”，进入“偶像的黄昏”时的戒备与弃绝，到鲁迅在《野草》题辞中所说的：“为我自己，为友与仇，人与兽，爱者与不爱者，我希望这野草的死亡与朽腐，火速到来。”这是一条通向毁灭还是重建的道路？即使毁坏，是欢喜还是悲恸，或两者兼而有之？我不知道。不过我明白，野草同时是春天的序言与跋，是春天的深度意象。

每天坐在我的工作室，窗口面对着西溪湿地，看得见那些云与树，那些掩映在绿叶和黑色枝干中的屋宇，仿古的街道和真实的寺庙，以及伟大的芦苇，绝处逢生的紫云英，它们在迎风吟诵。这个时代，究竟是复制还是创建？我不知道这个国家日夜翻滚，是类似英国工业革命时期的狂飙突进或美国19世纪下半叶“镀金时代”的骚动不安，还是一种摆脱旧文明监狱、展翅走向新自由之前的阵痛与血污？

又是四月，另一个春天。在同样的情景下，坐在西溪工作室，我写了一首题为《春之祭》的诗歌：

远处是白象似的群山，
还是孔雀般的树林与窗户，
取决于春天是否来临。
春天来了，一阵噼啪声——
那是火舌炙热的批评，
令绿叶翻卷如河岸的菟丝草，
说出死亡的隐秘力量。
春天是烤熟牛肉的那把火，
火苗上的一群翩跹女妖，
女妖荧绿而恶毒的眼睛。
春天就在我们的指尖上，
一边跳舞，一边画符，
把心情、群山和房子奏响，
让世界欢快地搭乘上泰坦尼克号。

听着斯特拉文斯基的《春之祭》，是一种折磨还是享受，我不太分得清。反正，这一类音乐所带给你的，绝非线性的旋律或和声，除了对十二音体系的毁坏之外，斯特拉文斯基在多大程度上破坏了这个所谓的“美好世界”，我也不太计较。我想到的是，究竟是“在春天里祭祀”，还是“祭祀春天”？从现实的春天到音乐的春天，从血液里的春天到政治上的春天，包括布拉格春天，形形色色的春天，我总觉得春天不是赐予，而是激发；不是拯救，而是解放。

1992年6月，2009年3月，2012年10月，作于台州、杭州

陆蠡的竹刀

一

真正记住乡党陆蠡的名字，大约在 20 世纪 80 年代初期。

记得有一天下午，我在临海书店看到一本叫《陆蠡集》的书，几乎高兴得要叫出来，因为突然明白这就是巴金推崇备至的那个"陆圣泉"。其中那篇《竹刀》给我留下的印象太深刻了，读这样的文字，就像有人用重锤将一个楔子硬是嵌入灵魂深处，至死也不会忘记。

作品讲述了几个有关山里人的小故事。先是说那松林中簪花的少女，每天早晨携了竹筐到松林里去扫夜风摇落的松针。陆蠡写天台的山野景致，文字极有兴味，与我平素的观察完全叠合在一起："遂有平野的诗人，望见这山影移上短墙，风从门口吹进来，微有一丝凉意，哦然脱口高吟'天风入罗帏，山影排户闼'，意将古陋的旧门户喻作镶了兽镶的朱门，从朱门里隐隐窥见微风拂动的绣帘，而他自己成了高车骏马的公子，偶然去那里伫盼。一会儿门掩了，他才醒过来，原来只有一片山影；也有好事的名流，乘了短轿来这山脚底下，买了一杯黄酒，索笔题词道：'湖山第一峰'，遗钞而去，吩咐匠人鸠工勒石；这小山经过了许多品题，如受封禅，乃成为名山。"

而后一个故事则令人惊骇，由于城里阴恶和狠心的商人想尽办法把炭和木板的买价压低，使得山里人没法活下去，大家议论纷纷，却想不出主意。那个年轻人终于忍不住心中的气愤，用一根厚钝的竹刀割断了这难解的结——

> 这位年青的人一声不响地在一只角落里用竹片削成一把尺来长的小刀，揣在怀里，跑上岸去，揪住一位大肚皮的木行老板，毫不费力地用竹刀刺进他的肚皮里，听说像刺豆腐一样的爽利，刺进去的时候一点也没有血溅出来，抽回来的时候，满手都是黏腻的了。他跑出城来，在溪边洗手的时候被警吏捉去。

这是多么极端的行为，可是这个举动却使木行商人做了让步，也不敢那么骄傲了。对于这样的文字，我们还有什么好说的？

也许你会想象，这陆蠡是一条魁伟的汉子，生就一副浓眉，脸膛红润，大嗓门，指节粗大。恰恰相反，陆蠡是个瘦弱的书生。他做事极其细致，特别是在处理文字和出版事务上，心细如发，事必躬亲。

巴金说过，陆蠡有着“优美的性格和黄金的心”，“在我活着的四十几年中间，我认识了不少的人……然而像圣泉这样有义气、无私心，为了朋友甚至于可以交出自己的生命、重视他人的幸福甚于自己的人，我却见得不多”。巴金还说，“有了这样的朋友，我的生存才有了光彩，我的心才有了温暖。我们平日空谈理想，但和崇高的灵魂接触以后，我才看见了理想的光辉”。

陆蠡是天台平镇岩头下村人，资质聪颖，童年即通诗文，有“神童”之称。1933 年至 1936 年间写的《海星》，那种绚丽婉约的文字，曾风靡一时。1936 年 7 月《海星》、1938 年 3 月《竹刀》、1940 年 8 月《囚绿记》三本散文，分别收在巴金主编的文学丛刊第二、第五、第六集中。陆蠡精通英、法、日、俄和世界语，先后翻译了马尔丁的《葛莱齐拉》，屠格涅夫的《罗亭》、《烟》等，还有法国拉封丹的《寓言诗》和法国拉马丁的《希腊神话》。

同样会让你感到惊奇的是，陆蠡读的是工科，他曾在之江大学机械系就读，后来转到国立劳动大学，读的也是机械。

二

在巴金和陆蠡等人的文化生活出版社，陆蠡既当编辑、校对，又兼做会计、跑印刷所、售书，以至于那些鸡毛蒜皮的繁杂琐事。在巴金笔下，陆蠡貌不轩昂，语不惊人，服装俭朴，不善交际，“不愿说好听的话，不肯做虚夸的事”，“喜欢埋头做事，不求人知”。在文化生活出版社数年相处，巴金回忆说，“共同的工作增加了友情，我们一天天地相熟起来”，于是陆蠡和巴金成了无话不谈的知交。

那时巴金尚未成家，赁屋独居；而陆蠡丧妻未娶，只身孤住社里。他们往往在社里的客厅，促膝长谈到深夜，直至宵禁时刻，巴金才起身匆匆赶回寓所。“在那样的夜晚，从店里出来……是一个上海的寒夜，但我的心总是很暖和，我仿佛听完了一曲贝多芬的交响乐，因为我是和一个崇高的灵魂接触了。”巴金曾这样写道。

1940 年夏，滞留在“孤岛”上海的巴金，将远赴西南大后方。临行前，他把文化生活出版社的社务，全部交由陆蠡负责，并委托他照顾数月前刚来上海养病的三哥李尧林。陆蠡是文生社的中坚，又是最得巴金信任的人。7 月上旬巴金登上开往越南海防的“怡生”轮，转道越滇铁路去昆明、重庆等地。到码头送行的李尧林和陆蠡微笑地与远行者挥手作别：“两年后再见!”

然而巴金无论如何也想不到，这竟是与陆蠡的永诀。

据陆蠡当时往来最亲密的朋友怀玖、陈西禾在《怀陆蠡》一文中透露：有一天陆蠡忧心忡忡地告诉他：“文生社已经引起日本人的注意，一部分在别处寄售的书被捕房抄去了，据说是有抗日嫌疑。”1942 年 3 月初，丧妻鳏居多年的陆蠡和张宛若女士喜结良缘。正当新婚燕尔，新人还沉浸在蜜月的愉悦之中，灾祸突从天降。

4 月 13 日，卢家湾捕房查抄文生社，声称要找负责人，并砸开书库大门，劫走存书数万册。当天陆蠡正好外出，得知此事后，友朋家人劝他先躲一躲；但他却不以为然，认为自己身为负责人，社里有难不能逃避，理应前去据理抗辩，追回被抢图书，为社里讨个公道。别人避之唯恐不及的事，他却一步上前。他孤身来到捕房，落入虎口，当即被戴上手铐。第二天，朋友索非等到捕房打探，告知已被移解到四马路市警察局；到了市局，又说那是日本宪兵队要抓的人，早就押送到江湾宪兵司令部了。

又过了些日子，有个陌生人来到陆蠡家，一进门就交还一件陆蠡被捕那天身穿的大衣。那人解释说，他也是被抓进宪兵队的，与陆蠡关在同一牢房，彼此很熟。日本人曾提审陆蠡，问：

“你爱国吗?”

“爱国。”

“赞成南京政府（按：指汪伪政权）吗?”

“不赞成。”

“依你看，日本人能不能征服中国?”

“绝对不能征服!”

日本人勃然大怒，给他上了酷刑。这样的刑审又经过多次，得到的口供依然如故。当这位难友被释放的那天，陆蠡脱下大衣，托他出狱后按地址到他家报个信。此后虽经亲友一再打探，全力营救，但无力回天。而有关他的谣传却满天飞，一会儿说在苏州、在芜湖，一会儿又说遣送南京“反省院”。连通过在邮局工作的作家唐弢邮寄去的狱中日常用品和冬衣、被褥，也遭退回。理由是：查无此人。

陆蠡就此失踪。

巴金稍后在成都获悉此事，大为震惊。他深知陆蠡虽然性情平和，待人极好，在大节上却是个富于正义感、视死如归的人，此次失踪，凶多吉少。尽管如此，他仍心存侥幸，急切地期待着他的回归；幻想着总有那么一天，陆蠡会提着一只小箱子，突然在外面叩门……担忧与焦虑煎熬着巴金。

明知凶多吉少，人们还是心存侥幸。但日复一日，年复一年，直至抗战胜利后的第二年，仍然音讯全无。只有在这个时候，人们才不得不相信，陆蠡是永远也不会回来了。由于不肯屈服，陆蠡被日军刑审数月，虐杀而死。

巴金在《怀陆圣泉》中谈到陆蠡的死因：“据说他唯一的罪名就是他的口供强硬，他对敌人说，汪精卫是大汉奸，大东亚战争必然失败。他可能因这几句真话送命。”一直到抗战胜利后1946年重返上海，文化界同人痛悼陆蠡，巴金才含泪写下这篇祭文。距亡友遭难，已经整整4个多年头了。

据推算，陆蠡死期当在被捕后的第四个月，即1942年7月。

三

七十年过去了，竹刀依然闪动着微光，山中的丝丝新绿，在房前屋后，田塍陌上，不绝吐露，却不知《囚绿记》的“绿”是否完全被“释放”。

最近看到，也是同乡的友人丁琦娅写了一篇寻访陆蠡故居的文章，是极清新、极明晰的那种，她极为细致地拼贴出陆蠡故土的情致和氛围，也摹写了对先驱者的念想和追怀，实在是一篇难得的文章，就让我在这里抄录几个片段吧——

> 路经山头庞村，我又经不起诱惑，先去探望小时候生活的村庄和就读的村小了。我想，陆蠡会理解的。在我，虽说不像陆蠡那样泛迹五湖，但离开家乡，离开儿时的山村，也有几十年了。故乡的山水，故乡的人事，故乡的情怀，也时时“如蛇啮于心萦回于我的记忆中了”。
>
> “山头庞小学”，校名依旧，校舍却是全新的，不认识了。老式有戏台的祠堂，早被拆除，我和雄他们读书的教室，自然也不复存在。眼前，是一所现如今随处可见的花园式小学。
>
> 有三五学子，斜倚校门探头张望。他们并不认识我这位老校友，或说是老师姐，只是因为陌生而感到好奇。也没见到陆老师、庞老师，周末回家了吧。
>
> 学校后面的小水坑还在，依然有春水缓缓流动；青青的河边草，也还是我熟悉的。这多少让我感到欣喜。这里，曾是我们课间练习跳远的运动场地之一，我还曾与对面跳过来的秀，撞个满怀，双双跌落雨后涨满的水坑里，惹同学们好一场大笑。

找到小学，我就不愁找不到爹（爹，天台方言，音若“哆”，意为大）塘岸、高坎头、爹道地、来来家和生产队的排屋了。都还在，只是都破败不堪了。来来家，更是遭逢火灾，仅余一堵残墙了。

这片山川我也是了然于心的，只是琦娅的文字如影随形，有着那种女性的细腻和亲切，写来如同亲临其境。因着陆蠡，因着这团晃动的历史光影，天台的故土，更为可亲可近了。

我只是大约知道，陆蠡的故居，在平镇的岩头下村，与陆老师的官下基村相邻。在村小读书时，不止一次听陆老师说起。但具体方位，并不清楚。

几经打听，才找到岩头下村9—12号的陆氏故居。

门口立了县级文保单位的石碑标志，赫然刻着“陆蠡故居”。眼前，也确乎有一幢青砖黑瓦的二层三合院。但年久失修，已破败不堪，很像刚刚在山头庞村见到的曾经显赫现已倾塌的爹道地。比爹道地更糟的是，这里没后人居住、维护，破败更甚。

当年，悄然生长于陆蠡床底下的草菌、绿芽，现在是疯长成片成林了。陆蠡在北平居所一心要囚住而又不理解、不合作的俗称“羊芭藤”的常青藤，也是恣意攀爬、繁衍，严严实实地缀满断墙残垣，执著到有点痴情地守望着陆蠡的书屋和陆蠡的窗台。那份执著，似在时时提醒陆氏后人，该尽早修复故居，再现陆宅风貌。陆蠡有知，该为他视作生命、希望、安慰和快乐的这份浓浓的、健旺的绿色，再写一篇绿色颂吧。

在当年的陆蠡的眼中，绿是什么？绿，不是江南文人挠痒痒的感觉，也不是那种用来编排剧情的景物点缀，或是农夫眼中的气候节令征象，而是一团火，一个被囚者，具备着普罗米修斯式的爱恨。这就是陆蠡，就是鲁迅所说的“台州式硬气”。

也许真是缠绵多情的常青藤的启示和催促吧，确有不少热心人时时记起陆蠡，记起陆蠡故居。就在我们寻访时，有几位老人走过来，他们都说，很想为修复陆蠡故居出点力。

称陆蠡为大伯的陆修文、张国娟夫妇，更是一直在积极行动着。他们已移居上海多年，但每年都要为大伯回来一二趟，清理一下故居的荒草，修葺陆蠡私塾的堂屋，也为寻访陆蠡者介绍一些大伯的轶事。清明时节，他们再次记起大伯和大伯在天台的故居，又专程赶回来，请了泥瓦匠，在为陆氏私塾翻修屋顶。

我们的来访，很令修文夫妇高兴，热情地领了我们参观陆蠡故居。为我们指点着老门头上依稀可辨的题匾和已人为破坏的三鹿、八仙浮雕，指点陆家厅堂、陆蠡父母起居室和陆蠡的书房。还特地为我们介绍了那扇爬满青藤的老窗台，说那是陆蠡仿照《囚绿记》中的北平窗台营造的。

又说，严格讲，陆蠡故居，应包括前面的四合院。在陆蠡生活的时代，前后院，属于同宗祖辈。而且，当年陆蠡启蒙的私塾，就设在前院。这也是这次他们修复书屋的本意。说着，他们又领我们来到前院。

因为早几年还有陆家后人居住，前院倒比指定保护的陆蠡故居要完好些。那间曾令儿时陆蠡反感和憎恨的空楼，现在依旧是空楼，但看上去，能教人想起聪慧的陆蠡和古雅的兰畦师，想起陆蠡那篇饱含深情的《师塾师》。我也觉得，前后院是该一起保护，一起修复。

我一边读着琦娅的文字，一边在想，陆蠡能被修复吗？陆蠡的内里是什么？陆蠡有多少个侧面？我们都能彻底了解吗？他的温情，他的坚韧，他的暴烈，甚至，他那些伟大的“迂”（在那些头脑太清晰的人看来，抗争是何等的迂啊，那不是自找苦吃吗），即使过了一百年，中国人也难以理解陆蠡。谁无妻室，谁无家人，谁无对尘世的留恋，何况又是新婚，为什么要去“送死”？按照一般人的逻辑，或者说是常情，人在危机时刻有一种规避的本能，避开黑暗的锋芒，耐心地迎接光明，可是我们伟大的乡党陆蠡，却在日本人劫掠书店但没有抓到他时，非但不回避，而是要坚定地去捕房跟他们“论理”。

随后，兴犹未尽的我，又信步来到陆蠡至爱、我也钟情的家乡母亲河——始丰溪。很想代陆蠡再向“温柔、明洁、活泼、韵致、妩媚可亲”的小溪问声好；很想学陆蠡褰衣赤足再涉水摸几条“在水中是无敌的，一出水立刻便死了”的粗鳞红鳍绿眼黄腹黑背的将军鱼；还期盼着，没准会幸遇曾令陆蠡萌发爱水甚于爱山的捣衣女，身边有学着姐姐或是妈妈的动作，拿一根柴枝，在一片树叶或一团乱草上使劲捶捣的总角女孩。

我也一心想要寻找不载于县志，不载于笔记，不载于志异，而恰恰只为陆蠡知道的，溪边那片有龙头龙尾和龙角的岩壁。就是陆蠡在《溪》中提及的，为堪舆先生称道的“大吉大祥之地”。我想，那该是岩头下村的风水所在。不说“一方山水养一方人”嘛，岩头下村，能走出陆蠡这样的文化名人，必定与这“自远处迤逦而来，到这溪边成了断壁”的如巨龙饮水的溪岸岩壁有关。

我真想告诉琦娅一声，陆蠡不死，因为他有《竹刀》，也因为写出了《囚绿记》，更因为他的“迂阔”，他面对酷刑的镇定自若。

2012 年 11 月 3 日，杭州

独裁者的战时审美

一

尼禄，一个不折不扣的古罗马独裁者，却热衷于戏剧演出，简直是个了不起的演员。

尼禄一生演唱过好多悲剧，其中有《卡娜卡的生育》、《弑母者奥瑞斯特》、《俄狄浦斯的失明》、《精神失常的赫库利斯》。也许，这些剧目埋伏在他一生的各个路口，预示着他要碰到的大事件。尼禄不仅是一个演员（这也许是政治家的习性，但尼禄的确是一个真正的演员，而且如此忘情和投入，达到物我两忘、炉火纯青的地步），还留下了建筑史上的杰作，那就是他的“黄金屋”。这个作品对后世的建筑风格，产生了持续的影响。这是一个疯狂的演员。据说，对人民和罗马城墙，他一样也不予吝惜。当有人在一般性的谈话中说：“我死后，但愿大地一片火海”，尼禄立刻打断他的话说：“不，在我还活着的时候！”正是这样，一生不得安宁的他，死后才能放心地住进他的“黄金屋”，止息他的疯狂和暴戾，阻挡不停地折磨他的巨大恐惧，安慰他那颗被生活洗劫一空的帝王之心。

两千年之后，也许是尼禄转世，出现一个现代大独裁者，他叫阿道夫·希特勒，这个颇具神经质的头号战犯，世界级纵火者，却是一个很有“见地”的音乐鉴赏家和建筑画家（尽管远非“完美”）。

纳粹领袖希特勒对音乐的热爱世人皆知。他最喜爱的音乐家是瓦格纳、贝多芬、勃拉姆斯、布鲁克纳。经常听到不少爱乐者这样说起："真要命，希特勒为何有这样的好口味，他最器重的作曲家恰巧是我们最喜爱的。"1942 年 4 月 20 日希特勒 53 岁生日的庆典上，演奏的就是贝多芬的《第九交响曲》。希特勒对瓦格纳音乐的崇拜，伴随了他的一生，从他的维也纳流浪时代起，他经常买站票去欣赏瓦格纳的歌剧。据希特勒自己说：光瓦格纳的《特里斯坦与伊索尔德》就听过 34 遍，而且每听一遍都有新的感受。他甚至能把《纽伦堡的名歌手》第二幕的歌词背出来、唱出来，还说要是在演奏瓦格纳歌剧的乐团里当一个鼓手，那该是多大的荣耀。

而萨达姆，这个中东的独裁者，屡次挑动中东战争与镇压族群人士的狂人，也写出了《扎比芭与国王》、《坚固的城堡》、《男人与城市》和《从这里消失，诅咒者》四部小说，还写诗歌，以至于某位《扎比芭与国王》中译者啧啧称赞说，"萨达姆的小说……以爱情来表达他整体的治国思想，这种表达表现得非常成熟，这很难得……萨达姆写作很有激情。"《扎比巴与国王》叙述了一个简单的寓言故事：国王在微服私访时被村姑扎比芭的美貌打动，所以把她召进王宫，与她保持纯洁的关系，但扎比芭粗鲁残暴的丈夫与邪恶的外来者勾结，他们在 1 月 17 日毁坏了村庄（正是美军 1991 年海湾战争出兵轰炸伊拉克的日期），扎比芭被强奸后自杀，国王杀死了敌人和扎比芭的丈夫，然后，尝试给予臣民更多自由，可臣民们却开始自相残杀，这场争斗最后因善良的国王死去而终止（萨达姆自己最后被处以绞刑）。萨达姆也像艺术家一般自恋，让我们回忆一下那时巴格达街头竖立的"伟人像"吧：一个十足的美男子，令人着迷的戎装，伟岸的身躯，神情仁慈、五官生动，简直世所罕见。

至于另一个独裁者——卡扎菲，那就更神奇了：奇装异服，口吐狂言，就像一个当代男巫。他的疯狂不仅见于洛克比空难和绑架、折磨、杀害不同政见者，更表现在出访纽约时，不住豪华酒店，却找地产大亨唐纳德·特朗普租地搭了一个贝都因人的大帐篷。他出行时总是带着清一色的女保镖，这些女保镖身着军装，化过妆，非常惹眼。这些听起来有点像后现代寓言。在我看来，他简直是孔雀和鹰隼的混合物，壮观的阉人，美丽的变性者。这位贝都因帐篷里的独裁者，满脑子怪念头，非常具备艺术家的个性，其思维变化之快，令人咋舌。

有时这种疯狂和异常举动，甚至还带上"玫瑰和露珠"，很容易被人认为是一种武夫的温柔。最近赖斯回忆说："卡扎菲对我个人有着略显怪异的迷恋，向来访者探寻为什么他的'非洲公主'不愿见他。"还说交谈时，"他看起来并不疯狂。后来，正如阿马多预言的那样，他突然打断谈话，开始来回摇晃着脑袋。他大声说：'告诉布什总统，别再谈论巴以两国方案了。应该是一个国家！Israeltine！（以色列和巴勒斯坦的合称）'"就在卡扎菲死后，赖斯还出神地回忆道："晚餐结束时，卡扎菲对我说，他为我制作了一盘录像带。我想，噢，里面会有什么？那是我与世界各国领导人——布什总统、普京等——合影的照片，配有一首名为《白宫里的黑色花朵》的乐曲。这是一位利比亚作曲家专为我创作的。"

好一个《白宫里的黑色花朵》！这种当代的滑稽突梯，令人捧腹。

看来，几乎所有的独裁者或极权主义者身上都有艺术气息，有时他们本身就是艺术家。这很耐人寻味：到底是独裁者天生具备更高级别的审美观，更充沛的"创造力"，更为巨大的建构"乌托邦"的想象力，还是因为独裁的需要和疯狂心理的逼近，而习得某种特异的甚至是很高等级的审美精神？

我的另一些问题是：有时大众或者"乌合之众"，为何可以不加分辨地接受这种带有"审美精神"的疯狂，而且由于这种极权主义审美意识的渗透，激发起一种巨大的超能量的狂热，投身于战争或所谓的"运动"中去？这种"战时审美"或"运动美学"（恕我杜撰），包含了什么样的上帝安排，何种"合规律性"的目的？又有哪些"最后的力量"，使暴君的毁灭以一种悲剧的艺术形式演进，直至大地再次沉寂？

这使我想起古希腊悲剧《美狄亚》，一个女人为复仇杀死亲生儿子，凸显出激情、残酷与美的关系，想起通常在观赏悲剧的过程中，"随着感到人的渺小之后，会突然有一种自我扩张感，在一阵恐惧之后，会有惊奇和赞叹的感情"，而且"悲剧是人类激情、行动及其后果的一面放大镜，一切都在其中变得更为宏大"。（朱光潜《悲剧心理学》）。

二

公元64年夏天，整个罗马城火光冲天之际，尼禄皇帝却登上了自己的舞台，拿起他那一把心爱的七弦琴，高唱"特洛伊的陷落"，把当前罗马的苦难与过去的灾祸相比拟。人们怀疑这场大火不是一件偶然事故，而是这个罪恶的皇帝蓄意制造的。

尼禄从小生活在克劳狄乌斯王朝的宫廷里，看到的都是刀光剑影，嗅惯了血腥味，在母亲阿格里皮娜阴沉的目光和畸形的母爱中长大。当他三岁的时候，即公元40年，他的父亲死去了，由他的母亲抚养成人。母亲多谋而贪权，出于虚荣和野心，后来嫁给了他的舅父、罗马皇帝克劳狄乌斯，委任亲信杀掉政敌，并迫使皇帝克劳狄乌斯放弃亲生儿子布里塔尼库斯的合法皇位，给尼禄以继承者的恩宠。

公元54年，克劳狄乌斯被毒死，阿格里皮娜指使布鲁斯统率的近卫军控制罗马局势，并迅速除掉她在军事上的反对派，迫使元老院俯首听命地把一切权力交给其子尼禄。尼禄最初敬畏母亲的权势，但也逐渐怨恨起她对自己的控制，随着尼禄年龄的增大，权欲的脱缰而出，这种不满情绪与日俱增，弑母的念头在他的脑子里日夜盘旋，挥之不去。

公元58年，尼禄结识了轻狂而毒辣的罗马贵妇人波培娅·萨宾娜，并为之倾倒。见到自己的儿子喜欢萨宾娜，尼禄母亲心里甚为恼怒。羽毛渐丰的尼禄先是剥夺了母亲的全部荣誉和权力，取消她的卫队，将她逐出宫殿，还绞尽脑汁折磨她。当她在罗马时，他指使人告状，让她不得安宁；在她退居乡下后，他差人由陆路和海路经过她家门，不断地吵闹嘲笑，打扰她的休息。

尼禄三次企图毒死她，但发现她都事先有所防备，服了解药。后来又在她卧室里安装天花板，以便深夜用机器松动板块，趁她熟睡时砸在她身上。这个计划败露后，尼禄准备在他母亲阿格里皮娜乘船时结束其性命，专门设计一艘容易散架的大船，只要一撞船或船舱塌陷，母亲就会身亡。尼禄把自己发明的大船送给母亲，在分别之际还吻了她。船毁时，阿格里皮娜因为会游泳，结果脱险了。

尼禄无计可施，就派遣近卫军处死他的母亲。母亲死后，尼禄急忙奔出来观看被杀者的尸体，评头品足，直到觉得口渴之后去饮酒。

随着那位能以军事力量控制罗马的布鲁斯的死去，尼禄老师塞涅卡的隐居，尼禄觉得解放了，他那颗阴郁的心开始陷入疯狂。举止乖张的尼禄，时而无比冷酷时而充满热情，弄得元老们一惊一乍直摇头，整个罗马笼罩在无休止的恐惧与折磨之中，从平民到贵族都带着疑惑不解的目光打量这位皇帝，心里都存有一个疑问：他是否疯掉了？

可能是为了逃避，也许是生性如此，尼禄从小喜爱演艺。这时他认为在罗马演唱很重要，便举办尼禄赛会。他不断在观众面前亮相，演唱悲剧时，出场戴着英雄和神的面具，让面具的造型类似自己的面容或他钟爱的女人的面容。

那一年，元老院为了避免丑闻未经比赛把一项胜利桂冠授予尼禄，但是尼禄却说，他有天才，不需要这样的照顾。在比赛中，他遵守规定，从不敢清自己的嗓子，从不用手擦额头上的汗水。有一次在悲剧演出过程中，手中的权杖失落了，他迅速将它拾起，心里十分惊慌，生怕由于这种失误，取消了他的比赛资格。据说，一次尼禄正在扮演悲剧角色，在门口站岗的新兵看到皇帝的打扮和用锁链锁着的样子，就冲上去救他。

卸妆完毕，尼禄又回到现实中来。那些新的、旧的、明显不祥的梦境、卜兆和预言，自从他母亲死后，弄得他心惊肉跳。以前他从不做梦，但杀死母亲之后，开始做梦了，尼禄梦见自己驾着一艘船，舵柄从他手中滑掉了；一群带翅的蚂蚁爬满全身；又梦见装饰庞培剧院的雕像们把他包围起来；陵墓的大门自动敞开，从里面传出呼唤尼禄名字的声音。

尼禄弑母之后，又杀了自己的姑母，没有哪一个亲戚不受他的迫害。他随便找个借口就可以迫害或处死一个人。有一个人被判有罪，仅仅是他把市中心广场上自己家连着住房的三个店铺，租给一些自由城邦的使团做驿馆。双目失明的法学家卡西乌斯·龙吉努斯被判为有罪，因为在他的古老氏族家谱中，保存着恺撒谋杀者盖乌斯·卡西乌斯的肖像。培图斯·特拉基亚也受到惩罚，因为他长相阴沉，像一个教师爷。

尼禄的好色也是难以想象的。宠臣提格里尼为他制作了一个木筏，放在阿格里巴湖上，在筏上安排了一个宴会，并准备了一些小船当拖船，用黄金和象牙装饰着。荡桨者是一色的娈童，按年龄和淫荡的程度排列起来。在对岸，则是一群裸体的娼妓，搔首弄姿，跳起各种猥亵的舞蹈。几天之后，尼禄甚至按全部合法婚姻的仪式，把自己嫁与一名叫毕达哥拉斯的娈童为妻。皇帝头上蒙着面纱，旁边站着证婚人。妆奁、合欢床都铺陈了出来，婚礼的火炬高高燃起。一切都公开，甚至像一个真的新嫁娘那样，留待夜深人静之后的行为，也都在公众面前大肆表演。

这位皇帝还想干些什么？有人认为尼禄是不堪忍受丑陋的古老建筑和狭窄弯曲的街道，于是将罗马付之一炬。大火之后，尼禄开始重新建设首都，但这次不像被高卢人火焚之后那样随意和凌乱，而是沿着测量好的街道修建，留出宽阔的道路。建筑物的高度也有限制，留出空地，在公寓的楼前加筑柱廊，以为荫护。尼禄的心中早就有一个空前绝后的盘算了，他要修建一座"黄金屋"。在获得一切的时候，尼禄失去了精神上的均衡，他的心态全然倾斜了。建造黄金屋给了他一个重构微型世界的机会，他要全力挽回心中的颓势。

这种一字儿排开的廊庑式宫殿在希腊罗马建筑中前所未见，却暗合尼禄内心的要求：黄金屋每一间厅堂的形状、结构、门窗布置和天花板都互不相同，室内水泉涌出，暗道沟通，"独出心裁"(塔西佗语)。黄金屋的东部宫殿以一个八角形厅堂为中心，大厅的穹窿屋顶开一圆形天窗，使各厅的屋顶天窗取消同样效果又有相当灵活的安排，更觉光影迷离，使尼禄产生一种恍惚的感觉。若从中央房间通过七个门道看各个厅堂，由于阳光早晚斜射和中午直射的区别，各厅的亮度依时而异，弄得那位撰写《罗马十二帝王传》的苏维托尼乌斯产生了错觉，以为"正厅呈圆形，像天空，昼夜不停地旋转"。难怪尼禄在黄金屋举行落成典礼时赞叹说："我终于像人一样生活了！"

当尼禄发现罗马人对他的表演技巧和艺术才华不够重视时，在大队扈从的保护与簇拥下，于公元66年岁末到希腊去举行公开演出。他在那里度过了一个整年的戏剧生活，参加奥林匹克和科林斯赛会，扮演各种角色。我们可以想象，尼禄在希腊是何等的充实和惬意，他觉得在诸神的合唱中自己的出场使全世界黯然失色。在爱琴海上缓缓升起的太阳与众不同，当他瞥见自己在大地上的影子时，一定百感交集。他的身世，他背后的阴谋与爱情，他自己制造的或别人强加于他的刀光与弓影，都在眼前一齐化为戏剧了。

事实上，他称赞过希腊人是唯一会欣赏音乐的人，只有他们同他的激情合拍。在那里，尼禄得到多次奖励，欣喜之余，他宣布希腊自由。这使罗马人对他很反感，加上非洲、高卢、西班牙军队领袖的相继背叛，尼禄火速赶回罗马，发现近卫军皆已反戈。人们容忍他的统治达十四年之久，最后终于把他抛弃了。

尼禄走投无路，躲避到获释奴法昂一处罗马城郊农庄别墅里，以便静下心来，想一想自己的一生。此时，元老院已宣布他为“人民公敌”。在那个仓皇时刻，所有的人都劝他尽快摆脱威胁着他的耻辱。他命令手下人在面前挖了一个坑，收集所能找到的大理石块，同时储备水和木柴，以便马上处理他的尸体。

当一切就绪之后，尼禄痛哭流涕，一再说道：“一个多么伟大的艺术家就要死了！”

三

最近，86岁的苏联红军老兵列夫·别西缅斯基去世了。临死前，他向德国的《焦点》杂志道出了一个隐藏了60多年的秘密：他私藏了纳粹魔头希特勒大量珍藏的唱片。

媒体报道说，这位当年的苏军情报官在那些泛黄的文件中写道：“太不可思议了，像希特勒这样对犹太人和俄国人恨之入骨的家伙，居然收藏有犹太和俄罗斯音乐家们的作品。”别西缅斯基解释说，希特勒当年曾公开宣称，俄罗斯民族是“劣等人”，对世界文化的贡献“等于零，甚至负数”。至于犹太人，希特勒就更不屑一顾了。他曾经公开扬言，犹太人除了赚钱外，哪有什么艺术，尤其是在建筑和音乐这一人类顶尖的领域内，没有一个犹太人取得哪怕是一点的成就。

然而，当别西缅斯基1945年5月随同进攻部队冲进希特勒的总理府时，他却在希特勒的办公室里发现了大量的唱片，许多唱片都是整整齐齐地装在木盒子里。在随后对被俘德军将领进行审讯时，别西缅斯基得知，希特勒是个忠实的音乐爱好者，不论是在柏林的办公室，还是在阿尔卑斯山避暑胜地，他总是随身携带他最爱的唱片。只要觉得疲劳或者压力大的时候，他就会把办公室或者寓所的所有人都赶走，关起门来静静地听音乐，而办公室里的那些唱片就是他最常听、最爱听的音乐。

令别西缅斯基感到意外的是，这些唱片中除了奥地利、德国、法国音乐家的作品外，更多的却是俄罗斯和犹太音乐家的作品，比如说当时被纳粹宣传机构公开斥为“垃圾”的俄罗斯音乐家拉赫玛尼诺夫、柴可夫斯基和鲍罗廷的作品。在这些唱片中，一些被希特勒标为“最爱”的唱片，居然全是犹太音乐家的作品，比如说波兰籍犹太小提琴家布罗尼斯拉夫·胡贝尔曼演奏的柴可夫斯基。希特勒当时肯定知道胡贝尔曼的身份，因为他被纳粹宣传部门称为“最垃圾的音乐人”，且被迫流亡他乡。

因为担心遭“抢掠”罪名的指控，当时是上尉军衔的别西缅斯基没敢吱声。在接下来的岁月里，他也一直死守着这个惊人的秘密。

其实，据我所知，纳粹阵营里嗜好音乐的大有人在，这些人不仅是普通的纳粹分子。纳粹的奥斯威辛集中营的司令官克拉麦杀人如麻，他的主要任务就是用毒气杀害囚犯。他还为此做过很多实验。他是以一种极度认真和冷静、实验的态度来做这件事的，他说：“门一关上，她们(指裸体女囚犯)就开始尖叫。我通过管子把一些盐放进去，然后从一个小孔去窥视会发生什么现象。这些女人只挣扎了一分钟便倒在地上。”可这一点也不妨碍他是一个真正的音乐爱好者。他在集中营里组织了囚犯的管弦乐队，他经常听奥斯威辛女子交响乐队的演奏。听到舒曼的梦幻曲时，他落泪了。

还有一个人也值得注意，他对音乐和屠杀一样在行，那就是党卫军的保安处处长，秘密警察的副首领海德里希。此君生性残暴，卖力地组织和执行了希特勒亲自提出的“对犹太人的最后解决计划”，设计了对

1 100万犹太人的屠杀方案和具体措施。他也是一个忠实、热情的音乐爱好者，对古典音乐有一种狂热的喜好，尤其是对海顿和莫扎特的乐曲。他自己能很好地弹奏许多古典音乐家的曲子。

1945年，德语诗人策兰写就了他著名的诗作《死亡赋格》，此诗后来不仅在德语世界，也在全世界产生了深刻影响。死亡与音乐成为这首诗歌的唯一主题，希特勒们是“来自德国的死亡大师”，他们在屠杀的时候需要音乐伴奏，这一细节是“死亡大师”的重要特征。这是一首追忆法西斯集中营屠杀犹太人的场景，沉思“恶”、音乐与“死亡艺术”的诗歌，是他自己也是人类的“墓志铭”。携带着《死亡赋格》，也携带上那些光辉而又晦暗、那些漫行直至夜之尽头的词，策兰来到我们这些幸存者们中间。

策兰的这首《死亡赋格》，写出了如此不带暴力、弃绝强求的威严，写出了在死亡进行时的背景音乐，希特勒们把玩不已的音乐，写出了“死亡是来自德国的大师”这样一个事实：那个写信、召回猎犬、吹口哨，让犹太人自掘坟墓的“灰发的舒拉密兹”。这里有几行令人心碎的诗句：“……让他们扬锹在地上掘出一道坟墓/他命令我们奏起音乐现在就跳起舞”，“把你们的锹插得更深些你们这些人你们这些人继续奏起音乐跳起舞”。

在这首诗首次印刷的罗马尼亚版中，就附有如下文字：“我们在此发表的这首译诗源于事实。在卢布林和其他一些纳粹‘死亡集中营’里，当一部分被审判者挖掘坟墓时，另一部分被审判者则被强制奏乐。”这很能说明问题。根据策兰的传记作者沃夫冈·埃梅里希说：“这是《死亡赋格》的一个，也许是唯一的主题，它赋予德国人以双重的大师气质——艺术上的和杀戮中的。当男子向那些赴死者颁下命令，令他们用音乐和舞蹈将自己的死亡演绎成一种艺术时，这两种精湛的技艺交织到了一起：‘他叫嚷着将死亡奏得更甜蜜些死亡是来自德国的大师/他叫嚷着将提琴拉得更低沉些然后你们就化作烟飞升上天空。’”

“二战”题材的电影中，当希特勒检阅军队，举手行纳粹礼的时候，或是无数犹太人被驱逐出德国的家园，背井离乡，甚至被纳粹用火车车皮运往集中营时，背景音乐多半就是瓦格纳的作品；在纳粹党的代表大会召开或群众集会上，都少不了演奏瓦格纳《众神的黄昏》片段；在1933年德国国会就职典礼上演奏的是瓦格纳《纽伦堡的名歌手》，据说这是希特勒坚持的结果，因为最初计划演奏的是施特劳斯的作品。而在战时播报德军空袭时，所配的音乐也是瓦格纳的《女武神的骑行》；此外，瓦格纳《黎恩济：罗马的最后一个护民官》则回荡在一些纳粹德国的正式仪式上。

可怜的瓦格纳！他的篇幅巨大的作品，沉重蹒跚的乐句，又被人历史性地“错爱”了。希特勒几乎把自己的灵魂都嵌入了瓦格纳的歌剧或其他音乐作品，倒过来说也可以，他从瓦格纳的艺术中汲取了一种摧毁性的力量，让这个世界猛烈燃烧，让“女武神的骑行”，布置一场“众神的黄昏”。

人们今天在倾听瓦格纳的音乐时，也会深感在心灵与肉体的冲突中，瓦格纳强调的是宿命；在自然与宗教的冲突中，他突出的是毁灭。瓦格纳改写了贝多芬通过戏剧冲突与文学表情拓展音乐空间，寻求更丰富精神层次的初衷，强调因尖锐对立而造成的分裂，从而彻底粉碎了古典主义规则中和谐的幻境。

瓦格纳本人的命运中，似乎也潜藏着毁灭性的因素。关于他悲喜剧似的生活经历，我们不妨看他的传记，这里我只抄录他的一段题写在《特里斯坦与伊索尔德》前奏曲的文字说明，为读者印证这一点：“特里斯坦充当媒人，把伊索尔德带到伯父处，其实两人已经相爱，从无法平静的欲望那最节制的倾吐开始，从最无望的爱的告白那极为纤细的战栗到爱的最可怕爆发，而且渗透到内心灼热的冲突的各阶段感情。最后这感情只能丧失力量，沉潜到自我之中，只好在死亡中消失，远离。”

也许，在瓦格纳的情感和意识中，死亡、爱情和爱是“三位一体”的，而希特勒则添加了一个新主题：战争。“第三帝国”一步步走向覆亡的历史太值得深思了，以至于博尔赫斯怀疑说，希特勒是否故意让自己失败？他的意思是，也许希特勒是个大艺术家，故意毁灭自己以取得深刻的悲剧效果，或真切地体验悲剧的过程。不过事情并没有那么简单，也许博尔赫斯在这件事上有点失之天真，其实希特勒的失败是有内在逻辑的。

没有想到的是瓦格纳的音乐曲调给犹太人造成了如此深重的伤害，以至于“二战”结束半个多世纪后，以色列人还拒绝演奏瓦格纳的作品。我有幸聆听过音乐指挥大师祖宾·梅塔指挥演奏的交响乐，他在舞台上的沉默和指挥风格的沉着，都给我留下了极为深刻的印象。多年前祖宾·梅塔曾指挥以色列交响乐团加演瓦格纳歌剧《特里斯坦与伊索尔德》片段，一位大屠杀幸存者当场愤怒冲上舞台解开衬衣，显示纳粹留下的伤疤，梅塔不得不中止演奏。此后，祖宾·梅塔不再演奏瓦格纳了。

四

2011 年 6 月 27 日，位于荷兰海牙的国际刑事法院宣布，正式对利比亚领导人卡扎菲发出国际逮捕令。这是国际刑事法院历史上第二次对一个国家的在任国家元首发布逮捕令。国际刑事法院逮捕令一经发出，终身有效，永不撤销。

让我们把镜头切换到 1969 年 8 月 21 日。

一个澳大利亚宗教狂热分子在耶路撒冷旧城里，纵火焚烧了伊斯兰教三大圣地之一阿克萨清真寺，伊斯兰世界群情激愤。利比亚通讯兵团中尉军官卡扎菲召集身边的青年军官，决定在 9 月 1 日采取行动。他发动了九月革命，推翻了伊德里斯王朝，建立了阿拉伯利比亚共和国。

应该承认，卡扎菲是颇具想象力的。在执掌利比亚政权的 40 多年间，卡扎菲成功完成了一个令人难以置信的基础设施项目：在撒哈拉沙漠广袤的沙子下面铺设巨大的管道，将古老而巨大的淡水湖的水引进利比亚，使利比亚变成名副其实的“伊甸园”成为某种可能。这一切不禁让人想起科幻小说《沙丘》中的情节，小说作者弗兰克虚构出一个沙漠星球，其地下铺设了广阔的管道网络用来收集和储存淡水。

有人一直为卡扎菲评功摆好，一些所谓的大国也在打他的主意，希图与他结秦晋之好。但是这一切都阻挡不了他走向死亡的命运。他的毁灭，除了政治理想的荒唐，混乱的外交内政思维，同时大肆聚敛财富之外，也与他富有激情的演员气质，莫名其妙的审美意识有关。

只要不带偏见，就会发现，他在利比亚上演的，是个当代讽刺剧。

无论任何场合，卡扎菲总是身着同一颜色的服装，有时是白衣、白裤、白鞋、白头巾、白手套，外披一件镶着金边的白色斗篷；有时是黄色卡其布军服，戴同样颜色的头巾，在十几名保镖的护卫下出场。他喜爱足球运动，是意大利老牌球队尤文图斯队的股东。

卡扎菲的行动常常令人难以捉摸。这是因为他从小在沙漠里长大，过惯无拘无束的游牧生活，加之上学时喜欢看乌托邦和无政府主义的书籍，因而养成了放荡不羁的性格，做出很多令人不解的举动。比如，在1988年他亲自开推土机推倒的黎波里监狱的大墙，放出400名政治犯。卡扎菲反美，但对释放在黎巴嫩和菲律宾扣押的西方人质发挥了非常重要的作用。当他"忧伤"时，不是醉心于"文学创作"，就是一人到沙漠的帐篷里静思，聆听"真主"的声音。

卡扎菲善于演说，他讲话从不用讲稿，口若悬河，慷慨激昂，不时挥舞着双手，显示勇气和力量。他以戏剧性的行动表达自己的思想和政策，因而常常引起人们的非议和讽刺，甚至说他是"言行无度、不合情理"的怪人。也是在1988年，在阿尔及利亚举行的阿盟首脑会议上，卡扎菲右手戴了一只白手套，说这是为了与"美国走狗"握手时不致脏了自己的手。

2006年3月，喀土穆峰会前夕，外界猜测卡扎菲十有八九不会出席，而他却在峰会开幕前两天就抵达喀土穆，成为最早抵达的阿拉伯国家元首，弄得东道主苏丹措手不及。在卡扎菲座机降落前不到一小时，东道主才知道他要大驾光临，赶紧铺红地毯，还好赶在飞机降落前准备停当。正在参加阿拉伯外长会议的阿拉伯联盟秘书长穆萨得知消息后，赶紧离开会场直奔机场……谁知会议只进行到一半，卡扎菲就提前打道回府了。

2000年7月，卡扎菲率领由两百多辆汽车组成的庞大政府代表团，白天驱车赶路，夜宿临时搭的帐篷，浩浩荡荡地穿越撒哈拉大沙漠，前往多哥首都洛美，出席非统组织首脑会议。这一行动表明，他要通过此举宣传他建立"非洲联盟"的倡议，同时也是要用事实向人们证明，他修建穿越撒哈拉大沙漠高速公路的主张是可行的。

美国中央情报局有很多情报，都指向卡扎菲的怪诞。

有份报告说，他在 1985 年的马略尔卡岛之行中，化了妆，带着玩具熊，为了安全拒绝睡在旅馆为他准备的床单上。1982 年的一份报告说，"据判断，他患了严重的性格变态……在沉重的压力下，当他判断失误时，他常会有荒诞怪异的行为"。还有报告说，他在过去几年内服用了过多的安眠药，早晨再吃别的药让自己清醒过来，而据另一份报告说，他的抑郁症很严重，以致在阿齐齐亚兵营的走廊里游荡徘徊，"语无伦次地喃喃自语"。

卡扎菲异想天开的"革命热情"，常常令他的阿拉伯兄弟也吃不消。

1972 年 12 月 22 日，卡扎菲在突尼斯的一个群众大会发表讲话，号召和利比亚统一。正在家里收听卡扎菲讲话实况广播的突尼斯总统布尔吉巴大吃一惊，赶紧赶到现场，匆忙抢过话筒说卡扎菲关于统一的观点脱离实际。他还很不给面子地直言道：阿拉伯人从来未曾联合为一个整体，而且不希望在这个问题上听一位连自己内部团结都搞不好的落后国家领导人的说教。

为了使自己更符合"阿拉伯英雄"的角色，卡扎菲可以做到不惜一切代价。他曾每年给埃及提供 1.25 亿美元，给叙利亚 4 500 万美元，给巴勒斯坦游击运动 2 500 万美元，他还拿出钱来给马里、乍得、乌干达和尼日尔这些非洲国家，让他们与以色列断绝关系。卡扎菲最喜欢的事业，是阿拉伯人与以色列对抗——对于卡扎菲狂热的态度，西方媒体尖酸地讥讽道：利比亚"离前线很远，而主战却又最激烈"。

对于卡扎菲在阿拉伯世界的角色，以色列一名军事情报机关的前首脑评价得最为有趣："在他所有的企图统一阿拉伯世界的疯狂尝试中，还有谁像卡扎菲这样造成了阿拉伯世界这么严重的分裂呢？他在战略上是一个威胁，但在战术上或许是一个宝贝，一个为我们在阿拉伯世界中制造分裂的代理人。"

对一心想摧毁以色列的卡扎菲来说，这个评论实在是太过讽刺了。

2001 年"9·11"之后，也许是意识到美国对伊斯兰世界的打击将威胁到自己的统治，卡扎菲一反常态，强烈谴责恐怖活动，成为当时最早谴责恐怖主义的阿拉伯国家领导人之一。以此为契机，利比亚与西方的关系有所改善。

可是卡扎菲一边与国际社会修好，一边又想让利比亚国民和中东、非洲的盟友们觉得他没有“服软”。2004 年，卡扎菲在他的帐篷中会见了前来做破冰之旅的英国首相布莱尔，两人席地而坐，卡扎菲在众目睽睽之下将光着的脚伸到布莱尔面前，然后放了一个响屁，令布莱尔非常尴尬。

他的下场非常悲惨，从喜剧到悲剧是其一生的命运。

卡扎菲生前最后一刻的画面，是发丝凌乱，满脸胡子拉碴和淤血，标志性的头巾不见踪影，赤裸的上半身沾满斑斑血迹，躺在冰冷的地上供围观的人群拍照……统治利比亚长达 42 年之久的卡扎菲，应该从未想到自己会落得如此凄惨的下场。从电视台播放的画面中，可以看到，当卡扎菲被“过渡委”武装人员从藏身的下水管道中带出来时，右臂中枪，尚未丧命，但脸部和上身的衣服都被鲜血染红。在被武装人员推搡至一辆汽车的过程中，卡扎菲的黄绿色衬衫被撕扯掉，脸色苍白，眼睛微闭，奄奄一息，还狼狈地被抓住头发摁到地上。当“过渡委”的士兵抓住了卡扎菲，他们一点也没有怜悯他。目击者说，“他还在说：‘出什么事了？发生什么了？’”

卡扎菲被捕时双腿都有枪伤，背部也中弹。他被拖了 40 多米，并被扔上了一辆吉普车。一群“过渡委”的士兵围着卡扎菲，用拳头揍他的脸。之后不久，卡扎菲胃部和头部中弹，武装人员兴奋地挥舞着枪支。卡扎菲显得有点茫然，他问抓捕他的士兵，“我对你们做了什么？”后来，一名士兵告诉路透社记者，卡扎菲曾喊“不要开枪”。然而，就在他乞求活命后不久，被枪击死亡。浑身是血的卡扎菲死后，人们还拖着他的尸体走在他的家乡苏尔特的街头，后来被摆放在一辆车子的顶部，这辆汽车在米苏拉塔街头到处转悠。一大群民众跟着车欢呼，他们大喊“烈士们的鲜血不会白流”。

这些场面的确不忍卒睹。我们主张，独裁者在位的时候，应当展开英勇反抗，将独裁者拉下马后，公正的审判是必需的，但百般凌辱并不可取。可是没有多少人会同情一个怪异的独裁者如此不堪的下场，人类离古罗马时代已经两千年了，希特勒死去也将近70年，我们并没有脱开怨怨相报的习性。

对失势的强者，我们多少年来都是如何不顾一切地去侮慢他，鞭挞他，损毁他……这同样可以归结为残酷与美，疯狂与艺术，就像独裁的暴行由于艺术的催化而加速悲剧进程，一旦大众传染上的这种死亡激情，也像日全食的情景一般：突然降临的人性之黑暗，多么令人惊惧。

2012年10月20日，杭州

足球、摇滚乐及其崇拜者

一

我时常为一些海洋般神秘起伏、在喧嚣中席卷一切的事物和场景所折服、所感化，并彻底为之身心瓦解。我似乎在这一消解的过程中找到一种令人销魂的陶醉和归属之感。显而易见，出现在我们日常生活中的这些事物或场景，往往带有某种膜拜的性质和史诗般的宏阔，其放轶的、令人晕眩的画面，可以与任何一次历史转折关头声势浩大的群众性集会相媲美，也能够同屡次大规模的暴动、起义或宗族械斗、宗教征战一样，取得一种史诗般的震惊感：或一呼百诺、众志成城，或激荡人心、迅速蔓延。

这些事物发展到后来，往往有仪式、有教义、有偶像，门徒中为之献身燔祭者有之，举事骚乱者有之，不同教派之间东征西讨、互相厮拼，完全符合所有称得上“宗教”的那种现象的特征。人们谈论它们时，时常带着十分虔诚的神情和无限仰慕的眼光，使用“圈子”里的语言和近似“切口”的词汇，或夸夸其谈，或小声密谋。而那些“教主们”碰在一块，有点像中世纪政教合一的那些年头，各个教区和领地的人们聚在一起议论某些敏感的话题，神色严峻，深不可测。它们到底是什么呢？我以为，最能传达现代宗教气息，最富有狂热精神和感染力的，就是摇滚乐和足球。

摇滚乐和足球似乎像一对孪生的神降临到这个世界上。它们的使命是在一个消失了神性的时代煽动对生活本身的崇拜，不时制造出盛大的渎神节日。显然，这是一对特殊的神，就住在我们附近，使我们备受折磨又倍感亲切。摇滚乐和足球天生就有一种暴力倾向和煽情品格。在一些著名的音乐节或晚会上，我们听完“摇滚”踏上回家的路，脑际还在响着震耳的声音：铜乐器是那样的暴烈，弦乐器是那样的细腻，诉说着爱情、造反、吸毒，来而往复的狂乱。歌手发出沙哑而富有磁性的声音，举手投足之间带上迷狂神态，伴随着挑逗和决绝，哀鸣和嚎叫，这种声音在夜空中激荡盘旋，让人领受了一种不可抗拒的感召力，瞥见了新“上帝”的容颜。有时，舞台上下一歌百啍，乐迷们涕泗纵横，左右摇摆，不知所云，心甘情愿地做了灵魂和感官的俘虏。发展到后来，这种音乐会以舞台表演取代苍白无力的灵感。要么是性错乱，戴维·鲍伊、纽约玩偶乐队，他们男扮女装或女扮男装，浓抹艳服，玩弄着隐晦的性游戏，要么利用出自奇想的道具：蛇、火、五彩烟火、闪光的帷幔，瞧，爱丽斯·库珀出其不意地登场了。

至于足球，它的比赛场面就更令人感到心头炽烈、血脉贲张了。一场实况转播的意大利甲级联赛，让全世界数以亿计的观众目不转睛地看下去，你能说得清多少个家庭为一次罚球操心，多少个朋友为一个黄牌警告而大打出手呢？记得有一个晚上，中国队在卡塔尔比拼，大概是意想不到地进了一个球，平时死气沉沉的公寓里突然爆发出一阵冲决一切的欢呼，那声音就像越狱成功了似的振奋与快慰，简直不可思议。为了看一场精彩的足球赛，那些白天忙活了一天的男人，会在半夜里起床，有时干脆整夜不睡。那部叫《西雅图不眠夜》的电影，只要改动一个词，变成《足球不眠夜》，刚好可以用在这群人身上。一次闲聊的时候，大学时的老同学告诉我，他那位读中学的可爱女儿是一个忠诚的球迷，对尤文图斯队情有独钟，一旦碰到尤文图斯队有赛事，总是早早收拾停当，穿上一套带有尤文图斯队徽记的运动服，像开始做祷告仪式似的，惶恐不安地打开电视机。

爱球如斯，堪复何言！

二

詹妮斯·乔弗林，这位20世纪60年代最著名的摇滚女歌手，尽管她的生命短暂，却以低沉而沙哑的嗓音，咆哮般的尖叫和呼号，以及几乎像古罗马人一般的恣情放纵，征服了所有的观众。作为女歌手，她并没有天使般的容貌和娇好的身材，却有着无比狂热的信仰和追求，其歌声充满哀怨和戏剧色彩，有时显得声嘶力竭，似乎她整个身体都在歌唱。那首《球和锁链》就让她获得了一切荣耀和赞美之词。她站在舞台上的时候，头发披散，眼神恍惚，嗓音时而撕心裂肺，时而温文尔雅，时而高亢嘹亮，时而低沉徘徊，就像一个女巫和天使的混合体，詹妮斯·乔弗林非常熟练地控制了听众的感觉和心灵。

的确，在那些充满反叛和动摇的年代里，摇滚乐以它的冲击性和"暴力"手段，回应着一代人的质询及其发泄精力的需要，既成为一类非政治的群众"政治宣言"，又表达了他们生命中不可遏止的野性冲动。起先，这种音乐处于社会的边缘；它在丰富自己的同时，扩大了社会基础，把广泛的、杂七杂八的人都包括进来了，不仅符合商业需求，而且也对应于一种要求激进、要求明确表现自己的愿望。就像当年基督教的流播，最终被罗马帝国所接受一样，摇滚乐在扩展自己的信徒队伍的过程中，成就了它本身，成为当代音乐的主流之一，几十年来，它的地位如日中天，有相当多的歌曲被认为是不朽的经典。新的造山运动开始了。歌曲集《随心所欲》广泛传播不久，鲍勃·迪伦就成了对现状不满的一代的歌手了。依照大众音乐的传统，他增添上自己那种辛辣苦涩的诗意，打破了美国社会的一切禁忌，青年们，尤其是大学生，把他看作他们自己始终耿耿于怀的质询的呼声。他成了他们的偶像。

20世纪80年代开始，中国也有了自己的摇滚乐。在我所接触的歌手里面，能够真切地表达内心的解放感，以一种真正的批判性的眼光打量周遭一切的，是非常稀罕的。他们要么还没有诞生，要么被扼杀掉了：葬送于媚俗和捧杀。他们唱来唱去逃不出红卫兵的腔调或街头痞子的习气，既没有民间音乐艺术的成分，又不具备真正的前卫品质。在西方，一般而言民歌，特殊而言鲍勃·迪伦，或者为节日欢乐击节而唱，歌唱人类，鼓掌喝彩，或者鼓吹反抗，成为深层次现实的瞬间性表现。从技术性的层面看，我们那些摇滚歌手往往患了“声嘶力竭虚脱症”，他们用手势制造共鸣，以怪调震撼台下狂热而幼稚的青年，引人发笑。当然，真正的歌手可能隐藏在灰色的人群之中，没有为世人所认识。记得去年在“纯真年代”酒吧开张典礼上，杨绍斌兄介绍我认识了杨一，这位在生活中沉默寡言的歌手，在众人面前自弹自唱，具有迅速熔铸和表述生活的能力，略微沙哑的嗓音，忧郁迷惘的眼神，他总是在不经意的瞬间把我们的生存状态掀翻在地，让我们回头看一看生活中更为辛酸而真实的一面，足以显示这位歌手存在的独立价值。

好的摇滚乐有“解放”精神的功效，是通往追求自由之路的标示。它把政治、暴力、性和激烈的反叛意识，还有某种狂乱，在瞬息之间消耗殆尽，而且以互相交流的方式传递给听众。这有伤于现存社会，在公然挥舞暴力大棒不成之后，商业旋即给以助力，尝试因势利导这种文化现象。许多乐队，包括“谁”、金克斯、“动物”、曼弗雷德·曼以及其他团队，都经历过这个阶段。

尽管如此，流行音乐特别是摇滚乐，已经在其演变过程中，伴随着诉说性爱过程、描述日常生活、发现想象世界，交织着音乐、哲学、政治的因素，还表现为一种宗教信仰，就是说，人与人之间的心灵联系，导致一种行动，争取人成为自由人、创造者而在某种集体中灿烂开放。这里既有甲壳虫乐队在《露西带着钻石在天空飞翔》中的橘子树、果酱色的天空和有着一双如同万花筒般的眼睛的小姑娘，也有西蒙和加丰凯尔在其歌曲中关于如何面对孤独和隔离的启示，他们在演唱时发出的教堂唱诗班领唱般的嗓音，在音乐中流露出来的沉思默想，给这个年代里人们焦躁的心态带来一种无比的安慰。

大凡著名歌手抵达城市之日，就是万人空巷之时。诸神的黄昏是如此的璀璨夺目，以至于南方明净的星空也黯然失色。1999 年，整整影响了中国一代人的香港歌手罗大佑来这里演唱，我所置身的偌大的体育场几乎座无虚席，他出场时看台上无数观众手持发亮的小棒，向这位儒雅而激情四射的前医生发出震天动地的欢呼。这与我多年前在一个遥远而模糊的午后，同几个朋友一起打开唱机聆听他歌声的情景大相异趣，但总算找到了一个完整的罗大佑，这一代人心中挥之不去的罗大佑。而眼下当红的歌手就不同了。最近一次王菲等人来了，我带着儿子去看表演，就在预告王菲乘车登台的一刹那，整个体育中心场内的几万人，几乎人人都想涌上前去一睹芳容。在一片混乱之中，我十三岁的儿子转眼间不见了。我的邻座让我不必紧张，说你的儿子肯定是去找他的偶像去了。直到儿子兴奋地带着汗珠回来，我才明白：一代人自有一代人追求偶像的方式，大可安心睡觉了。

其实偶像自身也何尝不是如此呢？在舞台装饰和灯光布景，以及所营造的气氛的烘托下，歌手握紧麦克风这个唯一的道具，整个身心融化在音响的魔力之中。音乐卷裹着他，渗透着他，把他整个儿浸泡起来，直到他有时就像服用致幻剂一般进入某种超验境界。节奏作为基础，低音支配一切，两者有时合而为一，给肉体以致命的重击。听不再仅仅用耳朵，还要用肚子，乃至整个躯干，每一声震颤都像对灵魂之门的一次撞击。

音乐使人获得片刻的陶醉，借以逃脱平凡的生活，但曲终人散之后，人们仍然像平素那样各奔前程。这就是流行音乐的两重性：一方面，它自身孕育着颠覆，艺术和社会价值观的颠覆，揭示出革命是一种伟大的欠缺；另一方面，它梦想着天堂，贸然想象可能的未来世界，相信单单凭借觉醒就可以达到这个梦中境界，并且耽于这种满足感，对现存制度毫无持久的影响。当然，这也对摇滚乐经久不衰的生存环境带来直接的好处，一代又一代人将在这种音乐背景中成长和奔忙。

三

足球，这种遵循自由落体运动定律和惯性作用法则的可视之物，无论它被球员用头去顶破天空还是重新落回草地，始终没有逃脱我们讨论日常事物时的那种口吻和打量它时的寻常目光。问题是它已经逸出体育的游戏规则，在更为开阔的层面和形而上的诱人高度上，稳当地占有一席之地了。

这个貌不惊人的球状体，被人一脚踢进大雅之堂，在这个资源有限的世界上，被不惜成本地鼓吹着、传播着、议论着，最后让孩子们入睡时怀抱着。事实上，它的边际成本和投入产出之间的变量关系，足可以画出一个漂亮的椭圆形曲线，只要你不是那么无端地嫉妒这个伟大的运动。它确乎振兴了一个庞大的产业，并造就了一个人数非常可观的食利者阶层。

足球运动不仅在全世界建立了一个球体帝国，而且已经树起一面信仰的大纛，在五大洲上空迎风招展。当年亚历山大、恺撒和拿破仑未竟的事业居然由足球来完成了，成吉思汗横跨欧亚大陆的雄心比起世界足球锦标赛的凯旋仪式来也是微不足道的。足球真是一个令人困惑的谜团，如果汉姆莱特再世的话，他也会扯着衣襟，面对上苍大声地发问："它是谁？为什么会这样？这是一个问题。"

非常有趣的是，多年前，一位西班牙作家对这种球体仪式有着生动的描述和极为辛辣的嘲讽，说的是某个星期天的下午，来自另一星系的人类学家正在地球上空盘旋，观察正在顶礼膜拜的地球人，就在马德里，他毫不费力地发现了一座巨大的露天教堂，那里聚集着成千上万的朝圣者，他们身着白色与紫色相间的长披肩，陷入一种自我感知式的心醉神迷的境界，他们一边整齐地摇晃着身体，一边吟唱着重复的经文。接着，牧师们到场了——分为两队，每队身着的服饰显然具有象征意义的色彩，白色代表天国，红色代表血祭和毒火。作者不无刻毒地说，这显然是一种二神宗教。

善与恶之间的斗争是在位于教堂中央的绿草茵茵的神坛上展开的。代表这场战争的神物，是一个粗糙的行星状的象征物体，它上面绘有不少线条、圆弧和曲线。这个神物在"地球"和"天堂"之间猛烈地来回摇晃着，这显然同样是对世界上的物质与道德的发展过程所进行的模拟。它似乎不时地被一张网所吞没，这张网象征着某个毁灭宇宙万物之力的神灵所设的深渊。但神物又被仁慈地吐出，象征着整个世界被吐出来，获得了赦免。于是，具有象征意义的善与恶的斗争重新开始。

看到这里，我们猛然醒悟过来，原来这位作家用一种尖刻而幽默的笔法去描述，并不遗余力地加以嘲讽的对象，竟然就是伟大的足球运动。当然，他的本意是挖苦世俗主义和人类学本身，不过他还是揭示了一条更深层次的真理：现今的世俗生活是对宗教的模仿。

在今天的人群中，几乎每一个稍有影响的团体或阶层都抱定一个崇拜对象和礼仪程式不肯放过，如女权主义之于"女神意识"，科学家之于基因和双螺旋体，军人之于航母和导弹，商人之于销售网络和利润率，不一而足。而足球，则满足了所有人的崇拜心理，不分种族，无论老少，消除了贵贱的畛域，抹平了财富、职业、性别的界线。当阿根廷与英国两支足球队的队员们在绿茵场上紧紧拥抱在一起时，人们来不及回忆马岛之战留下的不快，而法兰西共和国总统看到一个前殖民地国家把球踢赢时，也会顾不上什么体面，会霍然起立大鼓其掌的。这个本来并不起眼，如今满地旋转的足球，倒是为这个千疮百孔的世界增添了为数不多的欢快。

从观赏和审美的角度看，与摇滚乐相比，足球更有情节和悬念，在演绎和炫技上更接近古典音乐。这些年来，足球运动在高度竞技性之中普遍加上那么一些炫耀的成分，于是，我们不仅看到了令人叹为观止的不懈跑动，让任何对手胆寒的疯狂逼抢，更多地看到了准确到位的顶球姿势，令人眼花缭乱的带球路线，传球过程中的漂亮弧线，刁钻古怪的进球角度。足球这一种狂热的运动讲究起风格来了。

尽管马拉多纳或罗纳尔多在球场上多少有点像古罗马竞技场上的角斗士，被人们欢呼喝彩却浑身血痕，但这些斗士却是当代的命运宠儿。这些足球之神，头顶上的光环给无数人的视觉带来巨大的冲击，造神运动总是发生在没有神的年代里。有些新登场的满脸稚气的球星，说不定今天还刚刚从南美洲的那些到处积水或灰尘飞扬的街角冲杀出来，或在他们的同龄人面前以其灵巧稚嫩的身体，表演不让球落地的颠球、接球、传球、控球的美妙动作，明天就坐上奔驰、凯迪拉克之类的高级轿车，出入美女如云的场合，被媒体大吹大擂，然后坠入云雾之中。想来，这些"足球神祇"的脑袋不发晕才是奇迹呢！

现今足球运动算得上是喋血运动了。还没有听说过"歌剧院歹徒"或"书店滋事者"，而足球场上每年都会出现这一类的寻衅者。嘘声、辱骂、打人，甚至酿成更大的惨祸，踩踏事件发生后的现场，看上去无异于交肩叠股、血流成河的战场。至于黑哨事件和俱乐部交易黑幕，更是家常便饭了。足球，是一位浑身带着冲突和血腥味的神明，我们却为它制造的力和美感动不已。

2000年6月17日，于杭州

“老兵不死，只是渐凋零”

一

2007年10月20日，我飞抵北京，第二天去香格里拉饭店，参加当年环球企业家高峰论坛。之前，我收到《环球企业家》和百人会国际商务俱乐部的邀请，他们准备举办这次名为“中国・世界：激荡30年”的国际论坛。手头还留着这份电子版的邀请书，里边对这30年中国的变化言之凿凿。使用了典型的中国媒体语言，一种非文学的撩拨，政论式的煽情。

那段时间的确很忙（当时我正在中国一家汽车公司担任副总裁），可是再怎么忙，我也得抽出时间参加这个论坛。因为这里有思想层面的交锋和碰撞，可以与重要的商界人物见面，也隐伏着某些重要的商机。“在商言商”，我想。

开场的时候，龙永图显得很矫情，大谈讲坛上摆放鲜花之不必要，言不及义。他还要往下讲这件琐事，会场稍有骚动，于是把这个无聊的话题打住了。龙是中国加入WTO的主要谈判代表，而且颇有点个性，国人自然对其崇敬有加，现在又是博鳌亚洲论坛的秘书长，到处出场，时时露面，当然很牛了。这是惯例，人牛了就会说话随意，点评成癖。

我看到钱颖一坐在前排，就上去与他交谈片刻。记得吴敬琏先生曾对我说过，他最看好的中国经济学家有两人，一是杨小凯，一是钱颖一。可惜小凯英年凋谢，无缘得见。我和钱颖一谈到了宏观经济、汽车和世界金融，并约好下次见面。我留意了一下，郭广昌似乎坐在自己的位置上（前不久刚见过他），但黄光裕显然没有到场。他的椅子虚位以待，会议开始之后，我看到工作人员上前把他的席签拿掉了。

给我印象最深的，是与一个美国老人的短暂交谈。他叫莫里斯·“汉克”·格林伯格，曾经是鼎鼎有名的人物，一个参加过诺曼底登陆战的老兵，美国国际集团公司（American International Group，AIG）前CEO。

被亲手缔造的千亿美元商业帝国放逐后，年逾八旬还准备东山再起的汉克·格林伯格，有着一双炯炯有神、仿佛能刺透你一切秘密的眼睛，嘴角还带有一丝对一切事物的轻蔑和讥讽，从第一眼对视开始，我一下子就意识到遇见一个真正的人物了，世界上最能呼风唤雨也最引人怜悯的保险业大鳄级人物。这一类人，即使穷途末路，也能让人一眼辨识出来，这是一个昔日的“大人物”，他的身上依然散发出某种特异的气息，足以让人格外留意，无法小觑。

不管命运将他放到什么地方，如何羞辱他，将他降低到尘埃的位置，格林伯格也是一位具有强大意志的人。此君的个性复杂而简洁，举手投足惹人注意。中国人对他的言行举止尤为关心，在这个刚宣布崛起的国家（很少有一个国家是这么直白地炫耀自己的，以至于一个刚出道的人，都会自称“杰出”），在一个急于表明自己强大的国度，特别在意这样一个失势的商界巨子。

也许因为格林伯格很看好中国，更使中国人对他另眼相看，正如那些国际著名的指挥家常常加演一曲“茉莉花”或“紫竹调”，好让他们赢得更持久的掌声。也正由于格林伯格喜欢以一种可疑的语气夸耀中国的成就，使很多人忘却了他的所有劣迹，凸显了他的不凡之处（这个人的确很不寻常）。中国人的看客心理中，更多地喜欢英雄末路的表现。我记得，友人吴晓波写出《大败局》之后，其受欢迎的程度完全超出了想象，印量呈几何级数上升。那时我就明白了一点，同情失败的明星是中国人表达怜悯的最好方式，国人大都喜欢窥探失势的原委、关节和心理，闻见失意者的哀鸣与挣扎。

汉克·格林伯格，属于那种过目难忘的人物。他是戏剧家和小说家所乐于结交的人物，在现实生活中很难找到的“超级商人”原型。

正如《环球企业家》记者所描绘的：“得承认，他有一双让人不安的眼睛。他的眼部肌肉似乎很少舒展，而是紧绷绷的如一张引而未发的弯弓。聊天时，他依然皱紧眉头，那双灰蓝色眼睛很少眨动，而那目光所传递出的信息则异常明确：决断、精明、坚韧、固执、独立、求索……多数人都难以在这样的目光下行状自若。”

而《商务周刊》好多年前就这样形容过他：“很久以前，美国国际集团莫里斯·格林伯格脑子里就不再有该工作多长时间的概念了。他在全球各地玩命似的不停穿梭——一个星期他至少工作 80 甚至 90 个钟头。这样的工作强度甚至连许多年轻人都难以消受，但格林伯格，78 岁的老人，却依然乐此不疲。他有时间工作，但当有人问他会把 AIG 带到什么地方时，他却没有时间和耐性稍加思索再回答，总是脱口而出：‘鬼才知道。我生来就和它在一起。’顿了一下，他才又咧着嘴笑着说：‘我在一个农场长大，我说的是这个。’”

若干年之后，《21 世纪经济报道》记者这样描述对他的第一印象：“清晨 5 点的上海，一位来自美国的 87 岁老人睡了仅 4 小时，便起床开始晨练。接下来的一整天，他还主持召开数次会议直到深夜。这位忙碌的老人便是曾掌舵美国国际集团（AIG）长达 37 年、被誉为‘保险教父’的莫里斯·格林伯格，美国工商界最有影响力的传奇人物之一。”

让我们回到开头说的发生在北京香格里拉饭店的那个场景。

在那种场合我自然无法与格林伯格深谈，只是在会后上前与他交谈了几句，比如对下一个经济周期的看法，美国金融和保险业的未来等。他对我的问题作了简要的回答。我知道他在自己营造了世界保险业帝国之后，因一系列的问题被叫停出局，还保持了一副旺盛的斗志，但这样的场合还是不宜多谈，以免影响他的行程和精力。说实在，他与华尔街大鳄有所不同，我还是有点敬重他。

交谈完毕，当我把笔记本递到他面前，请这位“二战”期间参加过诺曼底登陆战役的老兵，写下他的通信地址和电话时，他迟疑了五秒钟。就在这五秒钟里，他又把我从头打量了一遍，似乎要伸长他那只著名的老鹰鼻子，嗅一下我的气味，然后不动声色地在我的本子上写下他的大名和邮箱，但是却没有留下电话。然后，他微笑着把本子递回给我。

很快，他被众多的人簇拥着走了，看上去简直是一条汪洋中的船，被浪涛推搡着颠簸前行。他对我说的最后一句话是："愿你走运！"

可当时我怎么也不会把这双老鹰一样的眼睛，与日后发生的世界性金融危机联系在一起，与这场经济的世界大战联系在一起。这个世界很不"走运"，一场旷日持久的金融战争终于爆发了。2008年9月16日雷曼兄弟公司垮台令人震惊，继美国两家著名的对冲基金出现巨额亏损，信用评级机构下调抵押贷款债券信用等级后，几个月来雷曼兄弟就像被施了魔咒一样，朝着预测的深渊迅速滑落。在雷曼股票价格暴跌94%的第二天，各信用评级机构将雷曼兄弟的评级调减至D，意味着它破产了。

当我注视着格林伯格离开的背影时，心里就在犯嘀咕：他一手扶植的保险帝国驱逐他，并非他是性格暴烈的李尔王(尽管他性格中的确有李尔王的影子)，而是整个金融保险业出了问题，一种巨大的裂痕，写在他精明、强悍和敏感的脸上，缝隙的存在与挤入缝隙并使之扩大，是并行不悖的。他已满头白发，还发誓东山再起，这使人同时感到悲哀和尊敬。看着他的背影远去，我的心情还在"拔河"。

这是一个很特别的人，一个具有毁灭性力量而且还时刻表现得沉静无比的人，两场截然不同战争中的"老兵"——或者说是——"幸存者"。傲慢、不安、冷静，开阔又精明，无情复幽默，所有这些相异的性格元素，在他后背略显苍老，正面异常强健的身躯中得以完美的调和。他，就是我们这个商业社会文明一手塑造的悲剧人物，一个失败的英雄。

这使人想起海明威的《老人与海》。不过格林伯格钓到的，不是金枪鱼的巨大残骸，而是这个千疮百孔的金融—保险制度的残骸，金钱与权力的残骸。远方的海在这具尸体的骨架间汹涌着，他正在犹豫，是否将它扔回大海还是拖到岸边，供那些好奇的人细心观赏。

二

汉克·格林伯格，全名为莫里斯·雷蒙德·"汉克"·格林伯格

(Maurice Raymond "Hank" Greenberg)的这个人,究竟是什么样的人物?

5 岁时格林伯格丧父,随改嫁的母亲入住纽约附近的一所农场,在养鸡、养牛的劳务中开始了人生;他经历了"二战"和朝鲜战争,并在战争间隙取得了法学学位;1953 年起,他进入保险业,接下来的 54 年里,有 37 年时间,他担任美国国际集团公司的 CEO,并一手将其打造成美国最大的保险公司。

媒体报道说格林伯格的职业生涯始终遭受质疑:就任 CEO 时,人们指摘他并非毕业于常春藤联盟学校;其直率、强硬的风格饱受憎恶,甚至有人说,身高 1 米 70 的格林伯格有"拿破仑情结";1984 年,60 岁的他将 AIG 从三板转移到纽交所上市后,关于他何时退休的问题就从未中止过。

但依靠超人的自信和能力,他用时间证明,所有的伪常识和恶意揣度都可以是错误的:1968 年他接掌公司时,AIG 还是一家私人公司,一年之内格林伯格将其上市,市值为 3 亿美元。1984 年,他将公司在纽约证券交易所上市时,公司市值已经达到 9.15 亿美元。顺应接下来的 20 年大牛市,到 2005 年他离职时,AIG 的市值已经达到 1 580 亿美元——这意味着,你可以选择:AIG 的股价连续 37 年实现 18%的复合增长,或者连续 20 年实现 24%的复合增长。凭借千亿美元以上的年收入,AIG 跻身"财富五百强公司"前 10 位,更为惊人的是其利润:在 2003 年的一次测算中,AIG 一家公司的利润超过美国另外 18 家顶级财产保险公司的利润总和。

只是没有任何人能预料到,格林伯格最终以一种令人惊讶的方式告别了 AIG:2005 年 3 月,在纽约州总检察官斯皮策的指控下,他被公司董事会辞退。指控理由是,在他知情下,AIG 与巴菲特控股的通用再保险公司,进行了一桩有违规倾向的再保险交易。在其离职后,司法部又以财务欺诈为由向格林伯格提出了民事诉讼,指控其采用不正当的会计手段欺骗监管部门和投资者。

媒体还说,多数人并不相信,格林伯格会重蹈安然丑闻:AIG 无需财务魔术缔造幻象。格林伯格更与诸多公司丑闻中倒台的贪婪 CEO

们不同，他不事奢华，几乎从未出售 AIG 的股票。“我能想象过度的完美主义，我能想象他走在法律的边缘，但我不能想象他故意违法。”格林伯格的好友基辛格如是辩护。

而格林伯格的职业性格和行事风格又是如何的呢？且看《商业周刊》是怎样形容他的——

> 他很注重对公司具体事务的了解和掌握。同事们对他那种掌握无数细节的能力很惊奇。AIG 联合首席运营官马丁·苏里文说：“他能一会儿谈论马来西亚的生产问题，接着马上对我们的广告部提出一些有创造性的建议，然后再谈到人力资源问题。他的思维非常敏捷，每半个小时就会换一次挡。”
>
> 在和部下谈话时，为了省时间，格林伯格会打断他们的思路，回答他们提出的问题，甚至在他们还没有回过神来时就转到另一个话题上去了。不过，据 AIG 高级副董事长汤姆·蒂齐奥说，员工们不会因此而感到迷惑，因为他会让员工们明白他们的任务是什么。
>
> 一天 24 小时，格林伯格随时准备着在任何地点讨论业务问题，他希望他的高管们也能同样做到这一点。苏里文回忆说，他在英国工作时，不论是白天还是三更半夜，说不准什么时候格林伯格就会把电话打过来。像其他许多同事一样，他摸不准老板到底什么时候睡觉，什么时候开始工作。格林伯格经常要收集大量信息，没有太多时间睡觉是正常事。对于格林伯格来说，日常的具体细节与 AIG 的战略同等重要。“你可以考虑 5 年计划，但如果你不考虑具体情况，你就无法制订出 5 年计划。”格林伯格说。
>
> 格林伯格对信息的渴望可以用两个字来形容：饕餮。他希望了解所有信息，特别是坏消息。对此，他的解释是：“他们知道，好消息我最终是会看到的，坏消息却是我们应该马上了解的。”如果部下报喜不报忧，或者把坏消息往后拖一拖再告诉他，他笑着说：“他们没有机会做第二次。”

这并不是威胁。但这里的人都知道，不能躲避坏消息。据 AIG 首席财务官霍华德·史密斯说，格林伯格最恼火的就是，本该让他知道的消息却因种种原因没有告诉他。

对于不少员工来说，和格林伯格谈话如同一场战斗的上半场，而下半场就是业绩。格林伯格像严厉的工头。在他的领导下，AIG 形成了一种追求出类拔萃的业绩、永远向前的文化。在一些人看来，这意味着他们必须不断地拼命工作，以争取最好的业绩。一些人忍受不了这种严苛要求，最终离开了 AIG。

那么，格林伯格的另一面又是什么呢？《环球企业家》记者这样说道：

只是检阅格林伯格的早年经历，已经可以对其人不拘一格、必达目的的行事风格有所了解。

17 岁时，他依靠一张假的身份证明谎报年龄加入了美国陆军，参加了第二次世界大战。虽然参加诺曼底登陆为其在退役时获得了铜星勋章，但格林伯格事后承认，“D 日”那天他的全部记忆只有两个字：恐惧。

即便如此，几年后，因为朝鲜战争再度被征召入伍的格林伯格，还是为自由克服了恐惧。当时他有两个选择：一是为期两年在办公室里做无聊的文案，另一个是在一个战斗小组里待上 17 个月。为了节省 7 个月的时间，他选择了后者。

某种意义上说，格林伯格进入保险业是个偶然。虽然在战争间隙期间，他已取得了法学学士学位，但他获得一份正式工作并非因为其学历，而是因为他的战斗本性。

1953 年，在一家名为大陆灾害保险公司的办公室里面试时，同人事主管简单交谈后，对方的沟通方式让格林伯格感觉自己受到了粗暴的对待。他没有压抑不快迅速离开，而是直接冲进公司副总裁的办公室，咆哮着指责对方的人事主管是个混蛋。这次冲突不仅为其赢得了一份每周75美元的工作，更为其打开了保险业的上升之门：由于在健康与意外险业务方面做出了相当出色的成就，仅六年后，格林伯格就成为这家公司的副总裁。

此时，AIG创始人斯塔尔恰好需要一个能够“摆平困难”的人。与纽约人寿、大都会等美国老牌保险公司不同，AIG并没有引以为傲的上百年历史。自1919年创立于上海，直到1960年代初期，它在美国的作为都颇为平庸：由于持续亏损，公司内部始终在讨论是否应该关闭美国业务，转而专注于国际业务。

但格林伯格并不赞成这种做法，在一次高级管理人员召开的会议上，他不耐烦地打断了别人提出的业务关闭计划：“如果你们不是一群蠢货，就应该知道我们能够在美国本土做些什么，你们这些人根本就不懂什么是保险业的基础！”

这个不留情面的批评者很快被委任为斯塔尔在美国的保险公司(American Home)的主席，负责扭亏事宜。

到任后，格林伯格首先将公司的保险代理商全部剔除，并迅速将American Home改成了一家以经纪人为主的公司。这种制度可以使公司快速并直接地对业务做出判断，而代理商则恰恰相反，他们仅仅是刻板地遵循公司的各种政策来承接业务。此外，格林伯格还将公司的主要注意力转移到了更大型的工商业保险业上，并发展了再保险业务，两年以后，American Home便扭亏为盈。

这是一次经典的“格林伯格时刻”：粗暴，但卓有成效。其变革手段体现了他对于细节和宏观问题的关注和平衡能力，更让斯塔尔开始将其树为接班人候选。

但此一风格也成为格林伯格终生相伴的矛盾。之后的几十年中，外界永远将其视为一个走在剃刀边缘的“危险人物”。提及格林伯格，人们首先会使用的几个形容词永远是“强硬”、“傲慢”和“进攻性”，甚至在其离职后，美国最权威的商业媒体

Fortune 杂志也断章取义地大肆散播格林伯格的一句话："我想要的就是不公平的领先。"

而在 AIG 和格林伯格的种种创新实践中，最受争议的是其对离岸金融公司的利用。记者这样报道他的太过"聪明"的做法和败露的开始——

在美国保险业，借助百慕大、巴巴多斯等地的政策优惠提升竞争力，从来不是一个秘密。百慕大和巴巴多斯不仅免征企业所得税，对于保险公司赔款准备金的要求也相对宽松。在美国，保险公司需要立即将预计损失建立全额赔偿储备，但在百慕大，政策允许保险公司延迟补足赔款准备金，或者将准备金打折存入。基于此，大量美国的再保险公司在百慕大等地设立，帮助美国保险公司分担风险。

但 AIG 可能是在这方面尝试最积极者。多数美国保险公司对 10%的保单进行再保险，但 AIG 会将保险费的 70%进行再保险：虽然这在一定程度上降低了其利润，却让公司有远远多于竞争对手的现金。

在多数不依靠承保赚钱，只依赖于将保费用于投资获取利益的保险公司，一旦出现"9・11"等重大事故，其投资所得不足以抵偿付出的保险费用，它就必须收窄保险业务线。但对于资金雄厚，且一直要求保险业务获利的 AIG，它总能在行业低迷时期开展更积极的业务扩张。如在美国保险业最不景气的 1984 年，仅 AIG 的一项董事责任保险，年收入就从 7 万美元变成了 750 万美元。

但 AIG 的过于激进的做法在于：很多再保险公司无力承担其金融风险。于是，一个危险的倾向是：它会自行建立离岸保险公司。从文件上看，这些公司是完全独立的，但实际上，借道公司股东，并由一家银行辗转投资，这些离岸再保险公司实则牢牢控制在 AIG 的手中。这是一个走在政策边缘的实践：在 AIG 经济状况良好时，离岸金融公司只是帮助其暂缓消化一些不良资产，但当其经济状况变糟呢？

从 1980 年代末期起，始终有相关司法人员对 AIG 在此领域的尝试进行调查，未得到负面结果。这使得格林伯格长期存在于监管者的雷达之上。即使如此，2005 年格林伯格离开时，AIG 已经有数百家以这种形式存在的离岸保险公司，外界几乎无法搞清楚公司真实的运营方法。

三

面对失败，格林伯格的反应如何呢？

像人生中多数遭遇质疑的时刻一样，他对外不做辩解，但他聘请了美国最优秀的律师，开始了与司法部的纠葛，最终让司法部门撤销了对其的全部诉讼。同时，他开始了创业。他每天 5 点起床，健身一小时后，工作十余小时。他坚持每餐吃鱼和蔬菜，并提醒人们，他的祖母活到了 105 岁。“身体上，我觉得自己和 25 年前没什么区别。”格林伯格说。

很少就其离职事件做出解释的格林伯格，简单地阐释了从他的角度看这一切是怎么发生的：纽约州总检察官斯皮策为个人仕途，试图扳倒他所能扳倒的最重量级的商人。他指控很多公司，恰好 AIG 的董事会没有承受住这一压力。“我没做错任何事情。”格林伯格说，但他被 AIG 的董事会“背叛”了。

当一位记者问道：“你会原谅背叛你的人吗？”格林伯格看了看他，这样回答：“背叛者是软弱的人，他们不能承受压力，我为什么要原谅软弱的人？”

自从 2007 年那次见面之后，我一直关注他的下落。

2012 年 4 月，我看到了他在中国发表的演讲：《最重要的是自由进入市场的权力》，解释为什么注重中国的保险业务（这是一个保险意识极为匮乏的国度）：“当我们做企业的时候，最重要的是生活对我们影响很大，我生活在农场，父亲很早去世了，我就去参军，很遗憾由于朝鲜战争，我再次回到战场当中。后来我对亚洲很感兴趣，就因为朝鲜战争，我意外进入了保险行业，因为打完仗以后，我学律师行业，我觉得这个行业挺有意思，后来加入保险行业。1990 年开始在中国开展保险业务，1992 年的时候，拿到了这个保险执照，每一年都会来中国，已经来了多次。”

这倒是真的。他有“先见之明”，早在 1969 年，格林伯格就访问了苏联最大的保险公司 Ingosstrakh；在多数美国公司 1990 年代末期才看到中国机会时，格林伯格在 1975 年就已经完成了首次访华。他往往会以比较直接的方式参与政治，从执掌 AIG 开始，他就同华盛顿和世界上其他国家的政治中心保持着良好关系。每年，格林伯格都会花费很多时间环游世界，拜会当地的各级政要，他似乎有着神奇的魔力，能够说服对方同他签订下各种重要协议。

他的确对中国具备超乎美国商人的热情。离开 AIG 后，格林伯格与中国的联系并未中断，恰恰相反，他的新公司首先在中国取得了突破：2007 年 1 月底，与中信集团合资成立了一家小型合资股权投资公司，此外格林伯格还看中了中国的医疗产业市场。2009 年 6 月，他的公司作为战略投资者，携 1.4 亿元入股广东天普生化医药；2011 年，又斥资 3.5 亿元入股大众保险股份有限公司。

早在 1992 年，格林伯格就指示 AIG 从欧洲一位收藏家手中购买了八国联军从北京颐和园抢走的珍贵文物，并将其作为礼物赠与中国政府，成功地帮助 AIG 在中国塑造了一家友好而且值得信赖的外国保险公司的形象。

金融危机爆发之后，我才明白过来，美国社会特别是华尔街世界有着多多少少像格林伯格这样的老兵“潜伏”着，这是美国金融帝国的基石，或者说是基本力量。只要这个金融帝国一息尚存，只要巨额利润可以通过这些渠道和杠杆获取，就永远有“当代英雄”们前赴后继的战争等着打响。不管是美林银行的史丹利・奥尼尔也好，花旗银行的查尔斯・普林斯也罢，甚至格林伯格的接班人罗伯特・维尔伦斯坦德和马丁・苏里文，都是这么来事，这么呼风唤雨的。

至于说到“老兵”，我想这只是个借用语。格林伯格虽然确实是老兵，却是因欲望而强大的“老兵”，没有在诺曼底死去，却输于世界性的金融战争。虽然八十多岁了还要一切重新来过，重新创业，但也是内心遭受重创，难挽颓势了。

道格拉斯·麦克阿瑟在1951年4月19日被解职后，在国会大厦发表的题为《老兵不死》的著名演讲，其中说到一句流传至今的话：“老兵不死，只是渐凋零。”不过，格林伯格这个老兵与美国人心目中的英雄麦克阿瑟将军的差别也未免太大了。如果一定要将这句话用在格林伯格身上，那么不死的是他的东山再起的梦想，慢慢凋零的是他的最后岁月：由于内心深处的悲哀，由于世界的另一场战争。

2012年11月3日，杭州

卷二　酒吧长谈

“火车上的男孩”

2007年6月的一个下午，我和同伴投宿离考文垂不远的一家英国乡村旅馆，它的前身是一座修道院。

说是旅店，其实只不过将修道院内部做了一些改建，大厅、餐厅和走廊大略保持原貌，连壁纸、枝形吊灯和蜡台都一仍其旧。楼梯在幽暗中转来弯去，似乎暗示着精神之途的崎岖。至于房间，可能就是修女们先前住的，连幕帐和桌子、圈椅都是当年的样子。我住进一间房子，一时找不到电灯开关，就在沙发上呆坐了一会。无聊之中，我在室内东碰西摸，后来竟然对那条垂挂在床前长长的布穗带产生了兴趣，觉得很有点意思，一拉，居然电灯亮了！

马克在旅店的花园餐厅为我和同伴举办了一个晚宴。因为第一次见面，加上英国人生性拘谨，礼数繁缛，我们之间除了偶然谈些股票和伦敦趣事(其实也不怎么有趣)之外，就是汽车这个英国的“老产业”了，伦敦街头的黑色出租车也只是偶尔提及的话题。这场过于含蓄的晚宴时间够长的，结束时已是很晚了。我三步并作两步地回到住房，松了一口气。

房间的书架上凌乱地摆放了一些旧书，茶几上也堆了几本。我粗略地翻了一遍，大多是宗教方面的，福音书、赞美诗和《圣经》，也有一些历史地理书，甚至还有些医书。小说大多是维多利亚时代的，也有“一战”前后的女性读物。不经意间，我眼前一亮，书架上居然有一本诗集，司各脱的诗集，出版年代为1942年，印得还算不错。最幸运的是，我居然在书页间找到夹在里边的手抄诗歌，有打字的，也有用蓝色墨水誊写的，有三四首光景。这些诗歌作者不详，年代也待考（也许我孤陋寡闻，看不出在英国是知名的诗篇），但我却如获至宝，当夜居然把它放在枕边陪我入睡。

第二天离开这旅店时，我鼓足勇气，向旅店经理提出一个要求，请他将这本诗集送我。本来以为大多会遭拒绝的，想不到却得到了允许，还是有点意外。他说，这些书是从旧库房里搜出的，也不是什么罕见的版本，只是给旅人聊作解闷的素材。想不到你这么看重，就送给你吧，只要你高兴读它，也是我们的荣幸云云。其实我最想要的不是司各脱的诗歌，而是粘附在书中的几首手抄的诗歌。

昨晚，我又在书房里翻出了这本诗集，一本在当时十分普通的书，深蓝色封面，是个精装本。这本诗集当时似乎过了几手，最终落到一位绅士手中，也许是最后的这个主人，把他自己的诗歌或别人的诗歌抄录下来，附贴到诗集硬封皮里，扉页之前。这个举动，足见那个时代在英国热爱诗歌之风的炽盛。在伦敦，在巴斯，凡是去书店，我总会在众多的书架里，发现有一个诗歌专柜站立在那里等待着读者。现今如此，况复昔日。

回国后，我让我的一个同事小赵，将夹在书间的手抄诗歌翻译出来。她是西安外国语学院的硕士，德文见长，英语也好，我让她下点工夫，将这几首诗歌以汉语的形态重见天日。但她毕竟年轻，对这两首诗歌觉得有点费解，特别是诗歌中生僻的词不少，有些用法是“过时”了，所以翻好后特意给我留了个条子。译笔是稚嫩了一点，但也有很多清新可喜之处。这里我就照录了，所有文字一仍其旧。

第一首：

火车上的男孩

给一点分量火车就会发出嘟嘟声，
它害怕进入隧道？
用一点力就会在炉子上留下痕迹，
当雨落下，穿过隧道？

我可以用什么来伴我的晚餐茶点?
青鱼或是鳕鱼?
奶奶亮灯了吗?
下一站是不是科克凯迪?

远处乌鸦啄食着未熟的芜菁,
我不怕车外的风雨,
视野越来越暗,
我们进入了隧道,我们进到了黑暗,
但晚餐却冒着热气出现在眼前,
爸爸,我们马上就要到巴弗罗杰公园了,
下一站就是科克凯迪。

天空中是我所看见的月亮吗?
它散发着清冷的光辉。
看,车窗外闪过一群鸽子和渔场。
一个姑娘打破了乘客的宁静,
她一一检查乘客车票,并将它们归还。
当她检查完我的,
我就从行李架上取下行李,爸爸,
下一站就是科克凯迪了。

码头上稀稀疏疏地停着几艘船,
没看见海面的巡洋舰,
正午我所想念的肉桂香味再次勾起我的食欲。
我马上就要按响奶奶的门铃,
她会惊叫着说:“快进来,我的小人儿。”
我发现自己将会有说不出口的难为情;
是的,下一站就是科克凯迪了。

第二首：

米伦·麦基

如果你愿意，可以叫我米伦·麦基小姐，
我是我自己的主人。
虽然追求者老是围着我转，像蜜蜂一样叫个不停。
我从未答应过谁的求婚。
他们在夏日夜晚峡谷顿河边游弋，
拜倒在米伦·麦基前。
然从来也不说他们所真正想要说的，
有哪个女人会因为男人烦恼如我？

夏日的安息日我去教堂，
一个男人，戴着围巾，走在树荫里。
“打扰了，米伦小姐，”麦克特克说，
“你真是秀色可餐。”
这句话多过任何赞美，
说这句话时他的眼里闪过一丝光亮。
当他想说更多的时候，便被教堂的钟声打断，
有哪个女人会因为男人烦恼如我？

集市收摊了，天色暗下来，
马尔·塞姆森在桥那头，
虽然之前我就认识他，但并未停下来和他打招呼。
他停下来，挽我上他的马车，
他表现得很活泼，我们一直行到路的尽头，
他说：“我从未认识像你一样轻盈的女子。”
正当他要说更多时，我们该分开了，
有哪个女人会因为男人烦恼如我？

在快到除夕的一个夜晚，
所有人吃完饭便回家去睡觉了，
但是巴达洛克坐着一动不动，
坐在阴影里，很不自然。
他说："你有很棒的厨艺，我从未吃得这么舒心，
我不介意即使午茶时只有薄饼。"
正当他要说更多时，我父亲走了过来，
有哪个女人会因为男人烦恼如我？

告诉他们我所需要的得花很多时间，
拉布·米克尔、桑迪克特尔，和埃尔奇贝尔德·塞姆。
但有件事我最想说明，
婚姻对我来说是个侮辱，
那样我将不再是米伦·麦基。
我讨厌被作为炫耀的工具，
有哪个女人会因为男人烦恼如我？

完成这两首诗歌的翻译之后，小赵给我留了一张字条——

"……看了这两篇。篇幅不大，但用词生涩。主要问题在于出现了很多老词，被淘汰的词。如：wey，mune，frae，lookit，mear，neerbour，这些词超过 60%，比较影响我的判断，所以翻译得不尽如人意。我把自身翻译的体会，对这两首诗的自我理解简单地说明一下。

"《火车上的男孩》描述的是一个即将乘火车到家的男孩。他可能是个归家的士兵，也可能是个在外求学的少年。坐在车上，一路见到的都是自己熟悉的场景。不停幻想着家里的情景：我可以用什么来伴我的晚餐茶点？青鱼或是鳕鱼？奶奶亮灯了吗？我马上就要按响奶奶的门铃，她会惊叫着说：'快进来，我的小人儿'……这些都是他所熟悉的。可以判断，科克凯迪是他家的所在地。在每段的末尾句有个变化：下一站是不是科克凯迪？下一站就是科克凯迪。下一站就是科克凯迪了。是的，下一站就是科克凯迪了。从不确定到肯定。于是，在火车没

有到站就急迫地取下行李，很好地表现出归心似箭的心情。

“《米伦·麦基》这篇我不是很理解，因为不清楚作者写于什么时期。大概是写于女性独立时期吧，具有很强烈的自我意识，不喜欢男人传统的赞美：香甜、轻盈、居家。认为说这些话的男人都居心叵测。作者不接受这些对女性的传统评价。想要追求平等，但似乎显得有点偏激。

“至于另一篇手写稿 Laurid o'lockpew，太潦草，没有翻译。”

可是在我看来，翻译得如何并不重要，硬译有时更好。重要的是，我已经从译文中闻到一阵浓郁的诗歌况味，那种气息夹杂着薰衣草和月桂的香味，说不定还有一件小羊皮袄黑色衬里的沉香气息呢。我有一种近似幻觉的印象，这两首手抄的诗歌，经过这些“气味”的熏染，足以长久地沉浸在一种自我陶醉的历史快感里，诗行和词句的安排，一定是变得更为妥帖的了。

我看了几遍原文，发现那首《火车上的男孩》写得真是不错。你看，那个男孩正坐在一列回家的火车上，他既兴奋又惊讶，一切记忆都在脑子里安然保存，一切又是令人惊奇的，陌生的。他一边坐着火车，一边惦记着奶奶做好的晚餐。火车的神奇，与奶奶可口的晚餐交替出现。桌上摆放的菜肴是青鱼还是鳕鱼？饭后的茶点是什么？一切都是悬念。男孩子的急切心情，还表现在列车里的眺望。他从窗口望去，远处的乌鸦在啄食芜菁，风雨中视野越来越暗，心里不免有点害怕。害怕什么呢？“黑暗”。黑暗是恐惧的来源，又是恐惧本身。连老人也害怕黑暗，何况男孩？但奶奶亲手做的晚餐，却冒着热气，触手可及。家，向来是战胜恐惧的城堡，奶奶似乎张开手臂在迎接他了。

这个男孩还抬头看到了天空中的月亮，它发出清冷的光辉，大地闪过许多他似曾相识的事物，包括鸽子和渔场。小男孩更加急切地要回家，一刻也等不得了，终于那个姑娘开始检票了，他的心更紧张，也更充满回家的希望。还没有到站，男孩就对爸爸说，“当她检查完我的，/我就从行李架上取下行李”，如此急不可待，而码头上的船，稀稀疏疏地停泊着，男孩看得有点不耐烦了，还突然想到，怎么没有看见海面的“巡洋舰”？这简直是神来之笔。我们都可以明白男孩的心情：家的温暖，晚餐的想象，如此美妙，而一旦巡洋舰真的出现，这些还会存在吗？这个时候一个意想不到的情节出现了，“我马上就要按响奶奶的门铃，/她会惊叫着说：‘快进来，我的小人儿。’/我发现自己将会有说不出口的难为情”。可是，在诗歌结束的时候，火车上的男孩依然没有到家。是啊，下一站。“我的下一站是什么地方？”

这是个永恒的问题：我们真正的家在哪里？我们能回家吗？不能回家不是很孤独吗？我曾经在纽约看过一场叫《怀疑》的话剧，神父弗林在回答阿洛西斯修女“你听到昨夜的暴风了吗”这个问题时，这样回答道：“想想在拓荒年代一个披着鹿皮的男人独自坐在林中的篝火边倾听着那种声音。想一想那种孤独！那无边无际的黑暗压过来！那该是何等的恐惧！”是啊，这两种恐惧何等相似。

读过这两首诗歌之后，相当一段时间里，我经常在想：我们这些现代人的原型，究竟是那个火车上梦想远离黑暗，不断寻求大地般庇护着自己的奶奶，却始终在路途的男孩，还是那个始终怀着独立的意愿，烦恼男人的自以为是，总是偏激地想着逃离这一切而永远无法逃脱的女孩？或者两种兼而有之？

当我把这两首诗歌和我索取这本司各脱诗集的故事转述给朋友听的时候，那位朋友给我写了这么一段话，不妨抄录于兹：

“一个坐着火车，而心里却在火车上焦急地探望的男孩；一个心里明白爱情和婚姻将最终凋零，而耳朵依然喜欢听到它的女孩；一个为汽车之壳寻找诗歌之核的诗人，他在心里写了一首诗：在异域邂逅一场诗歌。”

说实在的，在那家考文垂附近的英国乡村旅馆，我并没有邂逅什么诗歌，而是找回了当年自己的影子。那个影子恰好与另一首诗歌中的女孩叠合，旋又分开。奶奶亲手做的晚餐永远冒着热气，而那个火车上的男孩，就是曾经的我，还在回家的路上总是在回家的路上……乌鸦，芜菁，月亮的清辉，对黑暗的持久穿越；车票，肉桂香味，无法抵达的抵达。

那火车上的男孩，就是我。

2009 年 8 月 26 日，杭州

酒吧长谈

《酒吧长谈》是略萨的一本书——马里奥·巴尔加斯·略萨，写过《城市与狗》以及《胡利娅姨妈与作家》的那个略萨——一部小说的名称。

想起它，他都能即刻闻到大厅里飘散的兑上可乐的朗姆酒的气息，背后仿佛还隐约传来爵士鼓的声音，布鲁斯沉醉而狂放的宣泄。

不过他们坐在湖边一家叫做"天堂"的酒吧时，全然忘记了世界上还有这部书，也不大去正视那些游来逛去的装束奇异的女性（她们肌肤耀眼，通常头上扎一块花布，也有一些人穿着宽大的衣衫，显得松松垮垮，更为性感）。

"你看这酒吧，有一股阴柔的气味。我可以想象那些做侍者的男孩，尽管动作麻利，手指却是冰凉的。四周坐着的人，从他们的神态看，都是有闲者，他们不一定有钱，可有的是时间。"

"酒吧原本属于美国的矿区或西部小镇，工人或牛仔们一天下来，就去喝它一杯，把僵硬的身体侍弄得活泛些，通常那些酒吧满是无产者呕吐物冒出的浊气，也是堕落者打起精神的地方。这些年，都市里的新贵们和游手好闲者也乘机进酒吧了。说到底，酒吧活力四射，而茶室却是腐朽的。你看，这些人三五成座，息息相通，又不相干。"

他们碰了碰酒杯，点燃一支烟，不约而同地看着盘旋而上的木扶梯。

"木扶梯像什么？"

"像一只蜗牛。"

"不。"

"那是什么?"

"像一段肠子。"

"恶心。"

他们说到了生计、友情和性。这是一个不败的话题,不需要什么佐菜。谈起了各自天性中的精明与笨拙,得心应手之处,狡猾、无所顾忌、反叛与激情。话题的展开是扇面的,或是四处喷溅的。这时楼下布鲁斯消停了片刻,一个其貌不扬的女歌手出场了,而老外们幸灾乐祸似的谈笑起来。

"你知道我喜欢什么样的男人?是那种温和而有力的。老C具备这一点,可现在有点销声匿迹了。而你有力量却不够温和,有时又显得夸张。呵呵,我若写十部小说,就需要十个情人。也许我一辈子也不写。不过四十岁之后没准拿起笔来。"

"我的性格我自己有底数,尽管不全精确。我喜欢截然不同的人和事物,又能沉溺于安宁的生活。这两方面的脾性分别来自父亲和母亲。我像钟摆一样来回晃动。"

"今后我要单独去酒吧,悠闲地等待情人的到来。最好是小酒吧,像个安放心灵的窝。我和你相遇之后形成一部新的历史,但各自不能抹去过去的那一部,这不相干。"

"我也说过,我认识的是现在的你。我不想追寻你的过去,除非你自己开口提及。"

"男人用头脑去看,而女人,"她指指心口,"用心去爱。不是吗?一个跟许多女孩子在一起的男人,也可以自认为处男。"

"男人也有心灵。女人总是要说些抱怨男人的话,而男人通常对女人失望之余什么也不说。他可以绝望,但不说话。"

"一些貌似强大的男人却非常虚弱无能,我不仅指性无能,精神上的无能更要命。还有一些男人,把欲望挂在脸上,见到一个陌生而有姿色的女孩就痉挛不已,一副摩拳擦掌的样子。不像你,欲擒故纵。我就吃你这一套,完了。"

“不至于吧。你觉得女人最大的问题在什么地方?”

“女人嘛,女人就意味着索取。”

“索取?”

“对,索取。索取男人的关注,索取爱,索取钱物,索取身体,索取甜言蜜语,索取房子,索取黄昏的眼神,索取午夜的抚摸,索取零碎的陪伴。从小开始就这样,一直到成人。总之,女人索取一切。唯一不同的是做了母亲,开始对孩子奉献,而且‘无私’。这个叫平衡。”

“哈哈,你倒是很能自我批判。看来孔夫子是正确的,他说女人近则不恭,远则怨。圣人就是圣人。你揭了女人的短,人家不恨你吗?”

“真正的痛处被揭开反而有一种莫名其妙的快感。凭良心说,女人最要命的是虚荣心,男人最糟糕的是吹牛撒谎。这年头他们走到一起了,因为一起进入虚幻的奇景。”

这时掌声响起来,像阵雨灌注耳朵。他们几乎想换一家酒吧了。看来他们经常一夜之间换几次酒吧,这样做的好处是有能够找到“一夜看尽长安花”的乐趣。他们似乎看到“青石园”酒吧的老板在楼下晃动。这位仁兄的胡子似乎刚刚刮过,不像个开酒吧的。但他们并没有动身。

“W对语言的谦恭到了变态的程度。他时常重复几年前说过的一个精妙的句子,像推荐一个年老色衰的婊子,她风韵犹存,但已是明日黄花了。我喜欢他对语言这种虔诚的态度,也许是他唯一能做到虔诚的地方。他的确机智,但过于靡费。”

“他说男人的优势在于把两种毫不相干的事物闪电般地联系起来,而女人做不到这一点。我想我能做到,而你作为一个男人却难以做到。你太笨拙。”

“我的确笨拙,但笨拙自有它的好处。我可以在无人问津之处发掘东西,能东张西望,能适时逗留,不连贯地表述,面对大灾难不急于逃避,看呆了。我喜欢滞重的东西,空白地带,想象着停留半天。这有多好!我也不会‘急中生智’,我不是那种辩才无碍的人。总之,我时常想掩饰一些天赋。天赋在掩盖中散发光芒。”

“扯谈。你的确缓慢,说话,走路,我都要急得出汗了。当然,我出的是香汗,而你出的是修理工的男人的臭汗。这可以敷衍成一个故事了。”

他时常惊讶于第一次看到她刻的窗花，这个自称叛逆者，口吐预言，感觉精微，颇具洞察力和语言天赋的女人，却能做得一手好剪纸。这个有时具有质朴感觉，自称美人，学生味特浓，丢三落四，时而夸张时而平实，能在床上慵懒而得意地哼着英文歌曲，具有电影和摇滚小百科知识储备的女人，她的近乎完美的身体让他大伤脑筋。

她似乎感到了一种乌鸦凌空似的睡意，语言变成了一个孤独的稻草人，拦也拦不住这种困倦的感觉。在事实和虚构的临界点，他们开始溃败。在喝咖啡的最初一刻，她就哈欠连天，此刻连忙声明道：“我说不过你，我的思想停止了。”

2000 年 11 月 15 日，杭州

如雾之火不可遏止

对那首诗歌旧作《火》——写于 1992 年 6 月，那年我 34 岁——的确有点印象模糊了。要不是 2012 年元宵节前后到福建访友，伤水在他别墅的书房里向我特别提及，我都快把它遗忘了。这些年很少有人向我提及这首诗。即令伤水本人，经常提及我早年作品的，也是那些写海的诗歌，包括那首写于 1986 年的《舟欲行时》。他对《舟欲行时》的推崇使我汗颜。那天晚上，我和伤水、依民彻夜交谈，从戏剧、小说、诗歌到哲学、政治，话题一个接着一个，兴味盎然。自然，诗歌是最重要的话题。

这座别墅坐落在漳州一带的山地，远远近近没有一点动静，落地玻璃窗外的路灯与寂寥的星星互为问候，月色荒蛮，似乎看得见那些裸露的岩石和环形山。不远处海岬投下一片潮湿而野性的阴影，只有阳台上的那条黑狗用它独特的方式陪着我们谈话，而那些不知名的小虫兀自沉吟。著名的书房主人使用的是诗人语言，依民君的言谈怎么听起来都像新"世说新语"，而我则介于他们这两种风格之间，时而激越时而安详。

话锋一转，伤水突然谈到这首《火》，坚持认为是我写得最好的诗歌之一，而且念出了其中的片段。我很吃惊。我感到一种慢慢被自己早年的诗句重新沉浸的感觉。我几乎不敢相信是自己写的。伤水还不罢休，就拿出书架上我的那本诗集《独翔之船》，对着我和依民念将起来。他说，对这首诗不仅印象深刻，而且还深受这种语调和意象的影响，至今未能释然。

这时我完全恢复了记忆——为何写这首诗歌，彼时的情和境，意和象——因为二十年前的那个子夜我目睹了一次神秘的大火。记得当时我住在浙江临海的一幢砖混结构的房子里，在报社夜班回来往往继续看书或写作，可是那个夜晚很有一种不祥之感。当我抬头望出去，发现对面的旧木楼房竟然着火了。我们这条街叫继光街，是纪念抗倭名将戚继光的，很窄的一条街。当时火势凶猛，有不可阻挡之势。我的头脑顿时一片空白，我分不清是梦境还是身处实在，是天堂失火还是人间被焚。火舔着门窗，直往屋顶透出，挟着烟雾，但没有一点声音，好像这个世界除了我，没有人能目击这个灾祸。

之后的事我记不清了，似乎有消防龙头的泼浇，水桶和铁罐的撞击，还有呼天抢地的哭喊，叹息与悲啼，间或咒骂与叮嘱。记得火灭了几个小时后，我依然没法入睡，就起床拿起了笔，决意要"记录"这次大火，准确地说，是这次大火给我造成的惊恐不安。我很少做这样的事，从未写过应景诗或纪念一次具体灾难的诗歌，即使后来的汶川地震或玉树地震，我也无法落笔。我不习惯这种即兴，虽然我不反对悲痛或愤怒出诗人。可是那个晚上我没法抑制写作冲动——我觉得太不可思议了，火起时如此迅疾，如此宁静，如此神秘——子夜的大火往往使人战栗不已，似乎有一种"天意"在操纵。这个场景令我好几天半夜起坐，联想开去，为人间诸多意外的灾祸和混乱而惊怖不已。对那些发生在黑暗之中的离乱、冲突和伤害，深感一己无力救赎，而对世事的不可预测，颓败情景的不可逆转，也充满了莫名的悲哀。多数人认为诗人和艺术家天生敏感，而某种意志力却像宇宙之弦穿透一切，欲抵败象之中心，一窥其中的奥秘。

凡·高的那句话，也是伤水抄给我的，怎么读都能深入骨髓，并在血液中开出花朵："它们将在灾难中保有它们的宁静黄昏。"说得太好了，好到一句话抵得上一部荷马或楚辞。凡·高怎么可以这样说话呢？他凭的是什么样的伟大直感和精准预测，对身后的时代作了预言并指出了艺术品得以生命延续的根本？而艺术和诗歌的"宁静黄昏"，是世界能够在硝烟四起和人心浮动中不至于沉沦的根基。说到诗歌，我不禁要问，它的本质是什么？人的血脉是怎样涌动的？海洋和大陆的道路是怎么开辟的？而内心呢，又是如何面对这个世界的骚动不宁，诸般世事的骤然转向，或他者与自我的疏离、悖谬？总之，我们应该怎么安身立命？答案是不太有的，只是由于伤水的提醒，我想起了我这首《火》的写作情景，它的片言只语的力量：

火在子夜恣意冲撞
像七匹孤独的青马
在黑色的池边徜徉
使夜行者的眼睛有了雪意

对于火，我并不陌生。自小我就感到火有两重性：既温柔又凶猛。不过炉膛里温顺的火也好，铁匠铺中强悍的火也罢，都在人的掌控之中。一种无形的锁链，枷着火，牵引着火服从某种需要。这是一种降魔的法术。而那天晚上我所见到的火，如此桀骜不驯，就像未被制服的野兽，或恣意向天嘶鸣的马匹，招引着雪的降临，而这样的雪，一定先从夜行的旅人瞳孔之中见到。

火起来了，它蔓延
如此安详、神秘而迅疾
像收拾残局的将军
在雪地和泥淖行进时，与属下会意一笑

那是一种什么样的火？就在它们无声地静静燃烧之际，它们会暴露什么样的真相？一切恐怖的事物，都在漆黑之中，闪动着兽群残忍而嗜血的凶光，军队也有这种属性。而火灾之火，更带有一种神秘性，一种无比干练的整饬之力，一种魔术师的障眼法：或扩散，或变幻，或了结一切。这时，“收拾残局的将军”之意象，闯进我的头脑，他带着一身雪泥，或一脸土灰的面目。火，就这样停驻在我的脑海，很难抹去。此刻，我这个警醒的目击者，也与火、暗夜一道，站成了巨石：

这团如雾之火，从容燃烧
目击者，黑暗，火——
荒原上的三块巨石，长久凝视

事实上，火是一种"记忆"，一种历史性的能量，正如水是一种激荡和流动。

我在一个场合说过这样的话："现代人的所有罪孽，几乎都是失忆和遮蔽造成的。而对遗忘的惩罚，就是永劫不复的失忆。在所谓上帝已死的时代，我们又无法自己创造自己，人类成为精神废墟前拾荒的孤儿。因此空白和混乱是现时代的精神征候，虚无主义的横行，人文精神的丧失殆尽，技术的泛滥和侵蚀，都是对千年记忆的弃置和践踏造成的。个体和社会也是这样，爱的缺失和无能感，生活和社会如何可能等问题的提出，以及社会的巴比伦化，都是记忆不在场的结果。"

准确地说，是记忆的源泉被壅塞了，新的记忆并不清新可喜，只是欲望的变形记，专制或暴力的水浒传。而"火"的神秘出现，虽则造成了一些"灾祸"和骚动，是否也意味着记忆和精神能量的归来，以及新秩序的重建呢？后来我又写下了这样的诗句："记住：火改变一切，然后结束自己。"

我感激于心的，不仅在于伤水提及这首诗唤醒了我几乎泯灭的记忆，唤起了一种当下场景和历史意识，唤起了几乎被这些年经历的变故和一大堆无用的理念所遮蔽的事物，唤起了那个瞬间如青铜般的意念闪耀，还在于我的这首诗歌，当时是草草记录了一个场景，一团朦胧的想法，一个语言的片段，而真正完成它的，却是这个寂静之夜，这次言谈的盛宴。

问题在于，在这个机械复制时代，人们几乎认识不到他们的必死性，也无力赴死。海德格尔认为，在这样的时代，痛苦、死亡和爱的本质被遮蔽，世界滑入了漫长并到处蔓延的"暗夜"。而我笔下的这团"火"，该是深渊之光亮还是世界毁灭的开端？我不得而知。

同样是火的隐喻，加西亚·马尔克斯深情地说过："诗歌是平凡生活中的神秘能量，可以烹熟食物，点燃爱火，任人幻想。"（他在诺贝尔奖得主宴会上的演讲词：《敬诗歌》）二十年后，我的这首诗终于完成了，完成于这个深夜的三人对谈中；也完整了，完整于这二十年的时光洗磨和生命体验。看来，每一首真正的诗歌，自有它的由来、命运和去向。这是永恒之火。

2012年2月22日凌晨，杭州

附录：

火

火起时所有的人睡熟了
浓重的黑暗，烈焰无声蔓延
那一夜特别宁静，沼泽之冬
没有人嗅出那股呛人的硫黄味
孩子们发出含混的啼哭声
少年们只觉得梦境如此灼热，不可捉摸
做爱之后的夫妇彻底冰释
不会想到火——
这双黑暗中苍白而痉挛的手

那团火继续燃烧
旧式挂钟，钢琴上覆盖的绒布
整天沉重地悬挂的厚窗帘
都吞没于火焰之中
火在子夜恣意冲撞
像七匹孤独的青马
在黑色的池边徜徉
使夜行者的眼睛有了雪意

火无声地燃烧着

没有人能解释它缘何而起，为谁而舞
没有风，路灯昏聩得就像垂暮之人
整个城市在打盹
火起来了，它蔓延
如此安详、神秘而迅疾
像收拾残局的将军
在雪地和泥淖行进时，与属下会意一笑

所有的人蒙在鼓里
谁能在夜色中看到静静的火焰而不战栗呢
蒙面者暗红色的大氅，这火
猛烈燃烧，跳动着可怖之光
谁看见它——这团火
准会一只眼睛被烧坏，嘴巴成为一片焦土

这团如雾之火，从容燃烧
目击者，黑暗，火——
荒原上的三块巨石，长久凝视
火起时所有的人睡熟了
如雾之火不可遏止

1992年6月24日凌晨

往事永不消逝

一

仙喻兄给我电话的时候，我正好走进北京首都国际机场的候机大厅。眼前是汹涌的人流，伴随着驳杂的声音，不断地裹挟着、推动着我。我独自一人在时光中浮游、挣脱、转身，奋力前行。毫不夸张地说，仙喻兄的声音穿过了三十多年时光。我很快分辨出它，这独一无二的声音。甚至不需要分辨，时间不会消解这种亲切而遥远的声音，永远不会：来自旷野，富有磁性，如此稳健。他是我的中学同学，现在是母校的校长。1970 年代，我们这个学校是全区唯一的完全中学，就是从初中到高中都完备的中学。它叫洪家中学，听起来颇有点私塾的味道，其实洪家是我的出生地，这是一座百年老镇。记得母校前面是一条河，从懂事起就生活在这条河的影响下，水面倒映着我们苦涩的青春。船只、水泵和沟渠，还有纵贯的公路。这条河就叫"长泾"，不知道为何这么叫它。中学后面是田野，南方作物齐刷刷地站着，在阳光下挺起腰杆。我们经常在这片田里"学农"，也就是劳动。虽然喜欢写字，但我没有像布罗茨基那样，被判为"社会寄生虫"，更没有为了一片自由的阳光逃离课堂，永远离开教室。我如此渴望读书，不可阻挡地。三十多年过去了，仙喻兄的声音如此清晰地从远处传来，就如我们当年隔着田塍和河岸喊话，彼此大声地喊话。他的声音，在中年人的沉稳中，带上一丝少年的机敏和开怀，暑天吃了甜瓜似的开怀。他对我发出邀请，参加五十年校庆。我在纷乱的线索中，似乎理出了一些头绪，又好像什么都没有找到。是时间模糊了一切，是历史改写了记忆。三十多年的洗磨，把我们这些狂放又胆怯的少年，一群单纯而鲁莽的孩子，一批没有见过世面却自以为“胸怀世界”的年轻人，变成了脸上满是皱纹，疲惫中夹杂着坚毅，透过绝望看到希望，十分沮丧之后还要重建信心的中年家伙。

二

我们是正常的一代，也是奇异的一代。我们是在“阳光”过于充足的日子里缺少阳光的一代，我们是在黑暗来临时却把它当成光明的一代。用那个时代的语言说，我们是“沙漠中的红柳”。结果是，我们成了被“文化大革命”煮成“夹生饭”的一代。总的来说，我们是不幸的，20世纪60年代中期读小学，读中学时正好处于“文革”中期的1971年，高中毕业时，赶上“文革”尾声的反击右倾翻案风，中间还夹了个“批林批孔”和“反潮流”。我们有过迷失，参加过各种政治运动，“不理解也要理解”，好像是林彪说的。但我们并不懂得这个或那个“运动”的真实含义，它们所透露出来的“内部”信息，它们的无数个“幕后”，这一切远远超出了一个少年——那时我们只有十几岁——所能接受和理解的范围，而且，我们是一所区中学，实际上是乡村学校的学生。但不管怎样，我们在内心里也是迷乱、狂热和挣扎的。我们不能以自己年少而原谅自己，尽管我们也被整过。但我们又是幸运的一代。顾城说得好：“黑夜给了我黑色的眼睛，我却用它来寻找光明。”自然，我们很快醒悟了。永远记得1975年春夏之交，我和一群同学在后街的那座旧屋里，秘密举行了一次聚会，为一个当时我们很崇敬的人祈福，也为中国将来的命运担忧。我把它命名为“烛光祈祷会”，大约是从秘密传播的西方小说里看来的。这样的举动，在今天看来，是过于早熟的征候。记得有一次我问一位同时代的人，“你那会儿在干什么？想些什么问题？”他的回答出乎我的意料：“想读书而不成，内心一片灰暗。我们经常秘密聚会，如果那些野心家得逞了，我们就上山打游击！”这是我没有想到的，竟然有这么多的人和我一样的感同身受。我从来没有想到去打游击，但情绪上的对抗，到了1975年已经非常激烈了。在干活和烧饭的时候，总是在想，这样下去社会还能不乱吗，不知道什么时候才有转机，似乎看不到一点点希望。“庆父不死，鲁难未已”，不知道我们什么时候才有出头之日。“中国向何处去?”我相信，当时有很多年轻人在内心这样发问，包括我们的父辈。而当我们这样发问时，还是十六七岁的青少年。这太奇怪。老天赏赐给我们这样的黑色青春，未免过于残酷了。

三

我最大的幸运还不是从小遍尝人间辛酸，得以历练，更不是因为作文好，每每被老师当众表扬，甚至当做范文，以至今天仍以从文为乐。我的最大幸运，也不是恢复高考后第一批被杭州大学录取，从此改变了命运。真正的幸运，是我在洪家中学碰上了一批优秀的老师，在最需要知识和思想关怀的时候，读到了好书，特别是还能好好读书。在那个混乱的年代，并不是每一个人都能进入这样的环境，得到这样的眷顾的。不仅有我最尊重的语文老师，还有数学、物理(那时叫“工业基础知识”)、化学、历史、地理，还有农业课的老师，他们不仅教书，还提携人，给予我们以世界的秩序感。那时有一部苏联小说，叫《真正的人》，中学里的老师们自然希望我们也成为“真正的人”(不一定是这部小说所设定的概念)。他们对我们“醍醐灌顶”，对我们“棒喝”，对我们“动之以情，晓之以理”，对我们“全面塑造”。从现在的眼光看，我不知道当时中国还有哪些地方，能有这样一批杰出的中学教员，忍辱负重的校长，以及默默无闻的工友们，在做这样一件慢工出细活的工作。仅仅说一句崇高事业是不够的，仅仅向他们致敬也显得有些侮慢了。我也很难想象，我们的老师，在那样的岁月里，凭着什么样的精神力量，如此忘我地投入教学当中去的？又是什么样的一种欲念，支撑着他们不顾干扰，排除一切政治风险，在动荡的日子里，沉稳地雕刻着我们。在“文革”时代，我的母校是“沙漠里的绿洲”。这是最高意义上的“绿洲”，不仅因为课堂上的熏染，更是母校对我们无知和鲁莽的宽容，对我们觉醒的期待。我清楚地记得，一些老师偷偷从家里拿出一些“文革”之前甚至民国时期的书，给我们看几天。我那忠厚的父亲，还从母校一位因为出身不好或有“现行言论”而自杀的中学教员那儿，准确地说，从商店的角落里抢救出被他家人变卖的书籍和旧杂志，供我阅读。自杀，是一件对家人和朋友带来极大伤害的事，但他留下的书居然由我这么一个少年来读，而且终生受用，这事是始料未及的。那些年月里，我的头脑里经常浮现出一些臆想，仿佛那位自杀的中学语文教师，戴着那副宽边眼镜注视着我，催逼我看完每一行，又时常责备我，为什么把他的藏书买去，害得他四处找自己的书。

四

学农也好，回乡参加农业生产也好，经常是手上起泡，渐渐长出老茧，腰腿被蚂蟥叮上，烈日下更是挥汗如雨。“双夏”更是一次体力和耐力的重大考验，于是一边劳动，一边在想，为何劳动这么艰苦，马克思还要说劳动是“第一需要”？还想到，即使物质极大丰富了，劳动究竟在多大程度上成为“第一需要”。当然心里也很同情马克思，穷得连稿子和帮助思想的雪茄也买不起了，还穷尽资本的秘密，构想未来社会的形态，好在有着资本家儿子的战友恩格斯无私资助，使他有心情和时间继续写作《资本论》，还特别羡慕马克思有美丽的燕妮始终陪伴。对燕妮的倾城之美和高贵气质，几乎从倾慕发展到精神暗恋，自然怕老师在我劳动的时候看出我正在想这些问题而惩罚我。有时在学工的时候，或丈量土方计算梯形面积或水库容积的时候，就接着往深处想：自由人的联合体究竟是怎么回事？我们是自由人吗？全面的人是不是自由人？既然最终的目标是要赢得更多的余暇时间，为什么社会主义搞得饭也吃不饱，遑论“余暇时间”，这不是跟马克思说的不一样吗？有时走在路上，踢着砂石，手按书包快步走向学校，还在想着许多令人迷惑的事：比如，什么叫“雾月”？路易·波拿巴是什么样的人？资本链条到底在什么地方断裂？私有制和家庭以及国家的起源究竟是什么关系？斯大林为什么要研究语言学？毛泽东为什么对秦始皇、曹操和王安石有如此之多的好感？商鞅变法失败的根本原因是什么？鲁迅为什么与瞿秋白特别好?“人生得一知己足矣,斯世当以同怀视之”,足见鲁迅之深情啊!《野草》为何写得这么好啊?想着想着,有时中学同学会在我的腿上踢一脚:“想疯了,住进疯人院,可没有人给你送饭!先想想怎么养活自己吧,以后再去研究世界革命。走路不要掉进长泾河里去,行吗?”那时,我们把那些跟自己生计关系不大的问题,统称为“世界革命问题”。

五

自然,那时这一代人接受的知识是不完全的,起码很不完备。无论人文学科还是自然科学,我们中学时代的教养是残缺不全的。于是,我们走了一条“曲线救国”的道路,从农业课本里学习生物,从工业基础知识里得到物理知识,从世界形势和国内形势里读出一本地缘政治和人文地理,从当下社会读出一部二十四史。这很奏效。我几乎从化学实验和学工劳动引发了对门捷列夫的极大兴趣,以至到五十岁还能背元素周期表,还有,从中国古代推算圆周率的方式中,派生出对记忆 π 小数点之后的数字热情,我至今还能背出的圆周率是:3.141 592 653 589 79……很好,歪打正着;很妙,黑暗中摸索。我经常从马恩著作的注释里学到古希腊罗马神话,莎士比亚戏剧对白,以及荷马、但丁和地中海世界,小亚细亚生产方式,城邦制和苏格拉底。多年以后,很多人夸奖我把埃斯库罗斯、欧里庇得斯和索福克勒斯念得那么顺溜,其实应该归功于马恩选集的注释和索引,这些我几乎烂熟于心。鲁迅,鲁迅,亏得毛泽东说过,“我的心和鲁迅是相通的”(不管有多少真实成份),所以我的中学时代有大量的鲁迅著作可以阅读,从《彷徨》、《呐喊》、《故事新编》、《朝花夕拾》到杂文书信,直至《中国小说史略》和《摩罗诗力说》,生吞活剥得真是可以。也得感谢毛泽东,使我在中学阶段读了《曹操集》、《王文公文集》,李贽的《焚书》、《续焚书》,还有黄遵宪、龚自珍和魏源。同样感谢毛泽东的是,让我在熟读《水浒》的基础上,比较了好几个版本,还有《柳文指要》、《昭明文选》和李太白(毛的扬李抑杜,给我留下的印象极为深刻,我始终不明白杜甫什么地方得罪了他)。特别要感谢毛泽东的是，他在批林批孔的1974年（我正在读高二），无意中推销了孔家店，我大量地阅读了孔孟的书。万分感谢毛泽东的还有，因为他向全党推荐读《红楼梦》，我终于能看到向往已久的《红楼梦》，但我看不出他说的《红楼梦》是一部讲"阶级斗争"的书，我在中学时候对《红楼梦》的囫囵吞枣，可帮了我文学上的大忙。当我放下《七侠五义》和志怪小说时，是曹雪芹教会我"文学"这两个字是怎么写的。我后来收藏《石头记》胭脂斋重评本和庚辰本等，也是中学时代种下的"祸根"。但那个时候，我看不出毛泽东说的《红楼梦》总纲在第五回，尽管第五回的确重要，据说他对某位将领读不懂《红楼梦》大失所望，因为那人说，"《红楼梦》是一本吊膀子的书"，我想这个时候他也会深感孤独。

六

也许有人会说，这一代人空前绝后，而且备受挫折，是值得同情的一代。不是吗？少年时代，正是读四书五经或《圣经》的年龄，起码是读世界名著的时候，你们在读林彪编的《毛主席语录》，背诵领袖文章和诗词，什么"老三篇"和"新五篇"，可惜了。我并不完全同意这样一种看法。一代人自有一代人的命运，他们的历史轨迹也无从更改。于是，一代人自有一代人的书，这是我在另一个场合说的一句话。这是命运的重要内涵。鲁迅说，我是喝着狼奶长大的。这，很让中学生的我们不寒而栗，也使我们猛然警醒。喝狼奶不一定会变成狼，正如从旧营垒里杀出的不尽是新战士。是否获得了一种新的狼性，获得反省能力和新视野，乃问题之症结所在。我们应该庆幸，我们走出来了，在"文革"后期就走出来了。在幽暗的日子里，我们就像收割庄稼似的，收割成片的光明。当然更多的是，悲愤和忧虑拍打着中国的堤岸，实在令人不安。1975年初，我读高二，竟然会悄悄地跟同学兼好朋友说，报纸不仅要看，而且要倒着看，看出字里行间的真相。1976年1月我们看出了部分真相，1976年八九月间，我们几乎看出了全貌和裂痕。后来在一次诗会上，我曾对梁小斌说过，那个时候的情况是，钥匙丢了不要急，因为雪白的墙已升起来了。关于读报，洪迪先生后来跟我说了几乎一模一样的话，当然他更是神奇，在1976年9月算出“四人帮”垮台的具体日子，他那时也是倒着看报纸，透过字行看出巨大变故已经迫在眉睫，所谓山雨欲来风满楼是也。他的友人证实了这一点，也夸洪迪能掐会算：事情朝着我们希望的方向发展，而且不可阻挡。我们不是什么“聪明人”，但我们在中学开始就喝上了狼奶，将膻腥的狼奶喝出了甘甜，直至体魄强健。后来读到北岛的诗，我们是怎样的“心投意合”，而且经久不息！也是在那个困顿的年代，在置之死地而后生的处境中，有一种力量促使我们对社会底层作出深入了解，对人性的变迁予以及时觉察，一种投入的激情，亲力亲为的行动意识，成为一代人的最可嘉奖的品性。我曾经跟北岛说过，你早期诗歌中的“先声”之感，谁没有受到过强大的感染呵……北岛当时笑笑，也没有说什么，但我分明看出了他内心的汹涌和眼光的明净。“同时代人”，我想，他在前我殿后，这不仅因为年岁和环境，最重要的，从精神层面来说，我和北岛同属“这一代”。后来北岛送了好些随笔集给我，看到他写北京四中的那些文字，我内心最柔软、最隐秘的部分，被深深地触动了。

2006年11月18日，草于杭州

我的化学教师生涯

那天晚上授完课准备回家，蔡天新博士来电邀我去文二西路一家酒吧喝一杯，诗人余刚比我来得早。我们很久没有见面了，就急迫地谈起诗歌、旅行和社会等话题，不知怎么说起，我提及我年轻时曾教过化学，于是这位数学教授兼诗人对我说，“写写你的化学教师生涯吧！”

听到这句话，我颇感意外，也似有触动。我的那些陈年旧事，那些旧芝麻烂糠秕，也能进入“生涯”之列吗？如此说来，我岂非有很多“生涯”可写？化学教师生涯对我一生意味着什么，在别人看来也那么有意思吗？也许天新说得有点道理。当晚归家我翻来覆去，竟无法入睡。

哦，记得我时值30岁的1988年，写过一首题为《雨声远去》的诗，其中这样追忆我早已逝去的乡村教师生涯：“晴雨相隔的年头／总在想如何打发霉味的日子／旧相机、单簧管、邮册／卷了边的《牛虻》，门槛破烂／我做过三年乡村教师／打过短工／雨不能阻挡我去谋生”。

很奇诡的一件事。其实那时我并没有步入回忆的年龄，怎么就忆想起更年轻时期的生活了呢？也许是觉得这十几年来我所跨越的是两个时代，也许，文学就是回忆的持续闪烁？否则很难解释此刻我怎么又想起了这些诗行。回忆如星空，没准你会看到往事的繁星中，又有哪颗寂寞的星闪烁起来了呢！

我的确当过乡村教师，而且教的是中学的化学和物理，其中化学是高中的有机化学，很多教师对此视为畏途。具体地说，是1976年(时年十八岁，我只是一个高中毕业生)，在浙江台州沿海一个村办九年制学校，我做了一名代课教师，其社会地位不仅不能跟公立教师相比（相当于两个遥远的星球），也无法跟民办教师对应（如今“民办教师”这个名词都快要消亡了，可当时对我有多大的诱惑！），我那时却为能谋得这个临时职业，感到万分欣慰。

教化学这门课，我很卖力，也特别细心。那时我连大学的门往哪边开都不知道，高中毕业去教高中生，那时也是一件见怪不怪的事。我唯一的念头是：千万不能误人子弟。据我的一位老友说，那时他曾看过我的化学备课笔记，太认真细致了，分子式写得很准确，侧链的打开也很规范，字写得真好看，看上去就像一幅关于化学的书法作品。这当然过誉了，但“认真”二字我是保留至今的。

“你怎么会在乡村学校教起化学来了？这不是与你向来的文学爱好相差十万八千里吗？你的化学教师生涯有趣吗？”也曾有人这样问我。我往往沉默，颇觉无以言对。但又觉得应该写一写这段历史，也许还有一点“立此存照”的价值，也算是给后人留点时代刻痕和个人影像吧。

诗歌是诗歌，现实总归是现实。我开头引述的诗行，有非常真实的一面，也有艺术化的地方。且听我慢慢道来，与君分享。

“晴雨相隔的年头”，自然是象征。我自记事起，就生活在晴雨相隔的政治气候里。我没法数清有多少晴朗的日子，只知道生活中“霉味”时时飘拂，从1965年开始读小学于抗美援越集会时目睹森林般举起的愤怒之手，到林彪“自我爆炸”，雨天多于晴天。唐山大地震发生时，我只觉得这个国家快完了。在孤独、死亡和苦闷的1975年至1976年的那些日子里，我还有什么心情玩旧相机、单簧管（肯定是“捏造的意象”，或者说是我事后的“臆想”）、邮册？这句诗恐怕太理想主义的，说直白了，还有点矫情。不过，接下的一句诗中，“卷了边的《牛虻》”是有的，当时还看过无数遍。只是烧炭党人的硬汉形象支撑不了眼前千疮百孔的社会，而主教大人的罪孽和伪善（年少的我们理解不了这个其实内心很矛盾的人物），是我们嗤之以鼻的。说到“门槛”，我们这条百年老街上，的确处处是年久失修的房屋。写这几句的时候，大约想表达一点当时中国之穷困吧，或者是想表现“思想之贫困”。“做过三年乡村教师”云云，当然确有其事，但准确地说是两年多一点，因为得扣去我回乡农业劳动的半年，还有三个月的码头短工。这就是我彼时谋生的基本情形。

说起来，我教化学这门课完全是个偶然，但我的一生就这样被"化学"了。

我还清楚地记得，1975 年我进入高中母校当代课教师时，是一个不善辞令的人，起码当时是这样，校长带着几个教师站在教室窗口听我讲课，一紧张，居然当场鼻子出血，学生发出"啊"的一声惊叫，乱成一团。不过从此之后，我的口头表达变得出奇之好，因为过了这个坎，就从容得多了。到了 1976 年，我在那所九年制学校代课，先教物理，然后是语文，接着是化学。从初中到高中，接连教上几门毫不相干的课程。并非我是什么全才，而是由不得自己选择。要知道，我是一个代课教师，就是做"临时工"。那时进公立教师队伍，我是不抱任何奢望的，唯一的可能，是在我"代课"多年之后，如果教书受学生和家长的欢迎，同时经过校方的严格考察，有转为"民办教师"的一丝生机。代课教师不能挑三拣四，哪个老师生病了，哪个女教师怀孕快生小孩了，或者其他特殊情况，需要我临时补上空缺，就去教这门课。这就是我的命，我想。教初中物理的时候，我还代那位老师当了班主任呢。我与学生打成一片，与老师们也混得很熟，加上我父亲的求情，所以校方决定让我继续代课，但代什么课程是容不得商量的，缺什么就教什么。

那个年头的学生也特别顽皮，因为正好无政府主义大行其道。谁想读书啊？除了几个特别懂事的学生，谁也不太在意学习。当然我也可以敷衍着教书，或者偷个懒，卖个乖，笼络一批学生，压制另一批学生，也就过去了。可我生性并非那种人，用上海话说，我是一个"拎不清"的人。我不仅备课认真，教学上也学了几手，加上喜欢文学，课后给学生传授写作技能，推荐他们看"闲书"，还用铁笔在蜡纸上手刻了我自己选的唐诗(虽然有不少讹误)分送给老师和一些学生，还跟学生一起练武术(长拳、梅花桩和棍术)，他们自然很喜欢我。

其实教化学很难，尤其是有机化学。数学抽象，固然不容易教，但演算过程有迎刃而解的乐趣，证明过程也可以步步为营，让学生跟着你的思路走，特别是解析几何，其空间想象力的激发，也是很可以获得成就感的。论物理，虽然也有些枯燥，特别是力学定理之类，还有电磁和波长，学生不易理解，但还是有实验手段支撑着，有生活经验和现象世界可资借鉴，说万有引力就以牛顿头上的苹果为案例，讲做功和冲程可以让学生看发动机模型。可是，怎么解释有机化学中的基本概念呢？还有分子式的书写和化学作用的讲解，该怎么办？

就拿很关键的碳原子结合方式来说吧，哪怕最简单的说法听起来也很复杂。比如，你可以按部就班地表达为："在含多个碳原子的有机化合物分子中，碳原子互相结合形成分子的骨架，别的元素的原子就连接在该骨架上。在元素周期表中，没有一种别的元素能像碳那样以多种方式彼此牢固地结合。由碳原子形成的分子骨架有多种形式，有直链、支链、环状等。"你甚至可以边说边绘一些图形和分子式，也可以打一些比方，但都不能从根本上解决问题。没有一个学生能忍受这种冗长的讲解，要想一想，那是动乱年代的学生，在教室里坐稳几十分钟已经很了不起了。

我高中时的强项是语文，自然科学各科也不错，但没有特别擅长的。我得想办法攻克这个难题，否则我就"混"不下去了。想到父母的期待，也想到这个艰难时世无路可走，三个弟弟还小，家里盼着我在社会上有立足之地，往往不寒而栗，一丝马虎的心情都没有。记得老实忠厚的父亲，为了我的生计，到处求人，我时常感到羞愧得恨不能钻到地洞里去。有一次，他异想天开地想让我进邮局当投递员，跟在镇委书记后面，先是陪他说话，然后红着脸求他帮助，那个人连头也不回地说："别想吃天鹅肉了！回去吧，让你儿子老老实实做临时工。"回家听到父亲说起"天鹅肉"的事，我气得直想骂娘。

我有点埋怨父亲，为什么要这么去求人。母亲把我拉到屋角，噙着泪水说："父亲是为了全家能吃饱肚子，也是为了你的前程，是好心。他是个老实人，不会耍花招，求人这件事怨不得他啊！"说完让我出去，我都能想象她在黑暗中叹气的神情，不禁把拳头捏得吱嘎响。看来，我唯一的出路，只能把自己求得的教学临时工做好，而且要做得十分到位，令学生百分百满意，使校长大人万分高兴。我要像土拨鼠一样活着，让人去吓唬我，用力踢我，作践我……我要做一个社会的"土拨鼠"，让命运使劲捉弄我吧！我对自己下了狠心，“不成功，便成仁”，教不了化学就要饭去，或者一辈子做个农民，年关去街头卖对联。

接过这门高二的有机化学课之后，我就琢磨着如何教好它。心到了，破釜沉舟了，也就有办法了。我先从化学家的故事开讲，不知在什么地方，我弄来几本1949年以前上海印行的化学读本和化学史料，还有一本自然科学词典，也到有经验的化学老师那边请教，请有这方面专长的好同学帮助我。在课堂上，我把概念、化学作用和化学史合起来讲，比如，美国物理化学家路易斯等人于1916年提出的价键的电子理论，报纸上大力宣扬的人工合成胰岛素事件，还有19世纪中到20世纪初，有机化学工业逐渐变为以煤焦油为主要原料的过程，以及合成染料的发现，使染料、制药工业如何获得发展，同时推动了对芳香族化合物和杂环化合物研究，等等。

更重要的是，我在课堂上总是将清晰的板书和流畅的口头表达结合在一起。在语言上我着实下了一番苦功，我使用的既非标准的科学术语，也非描述性的文学语言，而是两者的调和与混成。我甚至“不择手段”地穿插化学家成长的励志故事，来“勾引”学生爱上化学，尤其是有机化学。有意无意间，我在有机与无机、物理与化学、历史与化学之间，用时下的医学术语说，做了一些“心脏搭桥”。这在当时肯定是不自觉的，是出于一些实际的考虑，还掺杂着不少天真的想法，可是真管用，而且渐入佳境。

上课时，对有机化学的分类也使人头痛欲裂，这是一件烦人事。化学有机一族，需要记忆的有几十、上百种，我就尽量讲得扼要，有时编出一些口诀，或传授一些形象记忆法。好在我看书杂，口才也好，学生竟然很觉得受用。我还让学生好生想想，能否找到记忆的规律，一是找类，如烃类、胺类、腈类；二是找衍生物，如羧酸衍生物、烃衍生物；三是记住“家族关系”，按血缘索骥，查一下你要了解的化学物是“四世同堂”还是“三代单传”。这个办法更受学生欢迎，大家很愿意学了。

在教化学的过程中，我很注意发现人。人，永远是根本。那些优秀的学生呢，也很想亲近我。同学们觉得我这个教师不唬弄人，也不是吃白食的无能之辈。对化学的兴趣，就在不少人心里萌发起来。有了这样一个基本阵容，我就可以给他们开小灶，提升他们了。对那些化学“尖子”，我在课后多辅导，谈心，出去玩，还去做家访。

意想不到的是，他们中的一些人，竟然就此走上化学之路。十几年前有一次我回故乡，儿时的朋友告诉我，我教的那个班级，有两位在化学界颇有成就，一个叫王楚华，先是进入美国斯坦福大学做了化学教授，现在纽约一家著名化学公司做首席科学家，还有一个姓洪的学生（抱歉，记不得名字了），长期在英国从事化学研究。至于在本地创办化工厂，做医药中间体和染料产品的，以有机化学化学知识和工艺技能服务社会的，不在少数。听到这个消息，觉得对这个世界我还能有什么太多的要求呢，对历史我又能怎样苛求呢？当年我的化学课分子式板书，算是写对了，写漂亮了。

这就是我的化学教师生涯的全过程，前后加起来，时间如此之短促，还不及一场大雨。可是那种谋生的乐趣，也使我始终对这个社会保持一些脆弱而有效的信心。至今依然找不到我那本化学备课本，记得是黑色的软皮抄，长方形的，摸上去像一层潮湿的蛙皮，颇为粗糙，也很有手感。这本劣质笔记本，如此具备形而上的抚慰，我很意外。

更大的意外是，我出色地完成那个学期的化学代课任务之后，就失业了。

2012年10月27日午夜，于杭州

对黄岩的精神分析

一

天还没有亮，我正做着春秋大梦。父亲开始叫醒我，“今天带你去县城。”

我睁眼一看，天光如此微弱，几乎被窗外尚未熄灭的路灯所吸纳，街上还没有太多动静，只有那个被打成“右派”的不思悔改的中年男人，沉重地叹口气，挑着满桶河水打着赤脚经过，震得小街的青石板咚咚作响。

真想多睡一会儿。那时我约莫十四五岁，正处于所谓“长身体”时期（其实我的身体好像从来没有明显长过，在这个划一而灰暗的年代，“青春”对我来说，就是那一秒钟的感觉）。

白天念书，回家帮着父母料理家务，要干不少活，晚上我总是喜欢读书到半夜。囫囵吞枣地读，时而埋头笔记，时而凝思出神，借用时下流行的话，就是很有点“文革”后期的“范儿”。我还参加了若干同学组成的“理论学习小组”，每周花两三个晚上，读那些与我们年龄不相称的书，如《反杜林论》、《路德维希·费尔巴哈和德国古典哲学的终结》或《路易·波拿巴的雾月十八日》。

每天晚上，母亲总是要我早些睡，因为我是长子，次日必须早起。可是我舍不得放下书，何况是一本“五四”小说或者不知从哪儿搞到的《基度山恩仇记》（也就是《基度山伯爵》）手抄本。睡得太晚，就很难早起。清晨是极其宝贵的休息时间。

但我分明从父亲那儿听到了“县城”这个词，于是赶紧穿衣，立马起床。

县城很远，而我家离海很近。县城是我所向往的。要赶路就得早起。那时正值“文革”，就我这个年龄而言，没有资格去北京参加“大串联”（这个词今天听起来有点怪，好似形容群氓在北京或上海街头串通一气），于是县城就成了我的北京。那里有“消息”，有“动向”，有陌生的事物。

说到“消息”，记得1971年的一个早晨，母亲正在做早饭，父亲刷着牙齿，满口白色的泡沫，竟然对着我母亲蹦出一句叫人大惊失色的话：“听说林副统帅自我爆炸了！”母亲连忙摇手示意，制止父亲继续说下去，怕我听见。其实我已经很懂事了，但我装作没有听到或听见了超出我理解力的话。

后来父亲说，这个消息是真实的，因为县城里的远房亲戚在“县革委会政工组”工作，什么都知道。他还说，“机密文件已经传达到地师级干部”。林彪也会出事？他不是钦定的“接班人”吗？林副统帅，你猴急什么！不过我一转念，“也许事出有因”。我对这个世界最初的质疑，就是从这个早上开始的。

县城，意味着政治。一切重大的消息，源自县城。而县城的变故，一定起自北京。起码在那个时候，对我们这些人来说是这样。

艰难时世，政治就是一切。毛泽东的声音是一级一级往下传达的，而我们住在这个百年老镇上，是“最高最新指示”所到之处的末端。县，是中国自郡县制以来的基本行政单位，而那时县城就是我心目中的政治中心。“武斗”发生了，“左派”与“形左实右派”的对峙，还有人事更迭和本地轶闻，根源都在县城（一直牵扯到京城）。

何况我们这个县很出名，叫黄岩，那时就有近百万人口。这是浙江一个极其重要的县份，出产著名的黄岩蜜橘，盛产稻米、海鲜和将军（当然是国民政府的）。据说离县城十几公里的宁溪一条街上就出产七个国民政府的将军。院士也不在少数。“文化大革命”，这个县自然是“重灾区”。

我喜欢县城。

不要说别的，就是那些街道的名字就好听极了。什么“县前街”、“砚池巷”、“管驿巷”，很有质感，甚至是“青年路”和“劳动路”，也那么带劲。当然，还有我们这个镇上设有的“钟楼”和城门，尽管“武斗”的时候，这座位于消防队旁边、极其精致美丽的钟楼，竟然多次沐浴过枪林弹雨，留下很多弹孔。这座钟楼后来被人们粉刷一新，却失去了“武斗”证人的意味。毛泽东早期游击战的实践促使他写下“当年鏖战激，弹洞前村壁”的诗句，似乎预示了我们这个县城钟楼的命运。

至于大桥，还有西江闸，是我最愿意去的地方。那儿既有“城”的味道，又能领略雾气、江水和柑橘林组合的独特风景。环绕着黄岩县城的河流就叫“澄江”，冲积小平原上橘树茂密，阡陌纵横，待到每年初夏橘花开的时候，满城浮动着一层薄如蝉翼的清香，而这种香味是难以想象的恐怖，比油菜花遍地触目惊心的黄色还要“可怕”。在那个什么都匮乏的年代，柑橘花盛开就意味着小资产阶级生活方式登陆了。

澄江，凭这个名字就够写一首诗，翻译成德文，可能就变成一条“澄澈的江”，这说不定给海德格尔们增加新的灵感，哲思如涌：因为看起来这条江如此“敞亮”，并且因光线强烈而彻底“去蔽”。

可惜那个时候，我们压根儿不知道海德格尔。我们只知道黑格尔、亚当·斯密和大卫·李嘉图。这些名字，起先是从马克思著作上看到的。那时我就不太喜欢黑格尔，觉得他的名字、体系和“绝对理念”如此阴森庞大，令人敬畏，而后面两位我都能欣然接受，除了他们的学说合情合理之外，译成汉语的名字也显得很俊逸、高远，且如此自然。

我在县城书店里，常常见到书架上一排排马恩列斯和毛泽东的著作，还有《艳阳天》、《分界线》和《沸腾的群山》，偶尔在角落里还摆着一两本没有铲除的“毒草”，比如《红旗谱》或《暴风骤雨》。而郭沫若的《李白与杜甫》很好玩，说李白是胡人，杜甫是吃了腐败的牛肉，夏日喝白酒中毒死的，这使我大长见识。这本书可以买到，因为毛泽东喜欢李白而非难杜甫，郭著显然迎合了这一点。他那薄薄的小册子《甲申三百年祭》，也赫然摆着。而鲁迅的《朝花夕拾》、《故事新编》和书信集很吸引我，至于《野草》，简直就是我的最大的精神乐园。这是真正伟大的诗歌。

二

我推崇县城，远不止这些原因。

县城的男人能说会道，什么都知道，也很有派头，关键是很生动。然后我推出一个“公理”，乡下拔尖的男人都被挑选到县城了，与城里的女人结合，就生下更为“优异”的人，一代代相传，成就了这个兴盛的局面。我的几个堂弟就很帅气，深得邻居女孩子的青睐。我到堂伯家一坐就明白了这一点。堂伯皮肤很白，人又高大，气度极好，很早就从乡下出来参加工作，完成了成为县城精英的“蜕变”，堂婶很有教养，也有点文化。我就想，这样的家庭多了，就成“星火燎原”之势，与本城的世家一道造就了县城。

这种说法，其实颇有点纳粹的“遗毒”，但于我个人而言，那时也不太懂得日耳曼民族优胜论，只是有点封建血统思想的残余而已，我还为这个发明兴奋了半天。不过我也觉得县城里的人事事折腾，颇为夸张，善于炫耀，这些特征“不足为训”。我亲眼看到亲戚家门口的一个男人，早上起得很迟，却很有气概地站在门口刷牙齿，满口白沫，横七竖八，来来回回，采取锯齿型的刷牙方法，足足折腾了半个小时。

县城里的男人很残酷，这已经被我耳闻目睹了。

那个时候正是武斗方兴未艾之际，县城尤为惨烈。各种变换的旗帜，还有易帜的变色龙，东倒西歪的墙头草，看得人眼花缭乱，莫衷一是。“造反派”和“保皇党”割据一方，各领风骚三五月。那些洪钟般的“头头”名字，响遏行云，直吓得乡下小孩晚上做起噩梦。至今记得最著名的是“杨某”和“吕某某”。我不知道他们是否“形左实右”，反正此后二十年我见到杨某，吃惊于他是如此的开朗甚至随和。当时在我等少年人的心目中，他们都是很彪悍的人，是三头六臂的盖世人物。这些造反派和涂上造反油彩的保守派，动的是真刀真枪，我亲眼看见荷枪实弹的两派在激烈地展开巷战。子弹在视力所及之处到处乱飞，我们被唬得魂飞魄散，赶紧往更乡下的地方逃难。

有一天，从县城里传出一个惊人的消息，吕某某被红卫兵或造反派打死了！这还不算，听说他的尸体还被那些残暴成性的红卫兵或造反派弄去示众，四肢展开，用黑色的铁钉钉在门板上。他虽非基督教创始人，遭遇却像耶稣受难。革命与血腥，欲望与政治，这些概念就是这样植入我心中的。我听到这个消息自然震惊万分，差点呕吐出来。我想，吕即使是十恶不赦，也不该至此啊！人，为什么会残忍到这种地步呢？当然，我在县城的布告栏和批判书上看到的是，吕某某简直是个大恶魔，似乎这样处置他已经很宽容了。吕钉在门板上的尸体被巡回展出，最后到了离我们镇上只有六公里的路桥，很多人去看了，回来都是脸色苍白，两手哆嗦，一声长叹。可是谁也不敢发表公开同情的言论。我自然没有去，一则父母不让去，二来我自己也不想去。这太可怕了。

死者长已矣，活着的人还要活下去。既然活着，就不免要经历生老病死和饮食男女之事，要飞蛾似的朝着光明扑去，做出前赴后继的惯性姿势。生活在继续，命运如交叉小径。到了"林副统帅"自我爆炸，批林整风，直至批《水浒》、读《红楼梦》，还有批林批孔，经历了很多运动，我自己也到了高中阶段，有点开窍了。比如，多听听"小道消息"，琢磨中国的历史与现实，看报纸倒着看，反着看，还有就是找禁书读。读马恩选集的时候除了正文，还多看注释。这又是一个大千世界，从注释和附录中，我明白了什么是"小亚细亚生产方式"，知晓了"古希腊城邦制"和荷马史诗，还有先验主义、时间与空间、法哲学和价值论，甚至从引文中了解希腊神话和莎士比亚戏剧，知道了这个世界上还有神性、友谊与爱情。

我们就是这样被启蒙的。除了对这个世界的基本判断之外，我也从县城学到了"审美"，说白了，就是欣赏漂亮的女孩，略知风情一二。县城去得多了，我就经常到大街上漫游，似乎漫不经心，其实十分留意，以目光打量这个尚有"美色"混迹其间的人群。久而久之，觉得县城的女人就是不同凡响。论形体，高挑白皙，面目姣好，眼睛会说话。论谈吐，时而议论风生，时而点头示意，表示默契与理解。走路时也不会推推搡搡，嘻嘻哈哈，如此大方优雅，神态自若，简直过目难忘。

县城里的女人，微妙而美丽。五官端正或精致，身材呈现与"铁姑娘"迥异的S形，肌肤耀眼，即使灰暗的"列宁装"和洗得泛白的黄军装，也挡不住透露出来的女性气息。真正美丽的女人是有“气息”的，不涂香水却异常诱人的气息。而这“诱人”二字，自然包括了风情、韵致和柔美，这一点在《野火春风斗古城》和《青春之歌》里是找不到语言对位的，那时我还没有看过《包法利夫人》和《洛丽塔》，自然不会借助于那些细微传神、触目惊心以至于令人昏厥的词汇，来形容县城女人。

更有甚者，有的县城女人还显示了“慵懒”的气质。在当时这一点“过分”到什么程度，今天说来是不可想象的。对这些美丽女人的身体和懒洋洋的神态，乱成一团的中国人民心中暗羡而一定要做出掩鼻而过的模样，否则必得去“专政”部门夤夜忏悔。我那少年的心里，也是喜欢女人这个神态的，但总觉得有教养的姑娘才可以这样，透彻的女性才能矜持，而且不可表露这一“观点”。这肯定是“左派”们心里有数而绝不吐露的观点。回到亲戚家之前，还是赶紧泯灭掉一切与女人有关的可疑迹象，没事一般地与堂弟们说笑，与年幼的表妹玩着简单的游戏，讲故事。

我的一个来自县城的同学（父亲是区委书记），高大帅气，有一次带来县城的女伴。第一次见到她，我简直目惊口呆，这位县城的“如花美眷”，是我见到过最美丽的女孩，不仅无可挑剔（用我外婆的话说，就是“鼻头眼脑不知道好到哪里去了”），而且有点画中人的神情，活力与美如此契合。她的身材、五官，无处不体现黄金分割之美妙，肌肤也光洁如玉，而那神情又是如此开朗，笑起来就像一道阳光，露出洁白齐整的贝齿，其美妙动人为我一生所罕见。这位县城的比娅·德丽丝，黄岩的海伦，分明是我同学的女朋友，这就给了我激情和想象，也许是“幻觉”：真正的美是存在的，且触手可及。

想起来，这位我心目中的绝代佳人，现在起码也有五十开外了，但我坚信，她今天仍是美的，因为美是一种质地。在那个年头，我是一个害羞的男孩，甚至有点自卑，看到漂亮女孩总要脸红一阵子，张口结舌，手足无措。而如今，我很愿意模仿马格利特·杜拉斯在《情人》开头的场景和对话，在众目睽睽之下上前对着“偶像”表白一番，以补救我年少时对女孩心理的茫然无知。

聂鲁达在回忆录中说，他告诉土耳其诗人希克梅特：“我很年轻的时候，有一次在街上，一个姑娘瞧了我一眼，她是这样的美丽，人们不得不把我扶了起来，因为她的美使我跌倒在地上了。”

美是不可思议的，带有“超现实”或梦幻的性质。在军营一般的国家，在目不斜视的年代，美是奇迹。在县城大街上，我并没有像聂鲁达那样跌倒在地，尽管那些美丽的女孩，使我灵魂撕裂，血液凝固。

三

闲来翻阅地方志，就想起历史上的黄岩县，想起黄岩人物和“黄岩来客”，想起这个诺大县份的风物景致和士人习气。

自1979年之后，黄岩县消失了，代之以黄岩市，而到了1995年，黄岩市又消失了，被“台州市黄岩区”所代替。很多人接受不了这么频繁的更替，觉得是一种失落。

在二十四史里很难找到对于寻常县域的详细记载，你骂它是帝王将相的历史也好，“吃人”的历史也好，反正“正史”不会把目光投向一个县城——“一个邮票一样大的地方”——正如美国小说家福克纳形容他故乡时所说的。好在中国的地方志、宗谱和墓志铭相当发达，虽然它们还不够深入和精确，也为尊者讳，但毕竟留下很多线索和大体确切的评价：对县城以下的地方，有不少确凿或近似的叙述。在“建置”、“星野”、“山川形胜”里，特别是在“人物风俗”和“艺文碑碣”中，我们往往能有意外的发现，得到一些隐晦的提示，对统治术和下层情形有不少透露，使人多少得知古人或前人的生存状态。

一般而言，方志里有半部“生活史”，一部“地名志”，一部“建置沿革史”。因为统治者觉得这样无害，起码无大害。有时，你静下心来读一些方志，各种死去活来的人物，一起涌上心头。联想到幼时的识见和多年的历练，你会喜自眉生，或悲从中来。

友人连晓鸣为明代“大儒”——鲁迅所说“台州式硬气”的典型人物——宁海方孝孺立传，就借用了地方志、文献尺牍、宗族文字和民间传闻，各种可以搜集的官方和非官方材料，可以说是煞费苦心，终成其业。这宁海，向来为台州府所辖，直至1950年代硬是把它划归宁波，还曾把黄岩划到温州管辖。中央集权国度很重视这种变更，连带百姓也很起劲，十分关注此事。这是我年轻时接触方志，从事地名志修订的阶段性工作所获。我至今把方孝孺看作是我的同乡人，这个人在中国几千年历史中也是一个“正统的另类”，一个台州人的标本。

历史上只有“灭九族”的酷刑，有史以来，“灭十族”唯方孝孺一人。朱棣篡位后，请“读书种子”、第一大儒方孝孺为他起草登基公告，当然为思想正统、极端忠于前皇的方孝孺所拒绝。《明史·方孝孺列传》有这样记载：

> 成祖降榻，劳曰：“先生毋自苦，予欲法周公辅成王耳。”孝孺曰：“成王安在？”成祖曰：“彼自焚死。”孝孺曰：“何不立成王之子？”成祖曰：“国赖长君。”孝孺曰：“何不立成王之弟？”成祖曰：“此朕家事。”顾左右授笔札，曰：“诏天下，非先生草不可。”孝孺投笔于地，且哭且骂曰：“死即死耳，诏不可草。”成祖怒，命磔诸市。

这件事太有戏剧性了。因为有求方孝孺，当方孝孺批驳朱棣将篡位辩解为“法周公辅成王”时，朱棣还是保持耐心说这是王室家事，意为让方孝孺回避。偏偏迂阔负气的方孝孺顶真到底，宁死不屈，暴君就露出了本性。

也许是《明史》主编张廷玉等人对暴君朱棣有恻隐之心，《方孝孺列传》只是说他被凌迟磔杀，并未记载被灭十族，株连坐死847人等字眼，但明崇祯《宁海县志·方孝孺传》、明末乡贤黄宗羲的《方正学孝孺》、《文正方正学先生孝孺》等大量文献都记载他被灭了十族。这是永乐皇帝朱棣的创举，这第十族就是朋友。“文革”时期也有这个情形，走资派和牛鬼蛇神的朋友也要遭受磨难的，所以急忙反目以求解脱。当时除了死去的八百多冤魂（有的甚至没有跟方孝孺见过面），更有数千人被流放、充军，其中不少被折磨致死。

黄岩这个地方，虽然在历史上没有太多全国鼎鼎有名的人物，却也贡献了一些特别的人士，发明了一些特别的习性与风气。

明《万历县志》卷一风俗部，以及清《光绪县志》卷三十一风土部记载，黄岩在宋代“承平号无事，里无贵客，百姓厌渔猎，不识官府”。南宋亡，“缙绅先生窜匿山谷，或服衰其身，或恸哭荒郊断垄间，如丧考妣。其民皆结垒自战相守，力尽则阖门就死而不辞”。可见这个地方的民风，或激烈或醇厚到了何种地步！

“厌渔猎”，是因为这里有一块小平原，我们年少的时候就知道叫“温(岭)黄(岩)平原”，河网密布，田畴平坦，足以自耕斩获，不说旱涝保收，却也颇能自足，虽有山海之利，也应顾不暇了，况且渔猎的风险毕竟很大，出没山林海滨，难免碰到大虫恶浪，生命有不测之虞。妙在“不识官府”这四个字，可见黄岩人早就有点“不合作主义”，这跟我年少时的印象大抵吻合。我记得“文革”后期，整个黄岩县就遍布了“地下工厂”和“地下包工队”，还有很多人在官府做事，晚上或星期天就干私活，那都是典型的“不识官府”，甚至是“无视官府”。计划经济年代的官府，最反感的就是百姓去搞“投机倒把”，或倒腾私人的营生。

这些都好说。我们的问题是，为何黄岩的“缙绅先生”们在南宋消亡后，且不说披麻戴孝，痛哭流涕，竟然还隐匿山谷，甚至还展开誓死保卫战，在乡野街巷人自为战，并力相守，男女老幼“阖门就死而不辞”，以致最后壮烈就义？

看起来，身处江南的黄岩人有点像北国壮士了。这不是普通的彪悍和寻常的忠诚，似乎为了某种“理念”、“真理”和“道”而主动献身了，也许对外族的侵入，自古至今，总是激起普世的反抗。百越之民，向来个性激烈，坚韧而骁勇，这一点在黄岩人身上异乎寻常地突出。说起来，台州人的教化是从唐朝的郑虔(也是杜甫的朋友，名满京城的“郑十八虔”，号称诗书画三绝)开始的，而对于南宋朝廷的认同和丧国的沉痛，远比中原一带百姓为过。即使最终归顺，也是死战之后的事。

滨海山野之民，恐怕与内陆百姓，在性情和观念上有很大的不同，甚至还有点格格不入。越文化气质中一个突出的侧面是“慷慨以复仇，隐忍以成事”，黄岩的故事正好证实了这一点。

方志上还记载，明初“建文逊国”，黄岩人“委身殉国，视死如归。道德文章，赫然重于天下，士皆激昂奋励，以礼义廉耻为先，以行俭名节为贵”。明中叶“民静而安，俗朴而俭。忠孝节义史不绝书，天下称文献之邦者，莫之先焉”，“富贵之归故乡者，至城市必舍车而徒，见父老以齿为序”，到了清代，黄岩“富厚之家布衣蔬食不事鲜美，农工商贾各勤其业；鲜游惰好闲之民，无强悍善斗之俗”。

黄岩人不仅勇猛顽强，而且善于变化，因时因地而异，说得大一点，就是“与时俱进”，这可不是反讽，而是实情。从明初到明中叶，直到清季，黄岩人的个性和集体性格改变不少，整个县域的风气也在变化之中，加入了诸多新的因素，成为一种黄岩的“变奏”。我这一代人也可以为黄岩的变化做个证词。

我们可以看到，多年来没有一个县份会显得如此玄奥清谈而丝毫不影响商业交往。这里有密集的交换，是一股脑儿的“总体交换”：政治、商业和文化。柑橘之乡与模具之都并列第一，异见抗争与沟通融合并行不悖。“轻死易发”的特点，在相当程度上被黄岩人传承了。20世纪八九十年代，我每次回乡都能感受到这种浓烈的氛围。按理说，居民们早已被政治和文化驯化了，但黄岩这个地方，我们不仅能看到高谈阔论者，炫耀财富者，更能看到五行八作的娴熟手艺和精致化生产方式，还在若干街角经常看到帮派性质的年轻人聚啸而来，扬长而去，有时还大打出手。

整个黄岩县境，有三个迥异的城镇恰成三足鼎立之势，它们分别是县城（俗称城关）、路桥和海门（如今叫椒江）。县城的持重包容，路桥的精明活跃，海门的开放豪气，是在在不可错认的。再也没有像黄岩这样的县份，能兼收并蓄地包容着这么三个风格如此不同的城镇，而丝毫不受干扰。看来，这个县份还真有把松散的事物作一番紧密勾连的雅量。

四

这个县城照样出人物，各种生动而机智的人物。

正如方志上说的“黄岩其民秀而敏，人人殊异；皆以文艺相应，有邹鲁之风”。我在这些年见到和交往的黄岩人物，就是这样一些“秀而敏”的人，尤为难得的是，真的还“人人异殊”。是否“有邹鲁之风”，我并不关心，也不怎么稀罕。在这个老大帝国，有一二区域竟然“人人异殊”，几乎是奇迹。

说到人人异殊，这个事情值得大书特书。就说那些当代商人吧，也是五花八门的秉性。在我有限的交往圈子中，我发现这些“当代英雄”人人可以写出一部小传，以至蔚为大观。黄岩县城出来的商人或企业家，有的恳挚周全，有的胆大包天，有的“虚头巴脑”（杭州方言，“华而不实”的意思），也有的精明强悍。几乎每个人都迥异于他人，有些简直可以直接写入小说的。总体上我把他们分为三类：一类是“政治企业家”，动不动搬出自己的政治背景，而且事实上也令当地官员不得不敬畏三分，社会调节能力极强；一类是“文化企业家”，很文雅，很有涵养，有时也很书生气；还有一类是“赤脚企业家”，从田野出来就洗脚上路，很勤勉也有点鲁莽，他们的最大优势是没有什么顾忌，没有退路，所以胆子特别大，初期发展大获成功，接着是蜕变重生，他们应了马克思的一句话，那就是“失去的只是锁链，得到的是全世界”。

20 世纪最后二十年，我大多数时间在台州行政公署和台州日报社工作，直至 1997 年离开，那一年我将近四十岁。也就是说，我生命中最好的年月，都留在台州这个更大范围的故乡了。这就是我的“根”，我的血脉之所系，精神枝叶得以舒展的地方，也是观念、意象和思绪的源头之一。经常在这一带奔波，虽然视野超出了一个县的范围，但与黄岩的联系一直没有间断，而且把我心目中的县城，看得更加分明，把焦距调整过了，得到一幅幅更为真切的图景。

说到黄岩县城里出的人物，首先跳出我的脑海的，是一个我称之为“伟大的电气工人”的小说家，如今是建筑师之友、美术批评家和策划人，我的挚友 H。这是一个出色、生动而别具一格的袖珍男人（这一点我们很相似），身体、语言和思想的表现主义者，相当疯狂的冷峻者，述而不作的后现代语言大师。

真巧，上几天我和他，还有著名建筑师张雷，去了一个叫余姚的地方，这是一个将河姆渡史前文化、王阳明眼中的四明山明媚景致和塑料粉末、咖啡机组合在一起的城市，我们一路上大谈建筑的“材料意志”、小说和女性。H 不是杂拌式的人物，他有着钟表般精确的思想和巴洛克风格的夸张，一个挥霍时间的高手，修辞学的吞云吐雾怪兽，仰慕眼光的收集者。他80年代写了一系列妙不可言的小说，比如《蚱蜢之歌》和《雅农的劣势》，大多发表在《收获》杂志上，赢得了不少名声之后沉寂许多年，其间偶尔有一两篇戏仿侦探小说的作品发表在《今天》杂志上，其余的日子就作为“向死而生”的填充剂去填补某种不明裂隙，或是当做“醉生梦死”的戏剧性时刻消费掉了。今天他声称要消灭小说，明天没准会说诗歌将走向末路，你可以姑且听之，千万不要生气或伤心，否则正中他的下怀。他声称要写一部21世纪的《论语》，后来又改名《创可贴》，以赶上或超越波德里亚，或与斯洛文尼亚的齐泽克在戏谑中走向法国的拉康。那位齐泽克仁兄，研究范围大到全球化，小至黄色电影，其魅力则源于他尽人皆知的荒诞不经，他甚至把自己的批判方法应用于自己批判研究的结果，此君深得H喜爱。

你要细心了解H的“所指”和“能指”。他的惊人记忆表现在能够在席间给你来一大段《基度山伯爵》中的对话和独白，或者加西亚·马尔克斯的《百年孤独》中“见识冰块的那个遥远的下午”，当他念起“清澈的河水急急地流过，河心那些光滑、洁白的巨石，宛若史前动物留下的巨大的蛋”的时候，我们会暂时进入一种魔幻状态，而他的眼睛会狡黠地发亮，额头也发出恐龙蛋的光泽。他和我的共同爱好是威士忌、布里顿和克劳德·西蒙，以及黄岩街头“阿三娘”的美食。我有好几个晚上和H在阿三娘的杂食摊分享县城美味，从黑格尔的《小逻辑》一直说到巴塞尔姆的《白雪公主》，还有《V》。H声称世界上最好的职业是厨师，理由是这个职业天天与菜肴打交道而富有创造性刺激，他以电影和绘画语言来批评诗人，却以跳跃的、反讽的语言来言说当下的美术潮流，漏洞百出而时常精辟到位。有一次我在北京的百富宫酒店参加他的一个聚餐，H纠集了京城的半打杰出画家，还有翻译家、我们共同的好朋友树才。他不停地作美术批评和绘画史解构，还间或点评当代美术技法，后现代意识的镶嵌或拼贴，让这些画家一愣一愣的，其中有一位实在忍耐不住了，猛然站起来，做出一副决斗的架势，指着H的鼻子叫嚷起来：“你！你……要讲究点专业精神，你应该在今晚保持基本的学术起点。你说得太离谱了，就算你比我们走得远，也别在这里教训我们了！”

以下是他的《蚱蜢之歌》的奇妙开头：

孟达从椭圆形浴池混沌的水中探出脑袋。他的一绺湿漉漉的头发耷拉在前额，像一条黑色的奇形怪状的蚂蟥附贴在额上。一些光着身子的男人在蒸汽弥漫的浴室内走动，另一些则浸泡在池内或在池旁成列的喷水龙头下搔首搓身。这可能是下午3点钟；圆形封闭式建筑——像囚牢一样——黯淡昏黄的光线和水汽笼罩着各种姿势的裸体者。黏糊糊相似性的躯体，各种本能的动作和形状，在我眼中辉映出一幅幻觉般的图景，仿佛我并非身处公共浴室，而是面临神话里众神沐浴的一幕：雾气迷幻、众神或半人半怪时隐时现，躯体之间纠结缠绕，就像众神的称谓那样复杂分不清。此刻我还没有专注于孟达，直至他像一匹湿淋淋的白马，突如其来地从混沌迷蒙的浴池中蹿了上来(全身赤裸，神情茫然，距离我只有五米之远)，我才在瞬间中断了虚幻的想象，蓦地辨认出一个熟悉而令我惊诧的形象。

要从众多类似的裸身者之间分辨出一个特殊的形貌并非易事(这多少证明了你的奇特之处)，这就像要从马群或鱼堆里辨认其中之别那样困难。只有你，孟达，或者是蚱蜢，尽管我们多年不遇——一时未顾及计算多少准确的年头——仍在公共浴室迷糊的空气中辨认出你，他，或者蚱蜢。

显然有一度时期他被酒所控制，为他的强烈特征所控制。不过H还是强大的，他也有反控制能力。手无缚鸡之力的他，经常在酒后创造“以小胜大，以弱胜强”的战争范例，并流露出语言暴力的倾向，把酒吧邻座的布尔乔亚女性吓得半死，赶紧换座或离开。商业活动是他的解毒剂，也是他的第二战场。最近他的公司办得如火如荼，认识的房地产大亨和建筑师起码有三打以上，其实他很细心，也熟悉商人的套路和心理。人性的真谛是商业的核心，其余的都是技术活。作为小说家，他当然知道这一点。他并不处处疯狂，尤其这些年他的商业理性占了上风，这对他和作为友人的我们，都有极大的好处。我们赢得了更多的欣赏他天才一面的时间，他则获取不少形而下的补偿，并保持身体的张力和情绪上的均衡感。当他彬彬有礼地送走一个大客户的时候，意味着他将要以精致而前卫的审美观影响他人了。他征服对方的，绝不是一味顺从甲方，而常常是斩钉截铁的，犹如从好莱坞电影中的大律师口中吐出的狠话："我一点也不同意你的观点"，或者"不，刚好相反"。他经常忘记自己是乙方，以至于那些平素颐指气使的大顾客，也屈尊降纡，就范于他，同样忘记了自己是甲方。

就实质上而言，H 是个后现代的完整天才，这也意味着他是现代性方面的不完整天才。这个前县城人物，前卫得令人难以置信，即令纽约和巴黎的装置和行为艺术家也瞠乎其后。他的滔滔不竭的才思之流，会令一个按部就班的文艺才俊不是淹死就是吓死。这个人的古典传承一面又隐藏得如此之深，直到有一次我们在杭州喝多了，我把他拉进我家休息，他居然顺手在白纸上涂抹，默写出《史记》或先秦诸子的大段文字来，对荷马史诗和但丁的神曲也熟悉得如数家珍。只是我们之间有一些美学观念上的分歧，他始终认为，圣贤的时代早就不再，寻求文学的意义无疑自杀，价值已经四分五裂，碎片才是真正的自我呈现，解构便是一切。而我非得要在意义与语言、碎片与完整、建构与解构、事实与规范之间保持必要的张力，做着"知其不可而为之"的事。他是我的一个参照物，我为结识他而高兴，持续保持了四分之一个世纪的友谊。为了这个"伟大的电气工人"，年长于他的我，经常到黄岩做客，在周末回家的时候，路过他位于黄岩县城的九峰公寓，喝上一杯后才归家。

关于黄岩，H 写过一篇《黄岩来客》，叙说他的"余华、石涛、南方，最后是孟浪的黄岩来客"，发表在 1995 年的《今天》杂志上。他是这样开头的：

> C 博士要我相信，我的某些悄然无闻的来客可以让黄岩这个位于东南一隅的小城变得更有意味一些。这位三十出头

的数学教授兼诗人、半个黄岩人，在游历了大半个世界以后回到中国，依然对盛产橘子的出生地一往情深。事实上，他对故乡抱有一种几乎错误的估价，而处于经济发迹阶段的小城市面目严峻；只是由于意外的因素，少数诗人和作家在过了无法预计的时间周长后悄然而至。他们在小城市的心脏地带小聚几天，没有义务、友情的繁文缛节，仅有的是一次次随意的走动——并非造访或度假——所能留下或遗忘的。

这就使我想起另一个黄岩人物：C君。他是一个完全不同于H的人，他们却很好地相处，还彼此欣赏了许多年。H为C写的诗集序言，是足资炫耀的，这篇题为《首要明快的语言》的序言，妙在H自顾自地说些表面上言不及义的话其实揭示了诗歌和艺术的诸般本质，新发现的特质和元素，无形中把C的诗歌放到一个特定的位置，予以精准观察并赋予其勃勃生机。关键在于，H激赏的那一路诗学观念，借着一个不错的由头，很充分地做了表达。一个好的作品自然要有出色的序言，正如良马需有好鞍。这不是一件小事。由此奠定了他们俩的友情基石，因此个性上的反差并不构成什么威胁。

我认识C并非在黄岩，虽然我们是同乡。我与他哥哥早在1984年就认识了。他哥哥是个优秀的小说家，曾经在北大荒插队，是个极有个性和思想的人物，十分机智而富有活力。说起来，C是个早慧少年，十四五岁就被山东大学数学系录取。彼时我已经在台州工作了，又住在临海，无缘得见。直到90年代初，有一次到杭州出差，诗人Y出于好意，要介绍我认识一个叫C的数学才俊兼诗人，这就引发了我的好奇心，随同他去杭州大学找C，于是在一个简陋的教师宿舍与C见面。我觉得他与我期待中的印象迥异，说话间也没有什么实质性的交流，他甚至有点腼腆，但他对诗歌的执著还是给了我一个深刻印象。那时我觉得他有点像自恋的水仙少年，当然在世俗这少年也会丧失其纯粹，没有想到他后来走遍了世界，以旅行家著称于世。他的诗歌风格也是隽永而颇具均衡感的，短小、平衡而精到，像一个背着词语行囊的寻访者，因路途遥远而吝惜语言。唯一的疯狂，就是漫游中自得其乐与交往名人交替进行，而酒不是他的必需，也非引信。

刚到杭州工作那会儿，我经常跟C在一起谈诗歌，去酒吧，还去几个大学组织舞会。我跳得并不好，只是有点乐感和激情，那时我很喜欢热闹，精力充沛得不行，也不大写诗，工作之余就闲逛。有时候我们一起（包括Y）去喝酒，听音乐，或干脆找个地方聊天。我记得他会把一叠刚打印好的文稿塞到我手中，也就是后来收到《数字与玫瑰》等书里的随笔，谈的往往是数学与诗歌的关系，天才人物，思想漫游，高斯或费马定理，还有他心中的罗大佑。C不是那种永不疲倦的善言者，也不是埋头书斋的沉思者，也许是介于这两者之间的人。但是我发现C是个很有控制力的人，写作、旅行、教书，按照黄金分割率安排时间。最佩服的是，可以独自伏案工作很多小时而不显倦容。有几年我经常上他的家，墙壁上画着蒙德里安的抽象画，大块面的色彩，几何学般的线条。他的生活很像这幅画：规则而色彩浓烈。

这些年来我与C博士的交往，属于时断时续，不无挂念却不必刻意的那种。有时就在酒吧聊上一阵，有时他带着孪生的宝贝女儿，来我家放松半天。我实在佩服他绵延不绝的精力，他的耐心，他的"喃喃自语"，他那种把语言和数字，内心的错落和异邦的风物，特别是生活和思维调和在一起的能力。有一次他干脆跟我说，诗人真正的想象力就是把两种以上根本不相干的事物焊接在一起，并产生新的特质，新的事物。虽然这个观念并不新鲜，但究竟说出了他的体验和写作方式，他的生存姿态。

他的诗歌当然很好，但是这种好不是可以轻易认识的。很多人仰慕的是他的双重或三重身份：数学家、诗人和旅行家。中国人对能工巧匠和奇异人物向来钦慕不已。他的身上有传奇成分，而且风尘仆仆，带有驳杂的想象力。对他的诗歌，我承认有一个认识过程，也许太熟悉本人了，对他的诗歌反而感到陌生。但对于他诗歌中的沉静与均衡，我向来是褒扬的。尤为难得的是，在这个充满嚎叫、梦呓和戏仿的世界，他的诗歌却一眼让人辨认出来，比如他的《旧金山海湾幻象》的开头一节，显得那么纯净、可感而隽永，具有视觉呈现性和来自远方的韵味："一个中世纪的旅人/从腓尼基的港口出发　回旋于潮湿的岩石间的靛蓝/和夏季正午的钴蓝混合。好似一个博学的古物爱好者/沉湎于一个旧大陆的时尚/交叠着双手屹立在岩石上/迎着扑面而来的阵阵微风”。

C的有趣，就在于他能很顶真地做着有型有款的“白日梦”，而对于现实世界的认知和介入却如此充满了黄岩人才有的精明和效用，但遏制了由于时间的阻隔而造成的想象力溃败。

2011年夏日，于杭州

铜琵琶、铁绰板，今又安在

曾经在多种场合说过，苏东坡和梁启超，是我平生最为佩服的两位先贤。所谓“佩服”，一定带有“敬佩”和“服帖”这两层意思，包括他们的人生姿态、才情和人格力量。说起这件事，跟先师吴熊和先生直接有关。

1977年冬天，抱着试试看的心情，我参加了“文革”之后的首次高考，居然被杭州大学中文系录取了。刚进大学那会儿，我们还是信马由缰地驰骋在自己原有的天地里，也不知怎么去系统读书，从何入手做学问。对文学和历史关系的处理，对历史人物的认识，心中也没有一个谱儿。

就在这个时候，我的面前出现了一位好老师。说是好，是终身受用的那种好，宛若酽茶醇酒的那种好。正是他，给我们带来了自信和从容，传授给我们所不知的问学路径，还有蔼然自若的人生态度。这位老师，就是当时教我们古典文学的吴熊和教授。

一走进教室开始听他的课，就被吸引住了。我们几乎是屏息倾听，唯恐漏下一句话。他穿一件对襟中式棉袄、留短平头的高大形象，即使我们今天到了那时他的年龄也很难忘却。实无法抹去的。还有一个细节，是学弟陈骥曾经说起，我也保留在心中的，那就是先生的板书也自成一体，从右写到左，写错了画个圈圈，也不擦。一堂课下来，总是刚好写满一黑板。自然，对一个人声音的保存是最持久的，三十多年过去了，他的语气，他的音调，至今尚在耳际萦绕。

吴先生给我们开的课是“唐宋词通论”，记得他说的第一个案例，就让我们记住了一辈子：“你们知道苏东坡是什么人吗？这是中国历史上一个特别了不起的人物。他不仅文章诗词写得好，更重要的是，他那绝无仅有的人格魅力，至今仍然影响着我们。先让我背一首他的词《定风波》，你们听：‘莫听穿林打叶声，何妨吟啸且徐行。竹杖芒鞋轻胜马，谁怕？一蓑烟雨任平生。料峭春风吹酒醒，微冷，山头斜照却相迎。回首向来萧瑟处，归去，也无风雨也无晴。’这是一首什么样的词？蕴含着什么样的人生态度和历史观？他是怎样从途中遇雨这件事生发开去，写出自己的精神风骨的？这种情景渲染，如此字字紧扣生活情景又飞向自在境界的意态，是怎样达到的？”

不及我们回答，他竟然自顾自地往下说开去，我们都听得入迷了。

他说了苏东坡的身世和遭际，委屈与旷达，细密与疏狂，怜悯心与冷眼观世，特别是他深受影响的几个精神源头，包括佛教禅宗、世俗生活与亲朋挚友。动情处，还给我们讲了一个轶事，说的是苏东坡和柳永的关系。柳永是北宋第一个写长调的词人，据说当时“凡有井水处，皆能歌柳词”。柳永的显赫名声自然引起了苏东坡的注意，于是“东坡在玉堂日，有幕士善歌，因问：‘我词与柳七何如？’对曰：‘柳郎中词，只合十七八女郎，执红牙板，歌“杨柳岸晓风残月”。学士词，须关西大汉，铜琵琶，铁绰板，唱“大江东去”。’坡为之绝倒。”

对禅宗，他讲得特别多，也特别投入。从禅宗的形成与根基，到禅宗的根本特征，禅宗与中国人、中国文化的吻合，禅宗所创立的理念、情景和智慧，包括“棒喝”和“顿悟”，特别是禅宗大师的行状与轶事，都作了最详尽的阐发和诠释。讲禅宗的时候，他融入了时世、生活方式和精神变迁，几近化境。从五灯会元到野史掌故，娓娓道来，如沐春风。

身材高大的吴先生，在课堂上自有一种格外的自信力，而这种自信并非外在的，也非仅仅砥砺奋发所成。听完他一个学期的课之后，我似乎明白了一些事理，那就是，先生是用心去读书，用眼睛来洞察世事，用脑去辨析社会，用血脉去融合历史和人物的，这样就能步步为营，进入中国社会从思想精神到文化制度各个层面，建立一种整体性的文化历史观，一种洞若观火的细节把握。

他在我们面前讲唐宋诗词，讲历史人物，并不是居高临下的那种，也非自我演绎，宣泄排遣一通了事，而是从具体情景到兴衰规律，再及历史和人心深处，尤重人性与命运之诠释。他在课堂上的沉吟，并非旧式文人的矫揉造作，在教室内外回答我们的提问，也决不炫耀学识。

吴先生给我们讲唐宋词通论，实在是大大超出了词的范畴。中古时代的历史文化、文学形态、人物踪影、语言音律，经他的融汇整合，呈现出一种整体风貌。有时，师生之间竟然能够同时触发一种感怀，领悟一段历史秘密，感受文字之外的意兴。自然，也有这样的时刻，我们都静默于他所提供的历史文化入口，而内心却激荡不已。有时他在课堂上久久伫立，竟然陷入一时片刻的无语。我们这些学生明白，这种沉默意味着他进入了最为开阔的思想风景。

对我们来说，吴先生不再是抽象的学者，而是一种确凿的存在，有着清晰的言行，也形成了巨大气场。

他不是那种旋风般裹挟着我们的人，而是不知不觉地以其精神气质环绕着我们，融化我们身心的老师。吴先生总是用他的吴侬软语，说出那些使我们惊心动魄的古典诗词内核，讲辛弃疾陈亮，讲周邦彦姜夔，如此之奇妙。这方言乡音与中原音韵的反差，恰好让我们对这些词人的印象更为深刻。那些晚上，当我们听完他的课，提些确实需要他指点的问题之后，会默默地看着他高大挺拔的身影，渐渐消失在连路灯也无法照及的黑暗中。

我亦很难忘记那些教过我们的其他名师，有的学富五车，有的清新儒雅，有的富于激情。而吴熊和先生却是个特例。他是那种非常罕见的能使语言、思想和学问浑然一体的人，很难用一个词来概括他的全部，显然他是属于那种兼具思想、情感、学问和人格力量的教授；也很难用专门家兼通才来诠释吴先生，他是个将经典与时代、中国传统士大夫精神与当下现实生活贯穿起来，将思想精神、历史意识和物质形态逐步打通，将“天地人”融合于一的人文学者，一代词学名师。他的旷达、淡定和超迈，影响了我们整整一代人，而且还会持续下去。

可他又是一个极为可亲可爱的人。互联网上曾留着这样一个帖子，一位可能是我们校友的网友这样写道，“记得读大学时有个吴熊和教授。那天，他来讲‘唐宋词通论’，正文还没有展开，先生先吟诵了朱熹老夫子的‘胜日寻芳泗水滨’。先生说，这么好的春光啊，我们不该坐在教室里上课的，我们应该去追春。到底是先生呀！”

就这样，从平生亲近的吴先生和诸位名师身上，我们得以传承思想、学识和情感，与更加久远的传统和人物，建立起某种神秘的血缘关系，获得溟濛中的清晰认知，类似于宗教上的衣钵相传。这，不是什么人都能获得的，我们深感幸运。

自然，这里既有理性的，也有非理性的因素。这种非理性因素，就是长者与我们声气相求，内心契合。此后，我也明白了，为什么要亲见大师，亲炙教诲，为的就是感受那种气息，那种氛围和情景，那种独具一格的交流方式。用海德格尔的语言说，就是“亲在”。

就说苏东坡和梁启超这样的历史人物吧，通过吴先生这一辈人的点拨，我很快就明白了，他们真正值得敬佩之处，不仅在于他们无所不在的才情和巨大的转换能力，更在于他们如此真实，如此丰厚，又如此纯粹。苏东坡的旷达和梁启超的顶真，都是在在不可抹杀的。他们最好的一面，就是一次次地重新打量自己，最终完成自己，虽然这两位人物没有“伟大”的封号，也不是什么“至圣先师”、“千古表率”，甚至在他们的个体生命中，还都出现过一时的迷误和惶惑，但丝毫不影响他们的魅力。读他们的诗词文章和传记，听听旁人对他们的评议，以至于我们开始怀疑那些大名鼎鼎的历史人物，似乎都经过腌制了，或粉饰了，晃荡在我们眼前的，有着某种事后的、合乎“逻辑”的可疑虚构。

后来我回台州工作，供职于行政公署和报社，有幸的是，那年吴先生和徐朔方、沈善洪诸位先生沿着“唐诗之路”来天台，我参加了接待，好几天在一起，再次面聆教诲，师生间又一次达到精神上水乳交融的地步，真是难以忘怀。他寄予了我更大的期待，除了做事为人，还希望我在“立言”上能有所成。

送他回杭州的时候，我看到他头发开始花白，提醒他注意调养，多多保重，他笑着说了一句：“鬓微霜，又何妨？”

傍晚时陈骥兄打电话给我，说吴先生故去了，我心里一沉，抬眼看了看天空，余杭塘河水面与宝蓝色的天空，融为一体，星空邃远，不禁喃喃自语，“先生，自此之后，我要问一声，‘铜琵琶、铁绰板，今又安在？’”

2012 年 11 月 4 日深夜，杭州

卷三　大雨将至

烤白薯之歌

——新世纪元年纪事

1999年12月31日

就要进入千禧年之始了。诸般滋味一起涌上心头，一时真是难以理清。一半以上生命留在20世纪了（但丁认为，35岁是人生中途），而21世纪对我又意味着什么？想一想此时弥漫全球的普遍情绪吧，用得上弘一法师弥留之际写的"悲欣交集"四个字。

千禧年的庆贺方式多如牛毛，也许很少有人想到将里尔克、贝多芬和巴赫，还有格里高利圣咏搅拌在一起，举办一个多少有点奇异的家庭派对。下午开始，我把自己卧室里的床搬掉，就靠在过道上。邻居经过时，惊奇地从门口往里看，以为我要搬家了，要不然就是发生了什么变故。呵呵，如果一个世纪算得上是一个"家"的话，现在我们都得"搬家"。

这次邀请了五对夫妇出席我的派对，包括李杭育、叶芳，连晓鸣、张明星，卢敦基、尹晓静，操剑锋、杨忆华。他们就像我的众多友人的"选集"，每位都带着乌黑发亮的记忆之煤。他们之间大都认识，也就省却了寒暄的环节。既然邀请了，总得让他们有转圜之地，没有像样的客厅，而卧室是最大的空间，大略可以转身。好几天之前，我就开始张罗此事。

昨天突然想到，诗歌与世纪的联系最为深刻，于是我找到了绿原翻译的《杜伊诺哀歌》，挑选第一首作为这次千禧年家庭派对中的诗歌朗诵文本。这几天我动手编排了一个曲目，从蒙泰·威尔第、巴赫到贝多芬、勋伯格，还有俄罗斯民谣，古琴曲《高山流水》。准备了红酒和点心，一大束玫瑰，几支马蹄莲。把桌布也都换了，手绣的，带花边的，纯白色的那种。我想，狂暴而动荡的20世纪就要结束了，就让时光变得柔软些吧。

趁着这个机会，我将《杜伊诺哀歌》又温习了一遍。不知道这首诗歌是否符合世纪之交的特定氛围，但我觉得它还是那么令人警醒，甚至教人倏然起立："如果我哭喊，各级天使中间有谁／听得见我？即使其中一位突然把我／拥向心头：我也会由于他的／更强健的存在而衰亡。因为美无非是／我们恰巧能够忍受的恐怖之开端，／我们之所以惊羡它，则因为它宁静得不屑于摧毁我们。每一个天使都是可怕的。"看来，"美"和人事，都是一种与永恒对立的无常。既然出现了伟大的爱者，早逝者，以及偶尔提及的"英雄"的命运，那么我不禁要问，新世纪是美的吗？美一定是残酷的吗？

诗人总是那么敏感，就像猫头鹰和知更鸟的混合体，读着那些在阴影中闪亮的诗句，我们不知道站在雨水中的枯叶能吸收什么，光线又能给人带来什么样的惊喜。叶芝曾站在两个世纪之交和对立世界的边缘说："全世界都分崩离析了，没有了中心；／全世界松散，一片混乱，无秩序"，"愤怒的沙漠之鸟的影子在旋飞。／黑暗再度降临了；但现在我知道／两千个年头的僵硬的昏睡／已被摆动的摇篮晃荡成噩梦……"（《二次降临》），甚至是，"一切变了，彻底变了／一种可怕的美已经诞生"（《1916年复活节》）。实际上庞德在《比萨诗章》里更是写出了一种直觉，对这个分离的世界表达了万般无奈的情绪："仿如一只孤独的蚂蚁爬离崩塌的蚁山／爬离欧洲的残骸，我，作家。"

晚会通宵达旦，进入子夜时分，我们感动于千禧年的星空下"此刻"和"悠久"的接续，生命中最浓郁的篇章和最恬适的心情交织：友谊、时空和超越。我们时而交谈，时而轮流朗诵里尔克，听各种迥异的音乐，抛开了我事先为大家准备的"晚会节目单"，直至世纪钟声鸣响。不，没有钟声只有比钟声洪亮的大地的寂静。不管怎样，我们还是开怀的，尽兴的：毕竟世界在变化，而没有大规模战争的折磨。时光流逝，一些星光丧失了，曙色也随之分娩，有人拉开窗帘，淡淡的白光涌入室内，开始拥抱我们。

我们注视窗外，又开始新一轮的对这个世界的谈论。这是一个群落，又是完整的整体。湖水拍击堤岸，舔舐扩展的朝霞。我们所谈的，也许不太连贯，语气也不十分肯定，大家都在表达各自的思想和心绪，不约而同的是，我们想到了20世纪的浩劫，被洗劫一空的感觉，以及重建的可能。我们都回不去了。流动的不仅是河，还有时间、道路和花朵。香气四溢的李树，花园和地毯，女人、星空和歌声，隐去的面庞。为死者祈福吧，让梦幻如月光之下的海滩。大地的轮廓已经成熟，在烈风吹拂下，地平线已经弯成巨大的弓弦……

2000年6月5日

今天心情不宁。一种无名的忧伤，就像突如其来的箭镞，带着斑驳的血迹，穿越我的头顶。于是约了几位友人，去钱塘江边走走。6月是易怒的、不安的、起伏的月份，也是岁序交替中大自然形态不停变幻的时刻。紫丁香也盛开了，寒意仍来光顾。走近钱塘江，看到江面抬升了，潮水涌动，卷起心事一般的浪头，冲刷着发白的堤岸，江畔的那些泥涂和巉石，很快被淹没了，那些浮游生物暂且消失，一时浩茫无涯，似乎什么也没有发生过，平时生机勃勃的江岸景象不复存在。那阵回流，裹挟着黑色的泥沙与树枝，带着某种不明底细的力量，吞噬着固有的风景。回流往往比浪潮更为可怕，就在不经意间瓦解这个世界，带来重构的惊奇，连城市的天际线也被改写了。回流，带来新的崩塌，新的灾祸。在回来的路上默默行走，我们没有谈论得太多，但彼此都觉得很宽慰。许多东西隐藏在自然内部，我们没有觉察，内心与自然的异质同构关系，我们更是很少发现：因为熟视无睹，也因为心灵粗糙了。向晚时分，马市街的灯光似乎特别静谧，市声沉寂下来，夜已降临。在黑夜的深处，是我的爱，我的重生机会，我镇日供奉的“神龛”。当污秽的夜鸟掠飞之时，正是寺庙漠视众生的一刻。走近弄堂口，拖长的影子便是奇迹。马勒说过这样的话：“只要这个世界上还有一个人在受苦，我的心就不能安宁。”受苦的何止一人！何止成千上万……简直是全体。但深感惶惑的是，如果一个人不能拯救自己，他能拯救别人吗？在这个灰色的年代，生活不在别处，就在自己周围——身体周围的光。犬儒主义不足取，内心的感知依然重要。行动高于言论，而言论也可以催促行动。在黄昏的灯光下，一己之念与广阔的悲悯交织在一起，广玉兰的通体洁白化为饥渴者的双重食粮，在春夏之交的微风中，战栗不已。还是薇依说得好，比马勒的话更有一种内在力量：“赞美，怜悯（尤其是两者的混合）带来真正的动力。然而，应当放弃。”

2000年11月3日

杨一，作为新一代“民间艺人”、“歌手”，自有其独特的存在价值。熔铸与表述生活的能力（光怪陆离的90年代，从托福到练摊），沙哑的嗓音，阵发性“痉挛”，偶尔的歇斯底里，迷惘的眼睛，足以令人感慨。CZND书吧开张仪式上，他自弹自唱，有足够的表现。杨一发行自己的集子，是在留声机唱片店直刻的。晚会开幕前，我见到的杨一，沉默寡言，当杨绍斌把我介绍给杨一时，他朝我点头示意。他在《烤白薯》里唱道：“他又上街卖烤白薯/东张西望躲着工商/北风吹呀吹不走这里的病/哎呀/看见他总是孤孤孤孤单单/他这人呀，就像那烤白薯/熏黑的脸，软绵绵的心……”

我对他的身世毫不知晓，也不介意他为何方人氏。想必他有一部流浪史或思想流浪记。也许是北京人，也许是河南人，斑驳、放诞、率真，经历过那年的阴霾，又重返生活。只有这样才能更持久地活着。活着就是延展，延展方可成全虚无。他全身披挂乐器——口琴、吉他、笛子，晃晃悠悠像个乡间的小牛犊被牵过田野。他在消解政治，解构所谓的精英文化，而且悠游自在。他是嘲弄的，调侃的，又是顶真的，辛酸不已的。我似乎看见，杨一眼睛里的雨水与阳光搅拌在一起。90年代滋养的精神世界，被置换成俗世中飘香的白薯、街角的手鼓、白杨树叶悄无声息的翻卷。哦，西风将临，杨一兄弟。

杨一披挂上阵，杨一沉郁低吟。

附注：当我看到当年写下的“流浪艺人”或“新街头艺人”这几个字时，就想起了一个中国新民谣歌手，那个叫杨一的人。我已经不知道他的下落，在20世纪90年代后期，我与他有过几次匆匆见面的机会。2011年4月的一个晚上，在上海见到了鲍勃·迪伦，立刻就想到了杨一。有人说杨一出家了，也有人告诉我，杨一依然流浪。在那个剧场里我就想，杨一应该和我一起见见鲍勃·迪伦，至少坐在一起好好谈谈鲍勃·迪伦。喝一杯酒，黑方威士忌或朗姆酒，高兴的话也兑上一杯可乐。可是，在上海大舞台黑压压的人群中，我哪里找杨一去？

2000年11月4日

在武林路闲逛，居然不经意间找到了MZ，长时间相拥。MZ开了一个服饰店，我还不知道这件事。很久没有见到了，她浑身散发出慵懒的气息(有些女人不可以慵懒，但她有这个特权)，似乎能感到她的乳房也是怔忪不安，无所用心的。她那件花里胡哨的内衣凌乱不堪，却配上一件用上好面料做成的黑色外套，富有质感的棕色牛仔裤，还把腰带斜扣在肚脐边上，散发出一种纲举目张的性感。坐下来，我与MZ闲聊着，从扎染布到松赞林寺，从梅里雪山到中甸峡谷，还有发生在卡萨布兰卡酒吧的一切。在那个木屋子里喝啤酒听摇滚的夜晚，剃着光头，头皮发青，带着一丝“残酷的妩媚”(我的杜撰)的MZ，趁着酒兴突然跳上桌子旋舞起来，眸子里回漾着浓得化不开的激情，黑色的激情。她不停地转身。可是激情后面是什么呢？这显然是个秘密。我只是感觉到，华夏文明底部的暗流正汹涌在MZ极薄极薄的皮肤中，有一种远古的能力在积聚，运行，旋转，寻求剧烈的喷发。女人身体的变化，暗示几个文明之间的碰撞。MZ，就这样在我们面前不停旋转。一个散淡的江南女子，一个飘散着奇异香味的女人，正在桌子上缓慢地扭着腰肢，不停炫舞，连光影也动摇了，她展示一双美国海军陆战队士兵的皮鞋(开个玩笑而已)，把桌面踩得震天响，一阵驰骤，远去……我弄不清她是古人幻影还是“新新人类”实体。有一次相聚在卡萨布兰卡酒吧，MZ跟别人说了无数遍之后，依然用她感性的、莲花盛开的声音跟我说，她即将启程去香格里拉，去藏区旅行。我感到一阵低沉的浓云，压着她并不漂亮却很迷人的脸庞。在灯光下，她新剃的头皮泛着青黑色，隐约间散发出好闻的、来自木樨地那头的清凉气息。我忍不住吻了一下她的头皮，那种温热中的沁香，终生难忘。此刻，看着眼前的MZ，似乎酒香与木屑味交织，欲望与想象齐飞。女人的确不可思议，现代性就在她们身上。她们的柔韧和容忍，她们的感性与酷烈，就是“现代性”的器皿。我要离开了，她主动地投入我的怀抱，但丝毫也没有暧昧的意味，一点也没有。这很好。她浅笑着，露出一口茶叶和烟草熏染过的黑牙。瞧她，浑身上下都是假惺惺、叮当作响的饰物，一整套来自祖国西南的行头。

附注：一次我和小说家、批评家谈天，一位朋友突然大发议论，说这个世界应该由女人来统治，因为她们感性、细腻、生活化，对政治和铁血有戒心，真诚地认为战争不好玩，只是男人的坏游戏，所以他的结论是，世界应该由女人来治理，这样很符合人性，也很审美。我们都被他说得愣住了，然后哈哈一笑。可是看到他一脸严肃的样子，就不忍心扫了他的兴。MZ是个什么样的女人，她可以统治世界吗？我认为是可以的，也许她不想干。其实，泛泛地谈性别是没有多大意思的。女人的感性、坚忍和应对能力，包括她们的及时转身，是由于其历史处境、生理心理和社会要求的压力造成的，不一定单纯归结为天性。就孤独和向死而生而言，男女表现形式尽管不同，实在也是殊途同归的。没有这一半，世界该多贫乏。

2000年11月6日

在酒店见到了CH，他是我的朋友，既非酒肉，也非至交，或者两者都是。我们大谈人世间之烦，之痛快，之不由自主。他要去承包一个海塘，从事养殖业，大约是基围虾、蛏子和青蟹之类，我都可以看得出他的满足感。他想买个无人岛，做个岛主，过着一个孤独的国王般的生活。说这些话的时候，他舒眉而笑，似乎很开心。尽管他有很多烦心事，但脸上永远写着平静，微笑也是开阔的。我与他的交情时深时浅，“摸着石头过河”，我也不太清楚他的底细，但我是一个从来不问来路的人。该告诉你的，他自然会告诉你。我感觉到，他是一个有想法的人，也是道行很高的人，很精明。他有很多“杀手锏”，能应付各种局面，对这个社会有很多透辟的分析。他说话时，总是那么从容，明天是末日，他也会如此从容，但我总觉得他蕴藏着一座活火山。他有很多故事，整个家族出了很多事，兄弟、母亲和街坊，一连串的故事。另一个社会，另一种活法。出事、磨难、拯救，仇恨、斡旋与和解。平和的意愿，树欲静而风不止，猜忌与毒手，足以拍个系列剧。他露出冰山一角，这一点跟海明威没有什么区别。他的词汇，总是飘散着码头、监狱和传奇的气息，但他会使坐在身边的你放宽心。你就在听一个发生在街角的传说：“刀疤”和钱，花朵、蒺藜和高墙。喝酒的时候，我听到了一些前所未闻的故事，比如雇人动手的价格，工地的斗殴，“蓝衫帮”与“斧头帮”，瘸子的诅咒，都使我想起了博尔赫斯的布宜诺斯艾利斯：谋杀和玫瑰色街角，枯叶与尖叫。我所居住的那条街，靠近“七号码头”的那条街，具备阿根廷伟大小说家笔下的一切要素……分手的时候，针对我的担心，他意味深长地说：“非常事，平常心。我活得很好，不会有什么事。你该回去了。”

2000年11月7日

巴赫的秘密在哪里？没有秘密。——十二个孩子的父亲，乐师，木匠，等等。菩萨心肠，这是音乐的需要，也是生性。“我的肉体和灵魂高度统一”？世界上有这等人，世所罕见，但的确存在：人中龙凤。手头有一本小册子《巴赫》，是英国人蒂姆·道雷写的。“巴赫像个严肃的小学校长”，“和一个平庸的公务员没有太大的不同”，“他让人联想到德国那种十来岁便做学徒，没有上过大学，但对本行工作娴熟于心，样样都能动手的工头师傅”。“每个星期天作曲在他是例行公事，空余时间为世俗活动奏乐助兴是他挣外快的来源。巴赫的音符大多是用来换取面包的”。但他毕竟是天才。“倨傲”,“对勤奋的新教徒巴赫而言,职业尊严和对美的坚持大概没有什么分别”。这件事曾传为美谈,但在巴赫看来是没有什么可以奇怪的:“他徒步数十里听一场演奏,半夜抄谱,都显露了这个理智者狂热的一面。”当然,我最初听巴赫的时候,就感觉到这种不寻常的寻常,他身上深刻的均衡,伟大的肤浅,正如这本名为《巴赫》的小册子所说:“他的音乐有着数学般的精确、逻辑的必然性,绝对的美触动了音乐和谐的本源。”还说听巴赫音乐,会“敬畏人类心智力量之伟大”。“在绝对的纯粹之外,巴赫的音乐也糅合期盼、忧郁、哀惧等种种情绪,以及他赋予人生的使命。”巴赫觉得,“音乐的唯一的使命是侍奉上帝”。由于有了巴赫,有了贝多芬,我很害怕自己失去听力。这种最新的恐惧。如果没有听力,我就被剥夺了阳光。世界是为这两个人存在的,也为我们存在。我们是巴赫的乐器,又是他的音符。

2000年11月8日

听说小布什当选了,没劲。我不喜欢这个人,“一根筋”。看他那张脸就知道,准是个“二愣子”。他的眼睛是直视的、茫然的,浑身上下透露出一副随时出手的样子。与此君做世俗朋友,也许是过瘾的,问题是他要当总统(看来这种人是朋友也做不好的)。这不好办。预兆不太好,这个直觉可能成立。不知他将美国引向何处。这个世界,总是有点“拧”,有点跟人过不去。缺乏人文精神的人,不会反思的人,最终要坏事。什么体制下都一样。列宁是硬汉,是行动家,但他会反思,去世前提出新经济政策,可惜没有来得及推行。小布什说话鼻音很重,眼神有点迷离,遇到困难时不断舔舌头,不是海明威笔下的“硬汉”。硬汉不是硬拼,也不是如坐针毡的那种人。今天无所事事,发了一些邮件。晚上闲着,有点发呆,突然想起写一篇随笔,题为《空空荡荡的酒吧》,开头不好,就没写下去。天凉了,秋雨折磨人。到杭州之后,总有失却根基之感。睡眠经常不好,入睡前经常有一种飘忽感,似乎有一种暗夜的利器,直插我的背脊,冷飕飕的。如今是世纪的曙光还是世纪末蔓延的晚霞?曙光与晚霞,在亮度、色泽和光影上有什么区别?落日不也很美吗，为什么只能列入伤感与挽歌的行列？在美这一点上，晚霞甚于朝日。但黑暗很快笼罩四野，心情的水鬼快要浮出水面。晚霞黯然招魂，黎明让人生气勃勃，如马蹄莲遍插大戈壁，将它装点成波斯古老的花园。

附注：小布什当选美国总统，列宁的“新经济政策”，海明威的“硬汉”，秋风秋雨，《空空荡荡的酒吧》，曙光与晚霞，这些事物本来是毫不相干的，这一天在我的笔下相遇。我揣摩当时下笔时的心情，一定是被千禧年的期待感染了，觉得世态会一点点好起来，但是看来看去却颓唐起来。其实，这本来就是幻觉，腐烂的晚霞被幻化成朝日的云蒸霞蔚，世纪末的喘息被想象成千禧年的欢呼。要知道，那个时候，“9·11”事件还没有发生，塔楼杀机尚在酝酿之中，金融危机来不及爆发，世界的乱象还没有今天这么显著呢！矛盾心情，导致时间分配上的均衡性失重：私人空间，公共话题，文学敏感，政治洞见，还有大量的无谓挥霍，做不相干的事，见不相干的人。当时我有一句话很得罪人，的确也使人印象深刻：“我今天来参加你们的晚宴是为了推掉一个更无聊的聚餐……”是的，时间和食物的双重浪费，如此可惜，还不如在街口买一个烤白薯回家，边看书边填饱肚子。也许就是杨一唱的烤白薯，“熏黑的脸，软绵绵的心”。新世纪就是这样开头的，而未知的道路莽莽苍苍，伸入悬崖上的茅草丛中，犹如一支生涩而断续的歌，如濡湿之后展开的壁画。凝视者被凝视，上升的声音进入下坠的肉体。海天一色，了无纤尘。

大雨将至

鲍勃·迪伦老了,70 岁的鲍勃·迪伦看上去更有精神。这使我想起他的那句名言:“昔日我曾苍老,如今我却风华正茂。”

这使我想起了鹰。在生物界,老了就意味着衰惫,意味着蹲伏,让死亡来收拾自己。鹰也会老去,但老鹰却是人们仰慕的对象,它在酝酿重生,拔尽羽毛,砥砺喙角。它在树梢或巉岩上盘踞的神态,它高居于死亡之上的样子,是力量的延展,更高的俯视。

鲍勃·迪伦,还有“老鹰乐队”那几个家伙,都将渐渐老去,一种共时性的感觉开始笼罩着我,因为人都会这样老去,我也一样。而他们这种老,恰好增添了一些先前未知的活力。鲍勃·迪伦写出了自传《编年史》(中译本翻译为《像一块滚石》,似乎有点离谱了,虽然迪伦有这样的歌词),还在各地巡演,还是那么带劲(虽然脸上的皱纹更多了)。“老鹰乐队”呢? 四个半老不老的家伙,又重新露面了,倚老卖老,斜背着双头吉他,携上贝司,外加沙锤、手鼓,四只鹰足以摆开阵势,这样一来,加州旅馆的神秘灯焰更为炙热了。

但,鲍勃·迪伦与“老鹰乐队”成员不同,他是一只孤独的鹰。

2011 年 4 月 8 日,我在上海见到了鲍勃·迪伦。他给我的感觉,不再是叛逆与呼喊,而是洞察一切,高度呈现。鲍勃·迪伦并没有老去,就在他开口唱出第一句歌词,或弹拨吉他,吹奏口琴时,我觉得他并未老去。似乎他与这个世界取得了新的和解,而某种内在的激情依然健在,并在空气中震颤不已。在上海大舞台,在密集人群的应和声中,他的“精神之鹰”在灯光闪烁中，飞出户外。

鹰就是死了也有精神，何况此刻它还在高空逡巡，俯察大地。

“棕灰色宽檐礼帽，一身带亮色绿条的黑色西装，这就是舞台上鲍勃·迪伦的招牌装束，仿佛20世纪70年代美国西部的走私贩子。灯光打在他松弛的脸颊上，照出一丝似笑非笑的狡黠。”

人们这样来勾勒鲍勃·迪伦的舞台肖像，有点漫画化，过于冷幽默。

上海大舞台从未出现过如此简陋的幕布，白色纱幔将舞台的三面遮挡了起来，灯光变幻不同的背景色调，以蓝色为主。和流行明星演唱会截然不同的是，现场没有多媒体大屏幕，没有多余的布景，只有舞台前的射灯不时将鲍勃·迪伦和乐手们的身影打在背景布上。“高大而神秘，仿佛在向遥远的20世纪60年代招魂。”一位记者这样描绘出现在演唱会现场的鲍勃·迪伦。

鲍勃·迪伦的上海演唱会，成了一个盛大的节日。入场之前，我看到了这么多不同年龄和身份的人鱼贯而入，整个上海注视着他的到来。这么多的中国人，还有住在上海的印度人、孟加拉人、欧洲人，以及日本人，正在陆续入场。有人这样评论，因为晚上我们期待的这个人，曾经是时代的晴雨表，是汽车仪表盘上的指示器，告诉我们这个世界是否还在转动，油箱是否滴漏。疯狂的人心呵，衰颓的迹象，还有对拯救的拯救……这个人是鹰还是滚石？我们曾经陷入判断上的混乱。

开场歌曲是1979年专辑《慢车开来》里的《Gonna Change My Way of Thinking》，也许这是一首冷门歌曲：“我将改变我思考的方式，我要建立不同的尺度”，鲍勃·迪伦在每一个时代都要录下自己不同凡响的声音，从越战到民权运动，从核战阴云到60年代的反叛，他都留下了自己的踪迹。

对于这种变化，迪伦是有预感和准备的，其实他很明智，但事到临头，他仍然会站出来。他告诉我们：“有些小事情预示着将来，但你可能一时看不出。而接着就会马上发生一些事情，世界就已经变了，你跃入这个未知的世界，对它有一种本能的理解，你就自由了。”

不同的是，过去那种或尖锐或饱满的声音，现在变得锉刀般粗砺，如此老辣苍劲，“给人一种烈酒穿肠的感觉”，有人这样形容。在90多分钟里，他或是弹吉他，或是吹口琴，或是弄键盘，一首首地演唱着他的谣曲，还配合一些幽默的表情和动作。每次口琴声响起，场内就会发出阵阵疯狂的尖叫声。

当他唱起那首经典代表作《像一块滚石》，全场沸腾，所有人跟着欢快摇摆起来，“海啸”——狂热的性质的确有点像海啸，巨大的灾难也是这样的情景——总在这个时候发生。有人说，这是“界定一个世代的歌”，也是每一代人的共同感应：“这是什么感觉？这是什么感觉？/独自一人无依无靠/找不到回家的方向/像个无名氏/像一块滚石……”

自然我们希望他继续唱下去，直到东方破晓，但这不可能，不符合迪伦的风格。我周围的人还在如痴如醉，一些年轻人，一群女孩，还有一个闭着眼睛，跟着鲍勃·迪伦节奏哼唱起来的美国中年人，都继续沉浸在迪伦为我们营造的氛围里，是一种魔咒似的情景里，谁也不愿意离开。演唱歌声结束时，鲍勃·迪伦和乐手们一起鞠躬谢幕然后转身隐退，任凭歌迷怎么哭喊、敲打座椅都不再现身。这就是迪伦，就像同样身为迪伦歌迷的美国总统奥巴马说的，如果他多做一点什么，他就不是鲍勃·迪伦了。

你能让一只鹰多做些什么呢？除了搏击和嘶喊，向着阳光下的兽尸俯冲。

这只鹰，鲍勃·迪伦，既不是杜甫笔下“何当击凡鸟，毛血洒平芜”的鹰隼，也不是塔特·休斯的“穿过骨骼”、“分配死亡”的“栖息着的鹰”，倒有点像奥克塔维奥·帕斯那只站在时间源头或黑曜石之上的鹰，朝着太阳笔直飞去，浑然不知身后黑夜业已降临。

多年来，我对鲍勃·迪伦的好感是始终如一，哪怕他做错了什么。“也许错不在他”，我经常这样为他辩护。

几乎在知道这个人的名字之后，这一点就没有动摇过。我热爱他。我很少对演艺界的人——不，本质上他是诗人——抱着这样的敬意。不管他在哪里，隐匿还是张扬，愤怒或者忧伤，总是那么对应着我的节律，和灵魂的舞俑。他对时代的呼应和对人心的呼应，总是那样高度吻合。这就是鲍勃·迪伦的不凡之处。

在相当长的时间里，鲍勃·迪伦是我的诗歌兄长，思想盟友，和假想的对谈者。我时常在家里听他的唱片，不是什么点缀性的音乐，是一种坚实的对话。一只雨中的鹰，朝着我的窗户飞来。迪伦的谣曲，正如他在评论弗兰克的歌声时说的："我能在他声音里听到一切——死亡、上帝和宇宙，所有的一切。"在我看来，他不是纯粹的诗人、歌手或社会活动家，他是一代人的总和。鲍勃·迪伦是时代情绪和精神气候的预报者，一个在世的烈士。

当然，他有过失落，有过疑虑，也有过彷徨和隐匿。十岁时，从明尼苏达州铁矿区的一个小镇出走，他从那时开始就是一个游浪者。他可以爱得死去活来，也可以迅速调转船头。他对活力的崇尚和对一些奇异事物的迷恋，包括街头、地下室和格林尼治村欲罢不能。他说自己"到目前为止我都是在另一种文化谱系里长大，这种文化谱系让我的思想变得如煤烟一般灰黑"。简明扼要地说，他经历过的事，所见过的人，简直可以编成一部时代的百科全书……鹰永远不会变成走私贩子，更不会成为变色龙。

这是一只预言之鹰，反抗之鹰。1963年5月，鲍勃·迪伦推出了最具代表性的专辑《放任自流的鲍勃·迪伦》，其中《大雨将至》是最具里程碑性质的诗歌作品。在一唱三咏的句式中充满了密集的意象和出色的隐喻，超级大国之间的穷兵黩武和非理性政策，几乎将全球推至核战争的边缘。"你听到了什么，你看到了什么？你碰上谁了，你准备干什么？"全是不祥的、紧迫的语气，而且那些景象都是令人畏惧的，可怕的，带着强烈的死亡气息。正如鲍勃·迪伦本人所说的：它的"每一句诗行都可以成为一首独立诗篇的开始"，而每组诗节都洋溢着一种生命的紧张感和恐惧情节，这是一部谣曲式的启示录。

对鲍勃·迪伦来说，反叛不是一种政治需要或斗士的姿态，而是骨子里透露出来的东西，是一种命运的安排。美国和世界上的一些大事件都让他碰上了。碰上了就碰上了，在别人那里是不会影响运行轨道的，至多是一段恶劣心情，犹如一条狗一样跟上你几公里的烦恼，但他却愤怒了，倾斜了。鲍勃·迪伦血液里的火一下子点燃起来。精神漫游者的气质，诗人的灵魂，加上歌手的姿态，就合成了反叛。正如他自己说的："在歌里一些可爱的东西突然被颠覆了……反叛对我来说更为响亮。反叛是鲜活的，好的，浪漫的和值得尊敬的。"

鲍勃·迪伦带有颠覆性的叛逆和反抗，不仅表现在他多次举行吸引包括金斯伯格和肯凯西在内的垮掉派作家的音乐会，参加反主流文化运动和民权运动，也体现在他对打开"感性之门"的极端生命体验之中，发现其中有欢愉与超验的新世界，他一度沉浸在"思想吐出的烟圈"中，"沿着时间迷雾笼罩的废墟"行走，看到了"布满宝石的天空"，这些都是典型的幻觉。自 1964 年开始，鲍勃·迪伦已厌倦所谓领袖或旗手的称谓，在《鲍勃迪伦的侧面》这一专辑中，果然流露出他内心的种种"侧面"，大部分是其个人生活体验，包括毒品的影响、"幻想般的超现实感"、布莱克式图景，美国社会的林林总总。

这是一只死亡、梦幻和爱之鹰。鲍勃·迪伦在 20 世纪 60 年代发表了三首爱情歌曲，有与具有女权背景的女友苏琪之间的爱情冲突及其终结，是其主要背景。他曾经说过"我给了她我的爱/但她却索要我的灵魂"(《不要再想，一切都会如愿》)，即使与女友分手了，鲍勃·迪伦也感受不到自由的喜悦，在《D 调布鲁斯》中说："难道鸟儿能摆脱苍穹的枷锁?"自然，鲍勃·迪伦也有自己的爱情偶像，那就是他的《低地的愁容女郎》中的那位激情与纯洁高度统一的女性，"是你的美丽身影使阳光暗淡/如水的月光在你的眼前流动"，最后这位偶像成为鲍勃·迪伦的妻子，她叫萨拉·洛恩兹。由于萨拉的出现，迪伦获得了无尽的灵感。

爱与死是一个硬币的两面。鲍勃·迪伦同时深受"紧迫的迪伦"即诗人迪伦·托马斯"死亡意识"的影响，他说"我憎恨生命的毁灭"，但又认为"死亡的痛苦却会产生最美好的情感"。迪伦本人也一直为死亡沉重的意象所困扰，在其诗歌和谣曲中，有多首反映"死亡与毁灭"这一不朽主题的。而孤独也是鲍勃·迪伦所竭力摆脱的，虽然孤独也可以成为他抵御世界罪恶的利器，他有时感到，混乱、无意义和抛弃，可以结成一个神圣同盟，具有压倒性的力量，感到"我们周围的一切都很荒谬"，有时就用一种工作上的疯狂和爱的奇异力量来推拒死亡和异化。迪伦的孤独感，带有一种绝对的、弥漫的、永恒的性质。

这也是一只忧伤之鹰。因为这个世界的荒诞和异化，同时像《荒凉街区》中表现的那样，充满了荒谬、血腥和暴力，“他们在出售绞刑的明信片/他们把护照漆成黄色”，于是鲍勃·迪伦在他的谣曲、诗歌和摇滚中，书写了他的忧虑和愤慨，不安和抗拒。自然，鲍勃·迪伦也是极度矛盾的，经常处于彷徨之中。一方面，他反抗、叛逆和蔑视权贵，甚至把美国总统约翰逊比作滥杀无辜的“菲利斯人的国王”，另一方面，他又坚信人类摆脱异化是人类反对权威的最基本方式，消极遁世是唯一的出路。

鲍勃·迪伦眼前的世界充满忧伤和恐惧，有时他借助于他的诗句和歌声，去凭吊这个矛盾的、迷乱的，渐行渐远的社会，有时却是如此愤恨，发出一声呐喊，他要“说出真相”，“堕落的走私酒商，淹死亲生孩子的母亲，只开了五英里的凯迪拉克，洪水，工会大厦的火灾，河底的黑暗和尸体……我唱的民谣绝不轻松。它们并不友好或者成熟得甜美。它们可不会温柔地靠岸”。

在相当一段时间里，他自嘲，他负疚，他沉默。特别是 20 世纪 70 年代初期开始，他的个人情感出现了危机。与萨拉离婚后的迪伦，出版了《血的踪迹》，作为负心人发出了哀婉的祈求：“萨拉，噢，萨拉，/穿着印花布衣的神秘女郎，/萨拉，萨拉/你一定要宽恕我的卑鄙。/你是手持弓箭的优雅女仙/萨拉，萨拉/请不要离我而去。”

在上海大舞台，我看到鲍勃·迪伦摆动的身影，粗砺、苍凉而略带怀想的歌声，特别是在狂放宣泄之后，那只口琴吹出极度的悠扬气息，知道这只鹰不会“温柔地靠岸”。

不是他的宣言，而是他的声音，泄露了这一切。

2011 年 4 月，杭州

梨园戏

一

对戏剧的迷恋，会使一个人浑然忘却身世、处境和由来，更有甚者，如我的大学同学兼挚友依民兄说的：“她的魂就是你的魂。”这里说的“她”，是指梨园戏《朱文太平钱》中的旦角“一粒金”。当然，也可以把“她”理解为戏剧本身。

也许，戏剧是更重要的人生。

此番“打马”去了泉州城，我们一伙（依民、诗人伤水和我）直奔新门街芳草园边的“梨园古典剧院”。这次我们仨是看戏、踩街、赏花灯，放下一切心事和杂念。元宵是中国人的狂欢节，从香菱失踪到陈三遇五娘，都因为有了这个宝马引诱香车，前胸紧贴后背，金钗银饰一地散落的日子。与踩街的欢呼雀跃相对应，剧院那厢早已鼓乐齐鸣，帷幕微启了。

那颗心呵，任是打进死牢、沉入深塘，也会挣扎出来，看一眼锦衣绣服里的妖娆身段，听一段急管繁弦中的婉转唱腔，哪怕又得转回苦难与死寂。更何况，那些剧中人、戏中鬼，正唱着念着与你对谈呢。

我的故乡台州，与南戏诞生地温州毗邻。我从小就喜欢看戏，“戏文”、“乱弹”和“做戏人（演员）”，这些词儿和很多戏台场景是烂熟于心的。伤水说，他的外公就是当地很有影响力的“戏贾（gǔ）”，也就是乡村戏剧生活中的“经纪人”。隔着温岭而居的玉环人伤水，其外祖父居然是“戏贾”，真没想到。

儿时，我父亲经常数落我的话是：“你为何非得等到大团圆了才回家？”当然是指我看戏时一定要“整本落”（一场完整的表演），非得彻底知道结局（“大团圆”）方才归家。父亲有一个经常使用的比喻，给我印象很深。当他说某人“不会自行退出历史舞台”时，会扔出一句：“唉！小花脸不杀落棚弗肯歇。”棚，又叫“戏棚台”，也就是“戏台”。父亲会拉二胡，不过我没有看见他上过“戏棚台”。还记得外公经营商业的地方，就有一座台柱斑驳，屋檐拱起，颇有气势的“戏棚台”。我小时候经常与最小的舅舅一起，围着时有幻影和回声隐现的“戏棚台”四周，不停地追逐打闹。

这次奔到泉州，要接连两夜看梨园戏，包括《朱买臣》、《王十朋》和《朱文太平钱》这三场折子戏。想起来都要笑出声：去千里之外的泉州饱览梨园戏，是何其光鲜体面、愉悦灵魂的事！

这件事的始作俑者是我。自那年一位泉州朋友送了我一套十五卷本的《泉州传统戏曲丛书》之后，我一直存有到泉州“饕餮”梨园戏、傀儡戏和南音的欲望，我还跟依民和伤水说，为了彻底实现这个愿望，经常能看到这些心仪的戏剧，可以考虑搬家到厦门去。当然这也不十分现实，毕竟年过半百了嘛。私下里我还有一个心愿，希图在我的诗歌里，裹挟着丝丝南音和闽南语汇，犹如往软糯清香的嘉兴粽子里嵌入滋味悠长的豆沙馅。我一直很喜欢“异质”的东西，它们足可与“本体”拼贴、镶嵌和映衬。

我自小看的大约多是“乱弹”、莲花落和越剧，而泉州的梨园戏则是南戏遗响，虽用闽南语说唱，流行于闽南语区域，却“搬演南宋戏文唱念声腔”，已有八百余年历史了。在车上，我还问起“南音”与“梨园戏”的关系，依民兄一句话就把它说清楚了：“南音好比元散曲，梨园戏就如元杂剧。”

戏剧欲被唤起了，就难以平抑。何况是这么美妙、奇特的剧种，中国戏曲的“活化石”。

有一年在杭州与胡志毅、王音洁等人一起观摩台湾一家剧社演出的《艳歌行》，看着这一汲取传统南音乐曲与梨园科步精髓，利用梨园戏的手姿、脚步、身形，配合南音古乐编排而成的古典乐舞，心早就飞越千山跑到福建去了。此后又与依民、伤水到泉州看了一出傀儡戏《小沙弥下山》，表演者是个年轻人，身手矫捷，那木偶神态生动，意趣盎然，把我们逗乐了。

所有这些，都愈加激发了去泉州观剧的迫切心情。春节前后，跟厦门的王君、依民始终保持热线联系，元宵前夕我终于得以成行，去泉州看梨园戏。

二

我是相信还魂术的
当一粒金在舞台深处久久伫立，
当一粒金浮出神龛，从人世尽头，款款而来。
不动而浑身是戏，动则全貌是虚
幻就是真了，你的魂就是她的魄了
我因而相信鬼魂可附身
相信替身与真身的合一，相信你流的是别人的泪水
“走鬼”时你迈的是我的腿
我看到内心，用的是你的眼睛
我抬起数码相机对准戏台的一粒金，却摄无其影
我明明摁下了快门，却遍寻无迹
真实的鬼魂应该有着它真实的影子
南音，伴随洞箫、琵琶、唢呐和流逝的身段
竟有些弯曲。俚谚和科诨，只能随用现在的闽南口语。
影子有一张无形的脸
有形着失去的人生
在梨园戏里，我们都是故人，都是异乡的故人
记起看戏前踩街，无数假面少年
清醒中从事着梦游
我相信借尸能还魂，影子唤醒背后的肉身
想想我生活的人世，我真乐意替身朱文

秉烛书斋，岚清拂面，一脸仙气。木门兀自响起
轻叩声

以上是我们观看梨园戏《朱文太平钱》之后伤水写下的一首诗，算得上是“目击与追忆”了。

伤水这首观剧诗充满了悖论和韵味，竭力摹写虚幻和实在，灵魂与肉体，鬼魂与真身之间的冲突与和解。诗的题目也很奇特，叫《元宵夜。鲤城。与自亮兄、依民兄观看梨园戏〈朱文太平钱〉》，有点像东坡《正月二十日与潘郭二生出郊寻春忽记去年是日同至女王城作诗乃和前韵》之类的诗题。看到这诗题，我等不禁大喜，因这里有纪录片般的观剧情景，也有古道热肠的友人情谊。在这个匮乏的时代，这些事物是何等宝贵。

诗写出来之后，伤水贴在他自己的博客上，我看见后马上把它转载到自己的博客《航海者日志》里，并写了一段评语。不料，引发了我的另一个大学同学兼好友陈文育的关注，他在我的博客上放了一个帖子：“诗中读出‘鬼气’，一妙；‘鬼气’直通‘传统戏文’，二妙；让人联想到生活中的偶然或瞬间，三妙。”还不解恨，他又补上这么一句：“诗能至此，已绝。”

女诗人子梵梅，在伤水这首诗后面写下一句很有意思的话：“我听南音也有你这样的体验，甚至还夹杂有惊骇。”伤水紧接着这句话说道：“何止惊骇，我都失魄了。”还有一个叫漫青的网友评论说：“是这样的感觉：恍恍惚惚，失魂落魄。”看来，观梨园戏，听南音，不止我们仨有这种迷离无措的感觉。大抵生性敏感、情怀细腻之人，沉浸其间，就会产生哀伤、悲悯、讶异和惊骇之感，种种思绪或叠加或幻化，使得我们进入奇境，设想在一些瞬间也许竟然夺去人们的尘世魂魄。

戏剧何能夺魄？梨园戏为何令人灵魂出窍？《朱文太平钱》焉能让我们的诗人写下这首亦幻亦真、堪称绝响的杰出诗行？这些天我一直在想着这些问题，甚至为此深深失眠。

《朱文太平钱》是宋元南戏剧目，明代《永乐大典》卷13989，戏文25著录，题作《朱文鬼赠太平钱》，剧本散失无存。明徐渭《南词叙录》列入“宋元旧篇”，题作《朱文太平钱》。残曲三支见于《南九宫十三调曲谱》、《南词定律》及《九宫正始》诸书中，作者不详。《南九宫十三调曲谱》卷

四《黄钟赚》散曲“集六十二家戏文名”中说：“昔有朱文，太平钱鬼为缔姻。”据此可知，这出戏是敷衍人与鬼的恋爱故事。

现有的旧写残本，是清代道光年间闽南七子班艺人的演出本《朱文走鬼》，残存《赠绣箧》、《试茶》、《认真容》、《走鬼》、《相认》五出。这残本的存世，却有几分传奇色彩，据说，一位老人在门前泡茶乘凉时，忽然瞥见眼前走过收破烂的一堆杂物中似有曲牌之类的字眼，便叫住收破烂的，竟拣出这一绝世孤本。

我国的传统戏剧，多半是以艺人口传心授的方式流传下来，很多戏没有文字的“剧本”，但艺人中稍通文墨的，也会传抄一些，或者只有某一角色的“单片”，或者只抄几折，而不一定有完整的“剧本”。《朱文太平钱》正是这种抄本。

剧写宋代东京书生朱文，投宿西京王行首店中，店主亡女“一粒金”（又作“一摄金”）的鬼魂以乞火为名来到朱文房中，彼此相爱，结为夫妻。女赠以装有五百文太平钱的绣箧，而朱文却始终没有察觉她是鬼魂。其后，王家茶馆新张，请朱文试茶，朱不慎将绣箧遗失，被店主拾得，询问之下，朱文方知王女已死，连夜逃走。鬼魂追及，责其负心，经过解释，两人复归于好。

人和鬼的故事，向来就有。民间常有流传，文人也喜欢杜撰这些故事，最好的当然是蒲松龄之《聊斋志异》了。不管是口口相传，还是文字留存，往往都是令人倾绝，说不尽的昏晓幻觉之美，道不完的人鬼玄狐沟通之技，而惊风倏雨之势，隔墙逾垣之影，更平添阴阳两界的惊怵之魅，书生红颜，魑魅魍魉，反衬着尘世的无情与无常，鬼魅妖狐却充满了人情与人性。

而《朱文太平钱》却完全不同。通常的鬼魅与尘世沟通故事，都是鬼出于生前遭际来迷惑活着的人，或尽情诱惑，或达至交媾，最终原形毕露，倏忽消失。而在《朱文太平钱》一戏中，非但“一粒金”这女鬼如此可爱，渐次获得朱文的好感，结为夫妻，而且被发觉后，朱文逃走，“一粒金”紧追，女鬼不仅没有表现出任何愧赧之意，还责备朱文忘却情义，负心抛别。看到这里，我们不禁大有惊异，实在于内心取消了人鬼之畛域，反觉得朱文这书生“不够意思”。

在爱情和生死面前，人追鬼是“痴情”和“执迷不悟”，而鬼追人就是“惊骇”和“令人失魄”，而人与鬼真的实现相爱和交媾，则是穿越现实，阴阳重合，不可思议了。这显然是中国式的“魔幻现实主义”，在汉语言主流文化圈里不登大雅的事，却在闽浙这样一个相对封闭和自洽的文化圈中，长驱直入，并显得如此超迈隽永。在《朱文太平钱》这场戏中，生与死、丑与美、人与鬼、时与空，故事与情感，幻觉与实在，人物与对白，还有场景、空间、时序、伦理、悖谬、反讽、惊骇，什么元素都具备了，而且穿插得浑然一体，丝丝入扣。

三

散场之后，走在泉州城里闹过元宵、观过花灯、踩过街的路上，看得见满地纸屑、糖果和玩具，意犹未尽的我们，开始大谈刚看过的梨园戏《朱文太平钱》。

在《赠绣箧》、《认真容》、《走鬼》三折戏中，我们对《认真容》饰“一粒金”的旦角赞赏不已：戏演得活，扮相好，出场时披白纱，念白时而音韵吐玉，时而气若游丝，表示是“鬼”；这之后，就不用白纱了，真真切切，完全是人的形象；显示“真容”时，绣服玉簪，纯洁曼妙，到“走鬼”时她一转身飞来，很快就赶上了朱文，令朱文感到是“鬼”，但经一番解释，也就信然。在观众眼里，这女鬼“一粒金”，并无任何“鬼气”，只是多变场景中的“如花美眷”。

尤其朱文和王行首夫妻瞥见的“一粒金”“真容”气韵生动，异常传神，在声光电的舞美效果作用下，扮演者面对尘世喧嚣凝然不动，久久伫立，面目姣好而神态自若，自远及近，渐渐移向舞台前方，似乎朝着观众款步而至，煞是好看。观剧之后，依民作出了一个极为恰切而精到的评语：

“一动不动，浑身是戏。”

为什么能做到“一动不动，浑身是戏”？后来伤水在那首诗中发展而成的诗句“不动而浑身是戏，动则全貌是虚”，究竟向我们提示了什么？我的理解是，剧中“一粒金”这鬼魂的生前“真容”（这里是画像、肖像的意思），是由真人形象在舞台上塑造的，扮演者此刻的“一动不动”，其实就是最深切的“唤起”，一切联想和空无力量的唤起，尽管“不动”却能穿透尘世和幽冥，“戏剧时空”在此自然交织，此其一；“一粒金”“真容”的出现，是死者鬼魂的突然降临，对其父母王行首夫妇说来，启示了一种尚未最后泯灭的良知与亲情（当然伴随着骇异），而朱文刚刚与“一粒金”分手，却突然目睹她生前的“真容”，自然是惊骇不已，“不动”的“一粒金”猛然搅动了所有人的魂魄与内心，此其二；扮演者自身的气质、装束和仪态，哪怕不动身子，不说一词，都是在“说”，不唱一句，都是在“唱”，都在进入“戏眼”，都居于舞台中心，引发观众想象力和内在视野的狂热展开，此其三也。

一切艺术的本质，皆在唤起人类的普遍情感，唤起巨大的悲悯或狂欢，亦即拨动内心最深沉的那根“弦”，以行为、情景和语言引发“共鸣”。故事也好，念白也罢，唱腔和身段展示也一样，不在于“动”或“不动”，复杂还是单纯，比兴还是铺排，关键在于是否对人心有所“触动”，对人性是否有所“体察”，对事物的发展是否有所“暗示”，在反讽、悖谬和警示中对世人是否有所“启示”。

君不见，《朱文太平钱》一上来就唱和声“哩罗琏罗哩罗吔”，唤起了一种穿透生死的氛围，特别是那些感人的情节，包括朱文因客舍清寂，独坐孤灯，唱曲解闷，“一粒金”以乞火点灯为由，进房与朱文“纠缠”，最后谈身世，赠绣篋，内绣一朵白牡丹，并藏有五百文太平钱，作为定情物，都使得人们顿时柔肠百结，无以忘怀。

朱文与“一粒金”素昧平生，虽有人鬼之根本差异，却阴差阳错，在青春、爱和欲望的鼓动下，接近、相依并气息相投，以至于打破不可突破的人鬼界限，做了情人，成为眷属。在被鬼魂所追的过程中，朱文在“一粒金”的围追堵截和严厉责备下，已经人鬼不分，只能重续前缘了。所有这些不可思议的事件，前所未有的幻境，都得到观众的理解和同情，以至于能推动故事发展至高潮。

四

“子不语怪力乱神”，这一点《论语》说得很清楚，但闽浙之地，古时多瘴疠湿气，山海交织，人文另类，人情异殊，特别是“衣冠南渡，八姓入闽”后，更是造就了一种迥异于中原的艺文民俗，呈现出一种文化杂交优势，精神资源多样性亦得以体现，这就不是“子不语”能够解决的了。

我们看的那几场梨园戏折子中，有许多精彩的对白，实在匪夷所思，而以闽南语为基础，极具地域特点和生活气息的唱腔念白，种种妙处，难以尽言。只要你能平心静气进入那些特定情境，无不为之内心雀跃，备受鼓舞，或若有所思，沉吟不已——

> [旦白]引姑，你说伊很富，查某孙亦不信。[丑白]呜，你不信，你阿姑说富人度你听。[唱]田园万顷，早早富姓。[旦白]引姑，伊很富，亦无当初石崇的富，许多江山，亦都坏尽了。[丑白]石崇伊是古时人，我亦都不识伊。卜论孙大官人，伊人名声却是好。[旦白]想伊到拙好？[丑白]嗳，查某孙啊。[唱]伊人名声真钦敬，那是未娶一婚姻。（梨园戏《王十朋》第二出《说亲》）

旦角与媒婆对白中居然在议论嫁娶和贫富时，提到石崇而且对历史人物进行一番褒贬，尤其是很自然地引出一个结论：“伊很富，亦无当初石崇的富，许多江山，亦都坏尽了。”这简直是神来之笔。梨园戏的丰富性和民间艺人知人论世的精辟，跃然纸上。

由于梨园戏和南音中，保持了很多中古时代的观念、思维、行为和细节，无论是《王十朋》、《朱买臣》还是《朱文太平钱》，我们在观看的时候，始终觉得古人那种生存姿态和生活情景的重现和复活，对人们是一种极大的诱惑，尤其在那灯光舞美、唱腔身段、衣饰道具的交互作用下，有一种穿越时空的恍惚感，深得古今交融的审美快感，以及两种异质文化碰撞所激发的惊奇。

有时候嵌合和反衬就是创造，且为更具力量和美感的创造。对于我这样一个企图吸收异质文化长处，并希望能在汉文化内部多种子文化系统之间接受碰撞的人来说，无疑是身处氛围、语言和戏剧的大观园，自然是大喜过望了。

还有更多的好处和奥妙在等着呢！

那两个晚上，我们仨在观看梨园戏时，对剧中的那些俚谚和民俗也是直觉得兴会空前。那些邻里对骂、轿夫俚语、媒婆行话还有小丑式人物的插科打诨，恕我直言，当下的剧作家们一辈子都写不出一行。梨园戏中那种粗口里的真理，混账话中的哲学，骂街吵架的高论，喂饱了我们的戏剧胃口。

五

戏剧真的死了吗？中国戏剧需要"复兴"吗？

泉州之行，令我明白一点，那就是戏剧依然活在民间、活在舞台。戏剧从来没有死去，只不过它更多地流行在底层，兴盛于社会最具活力的那个层面。活跃在乡村的"草台班子"，婚丧嫁娶仪式中的戏剧成分和片段，皆为明证。当然时而在都市见到它的身影，戏剧就像生活本身一样，刻意去找也许遍寻无着，不经意间她却向你走来。

而且戏剧的元素已经在现代社会中普遍融解和焊接了。比如我们经常说的"悬念"，"职场如剧场"，"事件"和"包装"，行为艺术和表演性，政治流行语和特定场景的插科打诨，都可以视作戏剧行为。我们有时还说某人"放不下身段"，某某两人"唱红白脸"，某君"大打出手"以至于像个"武生"和"丑角"，也是正儿八经的戏剧行话。我们时常会评价这个社会，说如今人们都很会表演，而那些演员却很蹩脚。还有什么比"今日红歌震山吼，明日押送菜市口"这样的"新童谣"更有戏剧性呢？生活，远比戏剧多变、惊悚和曲折。

事实上，梨园戏和南音、傀儡戏没有什么时候曾经消停过，就是"文革"这一小段历史中，也禁不住在那些角落里依然飘出一声悠扬的南音，在底层人群中，猛然出演一段经过改头换面的梨园戏。我这次到泉州、厦门一带，对此感触颇深，也稍有惊讶。

这不是什么孤立事件。以往我在温州和台州一带寻访历史古迹和文化遗产时，经常看到在出海、节庆、婚嫁、祈愿、出殡和祝寿等场合，那些台阁、高跷、"大奏鼓"和"细吹亭"，或加入一些戏剧元素，或直接当做戏曲来演绎。那些古典戏剧，就上演在我们日常生活中，尽管表面上我们生活在戏剧之外。

这次在泉州看戏，还戏剧性地遇上剧作家王仁杰，让人喜出望外。

在这次看梨园戏之前，我就听依民兄说，他与仁杰先生有交谊，这几场梨园戏的戏票，就是仁杰先生赠送给我们的。我和伤水对仁杰先生本无了解，在赴泉州途中依民向我们介绍颇久，多少有点令人惊讶的是，他认为王仁杰是在世的戏曲作家中最优秀的，或者竟可以说是“伟大”的；他还盛赞其诗人的情怀和修为，让写诗的我和伤水不禁神往倾慕。在剧院门口，我们见到了仁杰先生，闹哄哄中只是简短地交谈了几句，就进剧场了。

开幕之前，我和伤水出来过个烟瘾，恰好仁杰先生也在休息处，于是我们攀谈起来，很快就“打成一片”了。这位曾经的苏俄文学爱好者，如今的梨园戏创作大家，如此温和而率真，无拘无束地与我们交流起来，就像昨天刚分手的老友。中国民间和“草根社会”，确然是藏龙卧虎之地。可是这只“戏剧之虎”，却貌不惊人，行藏从容。若他站在街头，不熟悉的人还以为是个退休工人或老街坊呢！

仁杰先生送给我们他的剧作集《三畏斋剧稿》，饶宗颐题写的书名，收集了他的 12 个剧本，包括梨园戏《董生与李氏》、《节妇吟》、《枫林晚》、《陈仲子》、《皂隶与女贼》、《蔡文姬》、《琵琶行》、《邯郸记》和《唐琬》等。按惯例，我们少不了请他在所送的书上签个名，但他告诉我们无法做这件事，原来近年他因病无法执笔写字了。

于是我问他，在这种情形下怎么写作？他说就在手机上写。他最近的几个剧本，就以这种极其特殊的书写方式诞生。这真是没有想到的事！这时，剧院里鼓乐大作，我和伤水依然陪着仁杰先生聊天，各燃一支烟，共度一段无言时光。几团烟雾包围着我们，“伴随洞箫、琵琶、唢呐和流逝的身段”。

仁杰先生在中国戏剧界获得多少奖项并不重要，重要的是他作品的分量，他的生存姿态和美学理想，他的戏剧人生。正如廖奔先生在他的《古典优雅——谈王仁杰》一文中写的：

“仁杰对于传统的谦逊、诚恳与敬畏态度是出了名的，他最切责时代作手对传统尚不知一二，动辄求新求变，他本人的创作则法古于梨园戏而斤斤守护之。古老的梨园戏因为一直躲在八闽大地的一隅，躲在淳厚民风民俗的最后保留地，静观人世巨变、沧桑陆沉，幸而不为历次社会灾变所遏，历七百余载而一脉存活至今，于是就有了仁杰今天的受惠，也就有了他的‘兴灭国继绝世’将梨园戏张扬弘大，这是仁杰之幸抑或梨园戏之幸？而他对曲牌体的古典剧种梨园戏继而昆曲的承袭与偏爱，自然得到不同于板腔体的近代剧种创作的曲词功夫与诗意境界，这当然是仁杰之幸。

“他长在生旦情爱对子戏的试探、窥觉、嘲弄、调侃，紧紧抓住观众的情趣和注意力，围绕戏核层层剥笋，从而做出人情与人性的绝大文章。这使他掘到了传统戏曲尤其梨园戏的精髓，能够在坚守剧种品格的前提下，为我们提供一场场精神与娱乐的盛宴。但他的创作较狭于对社会生活面的覆盖，常局限于孤男寡女的意惹情牵，于一以贯之的洁傲孤酸文人的逞志嗫嚅之外，缺乏些铁琵铜琶之声。但，这也无妨于他的绝佳成就了。”

王评章先生在《仁杰印象》一文中，也提到对仁杰那些令人难忘的印象——

“仁杰既热烈又散淡，身上有浓浓的书卷气，有些清高，但确是当今少有的面目清爽的人。他的戏意境、文字的古诗文之美几乎不让明传奇，且又更加简洁干净。他善得人物之情之意之趣，尤其是书生文人，其文化心理人格与人性之欲望情感的矛盾，写来极尽宛转曼妙，一点私情私念，藏藏掖掖却又永远捉襟见肘，自我陶醉复自我清算，其戏亦即其趣，自然生动，能越过人情打动人性，让人于自我克制时获得自我解放，于自我解放时又不敢释然，故于浊世又有清爽、亲切、可爱之处，于人心紧张提防之世又有人性的一刻轻松复原。他将自己入戏，他的男性主人公都有他自己性格、生命的某种侧面、倒影；女性主人公则是他对女性情感、欲望天才的想象与理解。”

我愿意抄录一首王仁杰先生的七律，来结束此文：

板荡百年不认宗，九原恸哭诗书空。
焉知鲁壁躲秦火，留得梨园唱汉宫。
节义千丝骨血里，斯文一息江湖中。
风尘沦落我安哉，燃尽残躯画小虫。

2012 年 3 月 17 日二稿
2012 年 11 月 10 日改定

迪斯科纪事

一

听我说　说些愚蠢的话/让它因为倾听而成立/帮我戴多夸张的爆炸头/都因你而缤纷美丽/妥协的　吵闹着/再小心翼翼也回不去了/只剩禁不起一句关心的追问/我跳着Disco　在你的胸口/我用尽全身力气去跳　去赶上你的心跳节奏/我不会再追究/不敢想起你的从容/只要你快起哄　别让我放轻松

——歌词,《迪斯科》

我第一次去舞厅跳Disco(迪斯科)是在什么时候,已经印象漫漶不可稽考了,可能是20世纪80年代末期。当时内心受到的震动,几乎不亚于一次大地震。这不是什么舞曲,简直是一场借助于强劲节奏的猛烈鞭笞,一次急切回归精神丛林的星夜骤驰,一记来自旷野、朝着社会趣味扇去的响亮耳光。

早在第一次世界大战之前就已经有Disco存在,不过那时候没有现在这么疯狂、这么High,充其量只不过是节奏强劲一些的音乐,DJ那时候只是在幕后的节目主持,就好像现在广播的主持一样。1972年Cherry Lips乐队的一首《Play the Funky Music》才能算是Disco的真正起源。这种音乐风格在当时的时代环境下马上受到青年人青睐,后来被命名为“Funky”，一直到现在还深受人们的喜爱。到了1981年，一个大家都非常熟悉的时代出现了——霹雳舞时代。它们同样源自黑人街头音乐，有着同样的特点——就是在1997年风靡一时的“RAP”。

Disco是伴随着强烈的音乐节奏，身体扭摆的一种舞姿。传入中国不过十余年，Disco普及的程度却令人咋舌。跳disco的服装无需过分讲究，然而最初在炫目的七彩光影里疯狂劲舞的英国年轻人，不约而同地有着相似的打扮。他们留着像干丝面一样的披肩发，穿紧身的白色衬衫，做旧的须边牛仔裤，周身装饰着各种各样的闪光片、金属环等，造成一种惊心动魄的激烈氛围。

歌舞是人类的本能，我们这些汉人经过千年宫廷礼仪和官方意识形态的驯化，业已丧失了这种本能。或者说，歌舞已经与生活脱节，游离于社会之外了。所以当Disco来临时，我的直觉这是汉人集体记忆的苏醒，一次身体的再解放。出入舞厅，跳Disco，可以忘记自己的身份，忘记一切有碍于你放开手脚狂舞急跳的人格面具。人们穿着T恤衫、牛仔裤与高帮运动鞋步入舞池，照样能找到心跳的感觉。也许还有一种心跳之外的节奏，与遥远的世界取得同步。

Disco是一种没有规定动作的即兴式的自由舞蹈，跳舞者同时就是音乐的激赏者。我们会首先沉迷在音响之中，把自己带到音响的旋涡中心，并随着强烈而急剧的节奏自动起舞。因为没有规定的步伐，我们会根据节奏的变化即兴地做出不同的身体动作，自由地扭动着身体的各个部位，特别是腰胯部位。

在我看来，恰好在自由摆动和胯部的扭动中，最能呈现一个人身体解放的形态，性的意味也是十足的。Disco就是放而不纵，出而守格。在眩目的魅影中，在巨大的声响里，舞者于黑暗和光耀之间随心所欲而不逾矩，几乎是自发地创造着各自的体姿花样，有点像超现实主义者的“自动写作”，毫无约束地表达自己，做出各种不同的身体定格。

二

带我去挑个昏暗嘈杂的舞厅/宣布分手消息/吵闹的　妥

协着/我本来不是那么极端的/当下禁不起一刻的　安静/我跳着Disco在你的胸口/我用尽全身力气去跳　去赶上你的嬗变节奏/我不会再追究/不敢想起你的从容/只要你快起哄　别让我放轻松/就让我跳到虚脱颤抖/让我以为你会一直看着我……

——歌词,《迪斯科》

我曾经恬不知耻地自诩为“迪斯科教主”。当然,这种说法不会令我声誉鹊起,也没有让我大触霉头。人们曾经亲眼在迪斯科舞厅看到我像八爪鱼在海底愤懑地爬行,劲舞中糅合了太极拳的刚柔相济、大刀王五的夸张手势和霹雳舞的痉挛动作。好一个“迪斯科教主”,就是如此这般套路,谁不会呀,谁怕这种高深莫测的“迪斯科”,这厮!

君不见,这些迪斯科招式,“冰冻三尺非一日之寒”,得多少次砥砺琢磨,无数个夜晚的切磋体味才烂熟于心。有人还觉得大开眼界,直夸我酷。须知这迪斯科也要兼收并蓄,融会贯通,方能自成一家,演变成黑格尔式的庞大体系,或像亚里士多德一般无所不能呵。他们不懂这“迪斯科”的微言大义,而且“这世间本没有路,只是走的人多了,也便成了路”,迪斯科同理。

迪斯科的迷人之处,多为世人所不晓。我对此舞的钟爱,自有道理。它的节奏高于生命的节奏,当你听到迪斯科舞曲震耳欲聋地响起时,凭谁的心儿都会“腾”地燃烧起来,就像当年郭沫若笔下的“炉中煤”一样。你的灵魂受到巨大而神秘的召唤,这种召唤的力量来自迪斯科节奏透露出来的“原始性”和“迸发感”,熔岩和丛林的意象,接近赤道的感觉,就蓦然来临。你被置身于一个“场”。仅仅说它是磁场是不够的,因为迪斯科舞曲有一种张力,一种爆破之前的紧迫感。迪斯科非常具备原始宗教的魅力,同时也有着现代人“驱魔”场景的悲壮。在强烈灯光连续闪耀的间隙,你能在舞厅看到那一张张年轻的过于沉迷的脸如罂粟一般绚烂。迪斯科不是让你的身体放松,而是让你的四肢触礁,灵魂于绝望之中只身返回你所由来的部落。

只有迪斯科才能在瞬间做到“四海之内皆兄弟”,就像19世纪末出现的百货商店抹平了贵族、第三阶级和工人的差别,这可是美国国会图书馆馆长、历史学家布尔斯廷颇具洞察力的发现。迪斯科在布道，教义就是从“寻找”到“返还”，对出生地（我的故乡称之为“血地”）的崇拜，对死亡也不能近身的无牵无碍之感。你在迪斯科舞厅看不到小布尔乔亚的矫情和街头恶棍的色迷迷眼神。置身于迪斯科舞厅，有时我会感到惊讶，那群无视死亡的男男女女面孔如此生动，甚至过于宁静，就像刚刚做完爱之后，身体与心灵得以极度均衡，灵与肉浑然一体，眼睛与肩膀组成日出景象。在迪斯科舞厅，那些女孩尤其可爱，平时我在大街上见到的“小女人”神态消逝了，院落里的恶语相向，社交场合的忸怩作态都荡然无存。她们眼神透露出来的似乎是意味深长的注视，那不得要领的会意一笑令人费解。我想，连肢体招摇而神态僵硬的妓女，都会被迪斯科舞厅这种准宗教仪式打动得直想哭。

迪斯科重锤般的节拍和热带风暴似的声响，使人战栗。这种战栗，就像台风来临时的沿海居民，先是感到惊恐和无助，接下来就是振臂一呼之后的互相救援，众志成城的一体感油然而生。否则就无法解释，为什么走进迪斯科舞厅之初，你会猛然生出一种错愕，似乎一群人正并力相向从事一桩海难救助，或者整个村里的农人各自都在晒场上忙于扬晒麦子。这里不再有阶层之分、身份的魅惑，你辨认不出蓝领、白领、学生、痞子、商人，压根儿就不能打听“你是谁”，因为在这里“你是谁”并不重要，而你的打听很有点背时。你连递上一张名片的时间都没有，若想结交某位你自认为是“先生”之类的人物吧，只好待他跳完舞之后。谁知道他一开口，原来是江边的一个船主。他浓眉大眼，穿着T恤，逍遥自在，全然没有船老板或“讨生活人”（我的家乡海滨渔民的称谓）的痕迹。在闪烁的灯光下你完全弄错了，好不尴尬呀！

虽然不是什么真正的“迪斯科教主”，然而我深得个中三昧，目光犀利，身怀绝技，仿佛也变成迪斯科舞厅的无冕之王了。

2000年12月30日，草于杭州

石兽

面对茂陵石刻，注视那组霍去病墓前的石兽，我们更多的是羞愧和无言。

画像砖、茂陵石刻和汉乐府（尤其是“古诗十九首”）所给予我的印象，类似于人体骨骼般的感受。一个人没有骨骼就不能站立，一个民族亦然。两千多年来，霍去病墓前这14件尚存的石刻，与时间相拥抱，与天地同病老，堪称石头的奇迹。

站在这些石刻面前，只有沉默的交流，没有出声的评论。震惊之后是奔涌而至的寂静，人与事一齐消失。一切归零的感觉，油然而生。茂陵石刻，借用洪迪先生的话说，是“绝世之美，栖于荒诞的质朴”。

霍去病墓前的这些艺术品，其实是汉墓前常立的石兽，但茂陵石刻不是寻常意义上的石兽。

在我看来，霍去病是“将中之将”，多骁勇且有大智谋。16岁应征，18岁随军作战，19岁封侯，24岁病逝。去病好骑射，善于长途奔袭，多次率军与匈奴交战。在他的带领下，匈奴被汉军杀得节节败退，留下了“封狼居胥”的传说。以今人的眼光看，简直是个神话。武帝痛其早逝，为纪念他的战功，修筑了一座象征祁连山的巨冢，以大批将士护送灵柩葬于此。墓冢以运石为山，冈峦巍峨，间植苍松翠柏，并于山麓草坡之间，放置这批石刻，模拟山深林密的险奇境界，既有铭功之用，也有再现之意。

这些石刻重气势，重意念，含而不露，威而不严。在这里，古代艺术家（其实是一群伟大的工匠）具备了大将风度，就像霍去病本人，或者卫青这一路的军事天才。在这里，太具体的情节没有存在必要，但不是没有细节。大块面，大轮廓，大细节，粗砺，浑成，大气，茂陵石刻与远处的群山勾连成一片，仿佛天设地造。

1983年秋天，我与洪迪先生，还有八个画家结伴同行，一路风尘，来到八百里秦川。

从西安到茂陵，我们纵情议论着长安、西域和“贞观之治”，甚至就“汉是风骨唐为气象”这样的话题都展开过讨论。很幸运地，在旅途中没有忘记去五陵原一趟。这样，我们就跟茂陵石刻相遇了。于是，这组霍去病墓前的石刻，恒久地进入我们的内心。五陵原很有气势，绵延不绝，莽莽苍苍，融入更远的天际，但最为夺人心魄的，还是茂陵石刻。后来每次谈及它，我们在惊叹之余只有艺术观上的印证，以及恭谦效法的心态。简单地说，我们为之倾倒。

那些伏虎、奔马和卧象，多数依照天然巨石的形状适度加工而成，必然造型奇兀，气象浑朴。霍去病，这位汉家骠骑将军厥功甚伟，象征着人们世代歆慕的膂力、热血和谋略，寻常石兽是配不上他的。我们可以想象，石匠和艺术家们对这位赫赫有名的将军，或有所闻，或目睹风采，所以他们手中的斧凿是有力的，也是亲切的。这些匠人，既然出生在这样一个雄健的时代，也就有理由、有机会见证并参与这部历史。有时，历史会寻找一切可以写入历史的人。就这样，在他们粗大而灵活的手中，演绎出一系列征服、宽宥和欢庆的故事。

不，他们投入了另一场搏斗，生死攸关的搏斗：与石头，与时间。

他们一边雕刻，一边可以闭上眼睛想象那些石兽多年后如何化作真实，围绕着这位卓绝的将领追逐嬉戏的情景。那些石兽，有气息，有体温，有灵性。在这样的场景里，没有生与死的隔绝，人与兽的畛域。一切都是传奇，现实也是。这些匠人将自己也融入了石头的传奇，在石兽的眼睛里发现自我。和所有的大手笔一样，这些伟大的艺术家们有着压倒一切的意向，描绘灵魂的本领和非凡的叙事热情。这是人兽神之间的狂欢，也是帝国新境界的实现。

无论是马踏匈奴、人熊相抱，还是怪兽吃羊、野猪游走，只要到了这些艺术家手中，石头不再是石头。意象，正是平日的意象，飞禽走兽的气息神态，早已进入他们的眼中，且在他们手下时时挣脱欲出，步入深山野岭。不唯如此，我们还可以考证，那时人们与大自然的关系，刚刚分离，尚有残余幻觉，群兽时常出没眼前，就像一些令人惊恐的邻居，还在远处晃动。

所以我们看到，这批作品的构思与众不同，人兽不分，神兽合一。我们都知道，古代的艺术品，往往同时起着多种奇妙的作用，如祭祀，如殉葬，如用作礼器。虽然这些石兽的形态和功用，如此混沌不分，但动物造型皆蕴含着饱满的生机，或腾跃或宁息，生态万般，无不各具其妍，韵致宛若。

站在茂陵石刻前，你会觉得很多现代艺术品变得空洞而苍白。那种扭曲、荒谬和变形，呈现了现代人的委顿和生活的恣睢，虽然令人惊骇，却也落得个在精神废墟中落荒而逃的印象。而宋人的绘画，绢本上的那些枝叶、翠鸟和团扇，那种教人恍惚的衣褶和月色，包括悬钗与垂鬟，金粉与酒爵，固然美，却弥散着一种比死亡更可怕的朽腐、易碎和压抑的气息，或过度精致，令人窒息。这些艺术品，与茂陵石刻相比，恰成对照。

就说那匹石跃马，后腿蹲伏，前脚作离地欲起之势，仿佛就是霍去病的坐骑匍匐于前。还有，在死或复仇的矛盾中，那个老人似乎在放弃仇恨，与熊相抱相依，宛如一体。这些艺术品，简朴而有奇趣，力雄风雷，却鼻息如在。那些巨匠雕刻的石兽，神态或沉静，或悍猛，均可归入大气之列，而刻画之精微，之确凿，如此不可更改。由于意象博大深沉，加上主人公名闻遐迩，他的传奇性，他的英武气概，于是我们在石兽之外仿佛可以瞥见当初的场景和战争奇观，而匈奴屡次进犯和败北的种种情形，也悄然融入石兽身体和人像的细部，表面上刻画的是兽与人的故事，实际上我们看到了类似莎士比亚戏剧中血腥与调侃融为一体的景象。

往往，艺术就是幻象和现实的转换，是对另一个现实的经营能力。制作茂陵石刻，这种转换却得到简化，也获得了升华。因为这些巨匠，本身就像大地一样质朴而生动，富有一种未被观念和“意识形态”所污染的想象力。所以，民间信仰、英雄崇拜和自然亲和力，成为这组艺术品成功的关键因素。

诚然，茂陵石刻是一代风流的表征，并非人们内心纠结、过度思虑的结果，没有掺杂多少功利和讨巧，不，茂陵石刻作为一组艺术品，内部有着足够的刚毅、显著的活力和睥睨八方的高蹈。美，一点也不缺乏。只是这种美清新质朴，不拖沓，不沉溺，绝不黏滞，以至于我们忘记了“美”本身。

且看那件《马踏匈奴》。它历来被公认为霍去病墓前石刻中的主体雕刻，是一件有代表性的纪念碑式的杰作。佚名艺术家们使用人与马对比的形式，构成一个力量悬殊的抗衡场面，把马的形象刻画得坚实有力，姿态威猛，似乎象征着汉军实力的强大，具有凛然难犯的庄重气派。马腹下的匈奴人，仰卧在地，左手握弓，右手持箭，双腿拳曲，作狼狈挣扎状，蓬松凌乱的须发，更显得张皇失措，一副既不甘就缚，又无处挣脱的表情。这个故事是内心与精神的外化，也是外部世界各种力量抗衡的象征。

这是一次艺术的征服，而非征服的艺术。在这里，我们完全被征服于艺术本身，而片刻也没有被征服者所征服。

石刻《伏虎》，使我想起了某种象征主义诗歌。布洛克和博尔赫斯都写过虎，而且如此健硕，分外壮观，出没于传奇、林莽和世人眼中，与造物主的创造，与宇宙的幻象联系密切。而这里的中国式老虎，却代表着一种命定的威严，轮回途中的逼视。身后的丛林神秘而惊惧，张大了每一棵草木的无数眼睛。“虎”是一种攻击的魔幻现实，寂静的致命先声。这种石头之虎，机警凶猛，随机捕获猎物，全身的条纹显示了皮毛的丰满、轻柔和斑斓，那条卷曲于背后的尾巴，是个轻松的恶作剧，置人死地的正是它。虎，被石头凝固，被艺术软化了。

在这些石雕的形成过程中，时间也参与了创作。我们可以想见，那些石雕凿刻之初，刚刚诞生之际，一定有不少地方过于棱角分明，略显稚拙，可是经过两千年的栉风沐雨，时间用另一只手再次刻划这些石雕，留下了它的伟大痕迹。形态的重塑，色泽的改变，虽是很缓慢细微的变化，却让对峙者取得谅解，勇猛者稍收凶悍，那些人与兽的神态与姿势，得以恒久留存。时间，正是时间使石头更为洗练，更为浑朴，也注入了某种历时性韵味。

我想，毕加索若亲眼见到这批石刻也会发出由衷的惊叹。在这里，那些不朽的无名氏与这位穿着斑马纹衣衫的立体主义大师，一定都让对方感到惊愕，最后自然是相视一笑，互致问候。20世纪的大师，或许不敌这些跨越一切世纪的无名巨匠。自然，他们需要和解。

如此看来，茂陵石刻艺人的大写意，浑厚简朴，总体性的精确，绝不为材料所役使的才具，还有省略和余韵，既是帝国式的，也极具现代性。

1984年6月2日初稿，2012年9月8日重写

山本耀司

一

手中这本精美的《Y's》品牌手册封面上，印着山本耀司的半身像。

这相片给我留下的印象是，他不像一个经常出入名利场的世界级时装设计师，却如一位现代隐士或匿名画家，络腮胡子和略显苍老的面容，无法遮蔽其睿智而沉郁的眼神，及肩的灰黑相间的长发，还有脸部透露出来的沉思中的气息，一派殉道者的样子，似乎是艺术家与教徒的混合物。远一点看去，好似一幅委拉斯凯兹的肖像画。

2008 年 4 月 24 日晚上，北京太庙。人们忙碌着，正准备在这里举办一场山本耀司的秋冬时装秀。这座始建于 1420 年，明清皇帝经常举行祭祖典礼的太庙，前些年因上演过由张艺谋导演、祖宾·梅塔指挥的普契尼歌剧《图兰朵》而名声大振。虽然北京雨后的春夜有点冷，可来的人真还不少。可见对这场时装秀，人们心里期待已久。

当数百人交头接耳地等待时装秀开始时，现场的灯光突然在瞬间暗了下来。这场突然到来的黑暗，似乎表明一种文明无可挽回的失落与沉沦。人们等待着当灯光又一次亮起，大约十秒钟，对周围的感觉再一次被劫持，我的头脑一片空白，直到一个美丽的女模特从秀台的尽头走出，四周传出一声声沉闷而强烈的声音，那是叩击电吉他琴弦的回响……这个奇异的开场，到底是暗示青春活力从古老的太庙突围而出的可能，还是渲染山本耀司那些黑色时装也无法传达的神秘和孤独，谁能知道呢?

率先登场的是一组女装。几乎大部分模特都是早些时候在巴黎时装周上出现的面孔,她们身着标准的黑白两色衣衫,开始了太庙中的短暂旅行。皮质面料和垂感强烈的棉布拼接,山本耀司“掠夺性”地把女士大衣和西装外套一分为二,干练的 Y's 剪裁和刻意留下的原始皮料的边角,都是很引人注目的细节。

那些模特转身的刹那,我发现她们的衣裙无论背面或正面都是一样的漂亮。而接着的男装是超大的比例,明显的不对称,随意的拉链,黑色、灰色、海军蓝的凝重颜色。西装三件套及各种服装都被染成强烈的紫色、橘红色或亮绿色。格子花呢是最值得期待的面料图案,褶皱的外套、巨大的披肩成为最重要的配饰。一切都激起了现场惊叹,而这种惊叹的方式也令人惊异,是 T 形台所罕见的沉默式表达:好像所有的人都陷入了沉思。

美得使人窒息的六十套服装快要展示完毕时,当然是人们期盼的设计大师最后登场。可这时出现了一个很大的意外:并没有发布会中司空见惯的大师的笑脸和飞吻,或是设计家穿越众多的美丽女模特,向观众举起挥舞致意的双手,不,什么都没有发生。只见秀台那头的五六个男女模特,簇拥着一个矮个子男人,他既不举手,也未投足,几乎无声无息地出现在观众面前,约摸前行十几步的样子,然后突然转身往回走。我估计绝大多数观众根本没有来得及看清他的脸,因为这太庙的露天秀台太长,而山本耀司本人出现的时间过于短暂,以至于有一种异样感觉,他就像这个夜晚北京上空倏忽而过的一颗流星。

短促的出场,迅疾的转身,由于有了他那些伟大作品——Y's 系列时装的呈现,显得如此神秘而华丽。说实在的,他这一刹那的神情和姿势,到底是暗喻生命的稍纵即逝,还是表达设计家一贯的“隐匿”艺术观?没有人能够知道。

二

“我觉得完美是一种丑陋。”山本耀司指的是一种造作的完美,一种不真实的美。他一直都在对抗着那种表面完美实质病态的东西。山本耀司所关注的对象，一直都是人，而不是款式。有人评论，在他的设计里，人生的不完美透过时装得以昭示。他告诉人们时尚的甚至生命的虚无感，但同时又告诉你虚无也并不可怕，因为那是生命里的另一种状态，富有意味的状态。

"虚无"不也是一种与"实在"同样重要的状态吗？正如美国诗人史蒂文斯在《最高虚构笔记》中写的："两个本质相反的东西似乎/互相依靠对方，就像男人/依靠女人，日靠夜，想象/靠真实。这就是变化的根源。"在他对"虚无"的表达方面，黑色是最重要的语言。在山本耀司的眼里，黑色绝不是单一的色彩。因为浓淡，因为与其他颜色的融合，黑色可以抵达无限。

20世纪80年代后期，巴黎蓬皮杜中心构思了一个别出心裁的计划：委托一位具有国际声誉的电影制作人，拍摄一部关于当今顶尖时装设计师的电影。被选中的两位都是外国人，而且他们俩恰好年纪相仿。设计师是山本耀司，导演是维姆·文德斯——他刚完成一部名为《希望之翼》的片子。

在纪录片《Notebook on Cities and Clothes》里，有两个角色，YY和WW，时装和电影。YY论述时装和都市，他谈及东京的人们，巴黎的天空，以及对那些我们不知道缘起的人和事的感觉。他谈论那种叫做黑色的颜色，制作衬衣的要素，谈不对称的吸引力，谈穿高跟鞋的女人的坚韧。他还谈到时尚的自相矛盾，高贵的含义，谈到他的母亲，以及"二次大战"。WW的摄像机将这些一并录入：

"WW把YY的衣服试上身。他得到的是一种不确定的感觉。

"'我穿上一件衬衫和夹克。通常穿上新衣服的我站在镜子面前，就会因为有种被改头换面的感觉而备受刺激。可是，他的衬衫和大衣给我感觉不一样，尽管它们也是新的，却好像我穿过它们很久了。'"

隐喻、格言和神秘——有人这样描述山本耀司的后台。自幼失去父亲的山本耀司，看着母亲辛苦地以裁缝工作支撑家庭的生计，他深深地了解女性特质中的韧性与坚毅，于是在设计服装时，他以完全的女人观点来看世界，成为一位实在的“女性主义者”。他设计的女性时装，甚至没有什么“女人气”的东西，他要在简单朴素甚或大而宽松的块面和线条中，显示他心目中典范女性“微笑背后的坚韧”，美得令人惊讶的灵魂。

无论男装还是女装的设计，山本耀司常常通过一些旧相片、旧时代的穿着来激荡新的创作灵感，他那些立体的剪裁设计，更是令人激赏。时下男装开始女性化，不过他还是希望阳刚一点，他隐晦地表达了战争和军事的主题。如1746年著名的库勒登战役中，穿着方格裙子勇猛的苏格兰战士给英格兰人留下了极其深刻的印象；1905年的敖德萨战役中的斗篷和军官学校制服；1936年的科多巴战役中出现的白色衬衫和贝雷帽。

山本耀司还设计出不合比例的双排扣斜纹夹克搭配宽大悬垂的裤子，赖以与查理·卓别林的形象相区分，特别是当模特戴着圆顶硬礼帽出现时。山本耀司，象征着不确定的美，以及貌似突兀却自有来历的契合。

三

也许，山本耀司是一个惯于“独白”的设计师，他在《Talking to Myself》中有一系列哲人似的沉思与独白。

关于“时间”，他说：“我不喜欢那种约束。比如后天去吃饭，自己是被邀请的，如果不能够拒绝这个邀请，我就会觉得很不舒服，但当我决定要去的时候，在下决定的瞬间，就同时感到后悔了。因为到后天为止的这一段命运就已经被决定了。我几乎不能忍受这种事情。这种比较远的等待的感觉我几乎不能让之存在。”他还喜欢使用“刹那”这个词，宝贵的“刹那”是独处的时光。

什么是“记忆”呢？他说：“我不能够忘记的不是我那庞大的自尊被深深伤害的时候。反而是非常非常细小的，而且在别人看来是非常没有意义的自尊受到伤害时，我是不能够忘记的。”“在生命里我们经常面临血腥，虽然在现实里我从未杀人，但确实在心理上杀过。比如，当一个男人和一个女人分手，总是有抛弃者和被抛弃者，但是在那时候，苦痛程度我想大家都是一样……”

“酒”往往是艺术家热衷的话题，他说：“喝酒让我心情愉悦。我喜欢所有的混淆感，就像当我必须问自己曾经是谁或者我现在是谁的时候，只要喝了酒就全变了。”为什么他那么喜欢“混淆感”？是为了隐藏内心深处的东西？为了彰显“美”本身而隐匿美的外形？

对于男性来说，女人是个永恒的话题。这种时刻，他似乎也变得兴致勃勃了：“我总是说，男人无法真正抱住真实的女人，他们的手臂拥着的，其实是一个自己想象中的女人。爱是一种现实，还是梦幻？是一种梦幻，还是现实？在这个问题上，我总是像一只笼中的老鼠般，永不止息地爬行，而笼子则在脚下永无止息地旋转。女人总是强有力的。当一个男人尝试严肃认真地和她们谈话时，她们会突然对你说：‘你的眉毛里夹杂有白毛了呵！’她们就是这么来对付你的。”

最重要的当然是“创造”了。山本耀司认为：“挑选那些唤醒沉睡之物的时机：所有的创造物都是复制品，对碎片的复制。偶然间衣服滑动。于是再没有什么剩下，除了衣服和观众间的冷淡联系。每个曾经拥有的人都懂得我指什么。当你开始，你不能退回来。你不能抱怨。这并不酷。”

他还说：“做衣服是个痛苦的过程。每一次剪断都是痛苦的。所以我为自己预设些限制。想创造好的东西，艺术家必须投入，他检验那些使一切分离的外部限制。因为艺术引发对已接受事物的反对，它常常带来震惊。这是艺术家和道德规范的关系。我们欣赏那些知道他们自己的限度的人，他们知道该在什么地方停止……现代生活大概总是永不停顿地前行，最后逾越了一个人的限度。开始了，就没有转弯。”

山本耀司的“独白”，我只能引述这些了。自然，我们不知道这是东方传统下的独白还是日本民族独白的传统？时装是时代的“喧哗与骚动”，还是超越时代的“独白”？我们是否还可以将山本耀司设计的时装理解成一系列的内心独白呢？我觉得，要理解一个人的时装作品，我们必须细心倾听他的语言，日常的、非专业的语言。

“每个内心深处都有自己的秘密，这些秘密永远不能向外界表达。我的服装或许泄露了我内心秘密的边缘。”

那一夜在北京太庙举行的山本耀司时装秀，颇有点“行为艺术”的意味，在我看来，也许昭示着作品与作者之间必然有一方是隐匿者。自人群中抽身离开可以归于隐匿，可是我不禁要问，他的那些独白式言论是否可以列入另一种隐匿？

2009 年 3 月 5 日凌晨，北京

那种黑，是光芒本身

刚果河缓缓倒映狂暴的脸
脚上的疤痕在暗中说话

——拙作《非洲木雕》开头一节

在这首诗歌中，肯定有无数碎片连续闪耀着。刚果河是我能在记忆深处搜寻到的一条著名河流，它是蜿蜒在边境的分界河，并且横贯热带草原和雨林，也叫扎伊尔河，就像一个双面人。

刚果河从许多年前就左冲右突，注入我的脑海。而刚果这个意象在我少年时就形成了，我仿佛还能记得“刚果（金）”和“刚果（布）”。“布”一定指的是首都布拉柴维尔了，“金”是什么呢？隔了这许多年，我对这一常识反而有些茫然。刚果这样的国度重视婚礼和葬礼。葬礼之后一周，亲属要为死者举行“脱黑”仪式，并且载歌载舞。为什么要让黑色消退或脱去，一如杰克逊？这首诗歌的开头说那张狂暴的脸映在刚果河面的水波之上，不可能是漫无边际的凑合。也许我写这首诗的时候，以为刚果河已经变得温柔无比了。倒不是那张“狂暴的脸”驯服了刚果河，而是刚果河面对黑人兄弟刚毅的神情，为他们被奴役的处境深感伤痛。据说河流极通人性，某种富有感应的精灵时常浮现在一条大河之上，尤其是非洲大陆的河流。

在我的意识深层中，黑人的脚上有一块永久的疤痕，这并不是贩奴时代留下的烙印或铁链的擦痕，而是一个尚未苏醒的民族的标志。这个分布广阔的族群备受饥饿、劳役、动荡之苦，古巴诗人尼古拉斯·纪廉在他的《甘蔗田》一诗中这样写道："它的生命全靠我的砍击/而我则在它的血里丧生。"寥寥数语，覆盖了多少人的命运。我说的那个疤痕，世代以来是沉默的，它已经潜入比黑夜更深的罪恶之中，藏到阳光无法照耀的角落，不发出任何声响。而声响的动机是什么呢？纪廉没有直截了当地回答这个疑问，要是我能回答，我就说："来自内心的喧哗。"

狮子在奔跑。鹦鹉视而不见
猫头鹰正向金丝猴口述智慧

——拙作《非洲木雕》第二节

每个大陆都有不同的智慧。广袤而一览无遗的，纠结成无尽群山的，地形复杂气候多变的，所有的大陆，在其漫长的进化岁月中，形成了迥异的文化和智慧类型，各民族的精神气质也很不相同，这种差异足以使人震惊。

非洲智慧属于什么类型？就是人类学家也不一定很快回答上来，即使写作《金枝》的弗雷泽转世，也恐难说得清楚。因为这个大陆远未被人透彻认识，它那文明曙光期的特征，那部可追溯的漫长历史，它的禁忌、崇拜和图腾，如此深邃，又含混不清。这个大陆人们的思维方式兼具了直觉、神秘和天地人神的统一观。它的语言、艺术和思想，自有其最古老的源头：黑色的源头。在他们看来，这个世界由超自然力所支配，这种力量来自具有人性的神灵们，不过也充满了实在的希望、怜悯、威胁和恐惧，是一个可以栖息、劳作和寻求慰藉的世界。

动物在这个大陆扮演了重大角色，并非仅仅是供人役使的工具。在我的这首诗歌中，出现了狮子、鹦鹉、猫头鹰和金丝猴，它们组成了一个类似于社会的群落，不，简直是一个神圣家族。它们不仅给人类带来智慧的启示，本身就是智慧的象征。依照古老的传说，人可以影响植物的生长，制服动物，反之动物、植物和无生物一样可以向其四周散布幸福或灾害。其实从"伊索寓言"开始就这样了，这同伊索是个古希腊的奴隶有关，因为智慧往往活在这些人的灵魂中。

这几句诗中，还隐含着一个现实生活的微型概括，一场小小的恶作剧。我在大学期间和三位同学看法、相仿感情笃挚（他们分别叫陈文育、余刚和王依民），时常也有一些戏谑和玩笑，各自都有自己的称号，而这些称呼恰好都是动物，包括了狮子、鹦鹉、猫头鹰和金丝猴。毕业之后我们珍视彼此的友情，相当一段时间内经常通信、互访和以诗歌赠答。一次我翻开抽屉，找出那本字迹漫漶、纸张粗劣的笔记，居然赫然留着我们四个人以动物冠名的签字，不禁大喜。于是获得了一份新的灵感，这几行诗就是记录。

树根的民族，丛生的手
一齐伸进天空，枝叶复活

——拙作《非洲木雕》第三节

在这个世界上谁能夸耀说复活呢？我们都没有权利说复活，你看那些覆盖大地的枝叶，繁茂如盖的雨林，攀援而上的藤蔓，一次次被砍去，投入冲天的火光之中。而许多人的遗体却被花岗石环绕，墓碑的尖顶直指天空。大象纷纷哀鸣倒毙，它们当然也不能再啃食东非草原上的金合欢树叶了。再放眼望去，只见远处的原野上，面目丑陋的推土机随时伸出它的螳螂之臂。

阿根廷现代版画家安娜·布利埃斯有一幅名为《伐木》的麻胶版画，表现的是一个极为普通的拉丁美洲森林中的劳动场面，在光耀的黑白对比中，据说能感受到“一种优美的节奏与律动”。然而，今天当我重新翻到这一页时，从画面上却听到树木的哭泣，黑色的泛着幽光的哭泣声。树木被砍伐之后流出的汁液汇成了一条无声的惩戒之河。

撒哈拉沙漠中有一片名为奥拉德赛伊德的绿洲，那里的椰枣树彼此关系密切，若死去一棵，身旁的“朋友”会因忧伤而不再结果；一棵雌性椰枣树会因其“情人”被砍掉而枯死。树犹如人，人何以堪？

人性的阴鸷在大地上留下一条灾难性的彗星尾巴。

那种黑，是光芒本身

是发亮的汁液渗出时间的皮肤

——拙作《非洲木雕》第四节

光芒本身是黑色泛出的，它旋转着，飞速将光的碎片投射于四周。光芒照耀下的事物都会留下阴影，这是常识；而超越这个常识的是，光芒认出那些阴影就是它自身，孪生的一对。光芒注视它那黑色的本质。

黑人身体周围的光令人类全体警醒，也教人神往并且陶醉其中。在我看来，那些漂亮的黑人女性全身都泛出摄人心魄的光斑，她们站立的周围有着浮动的晕环，她们"走在美底光彩中"(雪莱诗句)。黑人少女在舞蹈时不可重现的眼神，乳房的震颤，都带给你一股迎面而至的返回人类出生地的美妙之感。在黑人女性面前，你会蓦然失去时间观念和压抑感，沉浸在蒸腾而起的黑色幻觉之中，却不带任何使人麻痹的色彩。

事情远不止于此。隐含在黑陶之内的光芒，尽管没有耀斑，却能够在田纳西周围的群山中造成永恒的秩序。从根本上说，也许只有黑色才是真正的光的源泉：光和它的阴影合而为一。设想一本书的封面和压口都是黑色的，是纯正的那种黑，而书名是赭红色的仿宋体，清癯的样子，当然是符合黄金分割率的那种开本，它那高贵而独立的样子，使你捧读之时深陷其中又不会迷失方向。木刻多年来就卓尔不群地徜徉于艺术史中，它似乎与水彩、油画、丙烯画完全不同，好处全在于它的纯粹。当然，三角刀的锋利正好得益于木头的质地和温暖感。想想看，有着树木纹路的黑色意味着什么？意味存在着人与自然的奏鸣曲。不，是巴托克的小提琴协奏曲，也许是巴赫的无伴奏大提琴组曲，它们在子夜时分的温厚对谈。精神之花在黑色的块面上静静地开放，姿态的变化令人为之倾倒。

乳房在舞蹈。乞力马扎罗的
盐粒从风的昏暗中醒来

——拙作《非洲木雕》第五节

乞力马扎罗山上显然没有盐。那些盐粒似的白雪覆盖着群峦，而我们却可以置身于那些离寒气逼人的雪冠很远的地带，“躺在一张帆布床上，在一棵含羞草树的浓阴里，望着天空三只硕大的鸟投下的迅疾移动的影子”。

在这里，乞力马扎罗山的雪是一个明显的象征，也许是某种征兆，生命的沟壑。面对凛冽而远离身境的事物，内心感到既调和又与之互为激荡。

海明威最能吸引我的，恐怕就是《乞力马扎罗的雪》等短篇小说了。那种萦绕于心的伤痛，那具将要化为腐土的躯体，是在清冽而行将干涸的景物之中浮现的。因为爱情，我们从风的昏暗中醒来。多少年来，有人“出卖了自己所信仰的一切，因为酗酒过度而磨钝了敏锐的感觉，因为懒散，因为怠惰，因为势利，因为傲慢与偏见，因为其他种种缘故，他毁灭了自己的才能”——海明威这样写道。记忆中的美好事物，只是“敲松缚带，踢下滑雪板，把它们靠在客店外面的木墙上，灯光从窗里照射出来，屋子里，在烟雾缭绕、冒着新醅的酒香的温暖中，人们正在拉手风琴”。恐惧和孤独在一步步逼近，它化为一只躺在西高峰积雪之地的风干冻僵的豹。失去知觉的豹被质询了：它到这样高寒的地方来寻找什么，没有人作过解释。

同样，我也无法解释盐粒般的雪何以能从风的昏暗中醒来，尽管我确凿地记得这些诗句写于 1994 年 3 月的一个夜晚，其时寒意尚未退尽。现在，《非洲木雕》这首诗的全貌完全呈现在我们面前了——

刚果河缓缓倒映狂暴的脸
脚上的疤痕在暗中说话

狮子在奔跑。鹦鹉视而不见
猫头鹰正向金丝猴口述智慧

树根的民族，丛生的手
一齐伸进天空，枝叶复活

那种黑，是光芒本身
是发亮的汁液渗出时间的皮肤

乳房在舞蹈。乞力马扎罗的
盐粒从风的昏暗中醒来

1992年2月8日午夜，台州

牡丹亭、济慈与先师徐朔方

一

我平生爱看《牡丹亭》，喜读陶渊明，钟情于英国诗歌。说起这三件事，都跟先师徐朔方先生有关。虽非他的“入室弟子”，我却深受他的影响，这种影响是长远的、绵密的，声色兼备的。

1978年3月，江南莺飞草长，微风拂面，雨水一天天充沛起来。我进入杭州大学(现并入浙江大学)中文系读书，负笈杭城，犹如刘姥姥初进大观园，我一时完全被镇住了。啃过很多书的我，一下子丧失了很多自信。面对那么多的名师，那么多思维活跃又肯下苦功的同窗，还有浩如烟海的汉语典籍，一时竟不知从何着手问学求知。

那时夏承焘先生已经“借调”到北京，我们没能亲炙教诲，但姜亮夫、王驾吾、孙席珍、徐朔方、蒋礼鸿、沈文倬、吴熊和、郭在贻、刘操南、倪宝元、王林骧、汪飞白诸位先生，或给我们公开授课，或收为“私淑弟子”，熏陶启智，颇多交往。很难忘记王驾吾先生讲墨子时的智慧闪光，沈文倬先生讲授古典文献与礼记的绵密周全，郭在贻先生讲授古代汉语时的激情与幽默，而蒋礼鸿先生坐在一把旧藤椅上传授音韵学的清雅风度，吴熊和先生讲唐宋词通论时穿着对襟中式棉袄、留短平头的高大形象，是着实无法抹去的。

而专治明清小说戏剧，早年毕业于浙江大学英文系的徐朔方先生，在我的心目中，是非常罕见的使人倾倒而又令人服帖的教授。四年下来，只觉得徐朔方先生身上确有很多妙不可言的东西，让人既敬畏又可亲。在他这儿，才情和学问，为文与做事，还有性格中的缜密顶真和恬淡放松，总是榫卯一般契合，鱼水一样调和。

徐朔方先生留给我印象最深的，就有这么三件事：

第一件事，是跟他读魏晋南北朝文学，探得中国文学的许多底蕴和根脉。他讲这个时期的文学，从魏晋风度和时代精神谈起，直到士大夫和门阀制度，对那些人物和世事，传承和接续，讲得历历在目，而将那些思想精神的渊源流变，悉数胪列，对五柳先生的神韵和风骨，也讲得通透敞亮，入耳入脑。阮步兵也好，嵇叔夜也罢，先生用他带有浓重东阳腔的浙江官话，款款地，细细地道来，“竹林七贤”的狂放不羁、独立于世、恣意酣畅，由先生讲来，竟然是那么清晰和精到。

我们一边听一边就明白了鲁迅为什么多次提及魏晋风度，也知道了刚刚结束“文革”的大学课堂上，徐先生为何要对魏晋南北朝文学进行条分缕析，议论风生。事实上，竹林七贤的作品基本上继承了建安文学的精神，但由于当时风雨如晦，诗人们不能直抒胸臆，不得不采用比兴、象征、神话等手法，隐晦曲折地表达情绪与思想。相对而言，徐先生似乎对陶渊明特别欣赏，反复在课堂上分析陶渊明淡泊和执著的诸多侧面，一面吟诵“采菊东篱下”和“刑天舞干戚”，一面若有所思，似在心里发出长吁短叹。

一次徐先生让我们以陶渊明为主题，做个“小作业”。说是小作业，我们却做得很认真，一个个都想在先生那儿好生展示自己引为骄傲的一面，颇以赢得先生关注为荣耀。再说，对陶渊明，我们也有话想说。作业交上去了，我们有点忐忑不安，等候先生的批评。

先生问学之严谨，要求之严格，是出了名的。殊不知，下一次开课的时候，先生满脸笑容地对我们说道：“看来，你们是我教书三十年来最好的学生。你们的作业我都看了，也批改了，很多同学非但言之成理，而且写得简短而有新意。这是一件我想不到的事。我估计，从你们开始，接下来的学生会一届届逊色下去，直到你们的下一代上大学为止。”

最惊人的是第二件事。在我们读大学四年级的时候，徐先生开了一门选修课，竟然是“英国诗歌原著选读”，一个中国古典文学教授却开出英国诗歌原著课程，这是很多人意料不到的。我毫不犹豫地选了这门课。记得他的讲义就是一本油印的英国诗选，包括彭斯、雪莱、拜伦、济慈和华兹华斯等人的诗歌，似乎还有莎士比亚的十四行诗。至今我记得那些泛黄的讲义，错落有致的英文诗句，似乎还有油墨好闻的清香。我心想，这也许是徐先生用老式英文打印机在深夜里亲手敲打出来的。

印象特别深刻的是他选的格雷那首《墓园挽歌》，诗人用的是古典主义艺术，所传达的却是浪漫主义的情感，结合得如此完美，形式、结构和词句都呈现出苦心经营之后的自然："世界上多少晶莹皎洁的珠宝/埋在幽暗而深不可测的海底：/世界上多少花吐艳而无人知晓，/把芳香白白地散发给荒凉的空气"，这样的诗句即刻就让我们这些长期以来过着单调而粗糙的生活，一贯以来胼手胝足的学生们，迈进了华美神圣的殿堂，无法穷尽其中妙境。

而先生选的济慈《希腊古瓮颂》，又使我们的内心如何欢呼雀跃呵！

试着想一想：希腊古瓮，爱琴海，神与人，艺术与美，人世间竟然还有这样一种值得惊叹的追忆和思索，这样一种被瞬间捕捉的宁静与肃穆，还有这样一种富有感染力的不朽画面，如此超凡的唯美观照。当济慈最后说出"美即是真，真即是美"的时候，我们完全被诗歌所呈现的情景和音律之美所俘获，简直束手无策，其实心甘情愿。跟着先生诵读雪莱的《西风颂》和布莱克的《老虎》，我们已经无话可说了：一种洞穿心脏的全新力量，一种出自存在深处的惊骇和讶异，先是击打我们，嗣后又重塑我们。

在课堂上，先生操一口 20 世纪 40 年代的那种典雅的英语音调，先给我们诵读一遍，接着讲解。自然他的语调里掺和了浓重的鼻音，我们在听他讲授中国古典文学时已经领受了，而今这好听的鼻音和错落的音律，又进入柯尔律治的"老水手谣"里，滑入华兹华斯随着"水仙"跳起舞来的湖畔微澜中，甚至飞翔到彭斯绽放着红玫瑰的苏格兰乡野。徐先生吟诵英诗，总是那么从容低沉，又自信有力，仿佛那些语调和音律紧贴着地面滑行，被蓟叶和灌木所阻拦，变成了一群蜂鸟和斑鸠，久久凝视并对舞起来。

自那一刻起，我真正知道了什么是诗歌，什么是音律和节奏，还有语言的魔法：织体、气息和氛围。

第三件令我感怀的事，是徐先生从来不在我们这些后学面前，炫耀他在元明戏曲研究方面的精湛造诣，展示他的“看家功夫”。有一次，我在他下课走远后追上他，斗胆问先生，为何不给我们开一门元明戏曲课程？他沉吟片刻对我说：“我的研究还没有达到自己期待的境界，再说古典戏剧不是每个同学都适宜听的，你们应该打下基本功底才好。如果这方面你真的有兴趣，我也可以与你做些探究。”一番话说得我很惭愧，觉得自己是那么的想当然，令我陷入持久的沉思。直到先生走远了，我还注视着他并不高大却久久留在梧桐浓阴中的背影。

到后来，我终于明白了一个道理，历来那些卓有成就的大学问家，或深入事物堂奥的思想家，总是在内心深处珍藏着那份对研究对象的挚爱，喜欢独自在幽暗未明处摩挲探究，不轻易说那些不成熟的结论，或未及升华的奇思妙想。先生一生研究明清戏曲小说，不可谓不博大精深，但他往往以质疑和追问的方式，来推动自己学问的进展，因为他深知“有涯”与“无涯”的关系。

当然，世界上也有一些卓越的思者，对自己擅长的学问和思维领域，如此举重若轻，从不刻意为之，自然抵达常人视为畏途的路径，仿佛那些深沉的思想和探微发幽的洞见，只是游戏，不值一提。譬如，对“相对论”的伟大发现，爱因斯坦本人就没觉得有什么特别值得炫耀的，如果你能倾听他的小提琴，说出他的技艺如何高超，他会喜不自禁地拥抱你。

记得 1992 年左右，那时我在台州报社工作，徐朔方先生、吴熊和先生和沈善洪先生诸师，沿着“唐诗之路”到了新昌、天台，我和天台县长接待并陪同他们。几天在一起，亲炙他的教诲，除了率直敢言之外，我也看到他平易风趣的一面。其间，他很关切地问了我的工作和生活状况，吃饭时我总是坐到先生身边，与他亲密交谈，那种感觉几近幸福。

在我的印象中，徐先生不是那种宏论滔滔的人，与同行或学生之间的问答极为简洁明快。日本神奈川大学人文学研究所所长铃森阳一教授，曾经到杭州大学进行学术交流，后来他写过这样一段话：“我在杭大开始生活，马上就知道了他的为人。有时我提出自己的意见，他的回答一般只有四种：‘我同意。’‘我不同意。’‘我不知道。’‘我没有根据，不能说。’”徐先生率真求是的作风深深影响了杭州大学中文系。“这个我不懂”，也成为中文系很多师生遇到一时回答不出的问题时，常用的一句口头禅。

反正在我的印象中，先生不是那种爱絮叨的人，除了学问上的追根问底。不想他这次在“唐诗之路”上却对我嘘寒问暖，关怀备至，临别还送了我一本他的随笔集《美欧游踪》，并拿出笔很工整地给我写了题赠之语。

二

第一次看喜爱已久的《牡丹亭》演出，是八年前在杭州红星剧院。这简直太晚了。对我们这一代人来说，什么都是晚到，除了过早见证了“文革”。那会儿周瓦在杭州一家媒体做文艺记者，给了我一张戏票，还忘不了交代一句：“晚上还可以见到白先勇。”

记得那晚惠风和畅，天空深邃，星斗闪烁，舞台上梦境迭出，水袖翻飞，暖意盎然。令我惊奇的是，《牡丹亭》竟然可以这样华美、朗润和流畅，这样地充满冶游、青春和异性的诱惑，还有表演和装束的炫目之美。尤其是演员的那些戏服和身段，美得使人灵魂出窍。我在剧院里想到的两个词就是：“蝴蝶”与“自由”。只有蝶类和霞光，可以与这舞台背景和演员戏装比拟。

这就是白先勇带来的《牡丹亭》和其他戏曲。《牡丹亭》有“游园惊梦”一折，似乎还有《思凡》、《夜奔》和《西厢记》的一些折子，对中国古典戏曲的确可以管窥一斑了。与《牡丹亭》折子的隽永绵长相对应，是《夜奔》折子戏开场时令人难忘的一嗓子激昂与悲愤。看了这些折子戏，觉得悦目是悦目，怡情是怡情，心里究竟有点不满足。演出结束后，我和周瓦一起拜访白先勇。他带着很亲切也很儒雅的神情，在散场后的舞台上见了我们。

我们问了一些中国古典戏曲的问题和《牡丹亭》等折子戏演出的情

况，起先他简略而客气地作答，后来也有一些细谈。但囿于戏刚散场的那种仓促环境，加上还有一些事等着他定夺，我们只是交谈了二十来分钟。白先生给我的印象是，很热心古典戏曲，特别对《牡丹亭》花了很多心血，但更多的是从现场效果和传播的角度，去从事他所醉心的戏剧事业。白先勇说话有板有眼，雍容沉静，还有他手势的雅致，穿着的讲究，都很难忘却。最近我向周瓦提及此事，女作家回忆说："很遥远的感觉。就记得他那双眸子，秋水一般荡漾……"

谈到戏曲，白先勇记忆就变得激荡鲜活了，他的第一次看戏的经历，那是抗战胜利后第二年梅兰芳回国首次公演，他的戏曲启蒙老师，是一个叫"老央"的曾做过"火头军"的厨子，此人见闻广博，三言两语，能把个极平凡的故事说得活灵活现。他还说自己小时候并不懂戏，可是"游园"中"皂罗袍"那一段婉丽妩媚、一唱三叹的曲调，却深深地印在他的记忆中，以至许多年后，一听到这段音乐的笙箫管笛悠然扬起，就不禁怦然心动。

我如此喜欢《牡丹亭》，却与徐朔方先生有关。

清石韫玉在《吟香堂曲谱序》中说："汤临川（显祖）作《牡丹亭》传奇，名擅一时。当其脱稿时，翌日而歌儿持板，又一日而旗亭已树赤帜矣……余平生爱读传奇院本，心窃许《牡丹亭》为第一种。每当风月良宵，手执一卷，坐众花深处，作洛生咏，余音铿然，缥缈云霄，则起谓人曰：'此中有佳趣，何必冷雨幽窗，致令其声不可听乎？'……往昔读元人'鸳鸯绣出，金针不度'之句，心常恨恨。兹则鸳鸯出拍，字按板随，腔如雏凤之鸣，如流莺之啭，此其真会心人欤。"看来，自《牡丹亭》诞生那天起，简直可以写一部"传播史"了。

据说朔方先生素喜"水磨腔"，俨然为资深曲友，常歌《牡丹亭》中杜丽娘多出之唱段，足见其才情。从院本到作者，先生对汤显祖的推崇，也是无出其右的。徐先生的高足廖兄可斌曾经说过，先生的老家东阳是戏曲之乡，他从小耳濡目染当地戏班的演出，汤显祖名作《牡丹亭》中的"袅晴丝"一曲深深地吸引了他。由爱听到爱唱，再到阅读剧本，然后对作者汤显祖产生兴趣，进而对汤显祖周围的作家及他们所处的时代产生兴趣，最后扩展到对整个古代戏曲小说和明代文学的研究。

在台州陪同考察“唐诗之路”时，我曾向朔方先生请教汤显祖与莎士比亚如何比较，以及怎么认识作为作家个人的汤显祖。因为我曾经在《牡丹亭》剧本上作过一些颇为狂妄的批注，如“莎士比亚超越一切时代之处，临川有所不及；莎翁下笔之汪洋恣肆，茗堂亦未必能逮”，云云。

朔方先生对我说，汤显祖虽与莎士比亚为同时代人，但身处的戏剧创作传统不同，前者依谱按律填写诗句曲辞，后者则以话剧的开放形式施展生花妙笔，创作空间与难度更大。汤显祖生活的明代社会，比起莎士比亚的伊丽莎白时代而言，要封闭落后得多，因此，汤显祖塑造出《牡丹亭》里杜丽娘这样敢于追求自身幸福的人物，更是难能可贵。

先生还认为：“戏曲发展到明代，作家的个人成就在作品中占有更大的比重。汤显祖的杰作《牡丹亭》源于白话小说《杜丽娘记》，犹如他的西方同行莎士比亚的三十多种戏剧，只有《暴风雨》一无依傍，完全出自他的创作。但无论莎士比亚或汤显祖都可说是个人作家。明清传奇的代表作家和代表作品归属到一个人身上，这就是汤显祖和他的《牡丹亭》。”

事实上，汤显祖是一个具备生命直觉与自我意识的作家。他写牡丹亭，已经阅尽沧桑，饱览世事，对人性、生死和情爱有了极为独特的认知了：

> 天下女子有情，宁有如杜丽娘者乎！梦其人即病，病即弥连，至手画形容，传于世而后死。死三年矣，复能溟莫中求得其所梦者而生。如丽娘者，乃可谓之有情人耳。情不知所起，一往而深。生者可以死，死可以生。生而不可与死，死而不可复生，皆非情之至也。梦中之情，何必非真？天下岂少梦中之人耶？必因荐枕而成亲，待挂冠而为密者，皆形骸之论也……嗟夫！人世之事，非人世所可尽。自非通人，恒以理相格耳！第云理之所必无，安知情之所必有耶！

好一个“情不知所起，一往而深”，“生者可以死，死可以生”！更出人意料的，竟然是“人世之事，非人世所可尽”。我们常说，《牡丹亭》上接西厢，下启红楼，怎一个情字了得，更为重要的是，它是中国文学史中极其罕见的直接缕述生命、青春与自然的文字，且穿越生死界限，直指人的本真，是一首抵达灵魂、爱和死亡的诗篇，四百年前的“魔幻现实主义”。

试着想一想，在明朝这样一个拘礼数，重常理，灭人欲的时代，《牡丹亭》是个多大的异数！汤显祖敷衍了一个备受礼教约束的太守之女杜丽娘怀春慕色的故事，她因情成梦，因梦成痴，又因痴而亡。然而死犹未已，一灵不灭，继续在死亡里追寻到梦中情人柳梦梅，最后又还魂回到现实世界。这是一件了不得的事，在这样的国度，这样一个时代。

在我看来，汤显祖写下的“人世之事，非人世所可尽”这句话，如此揭橥了创作“本体论”，作者替“杜丽娘”的代言，为几乎被礼教和黑色理性扼杀复又冲破重围的“爱情”作传，但却是站在无所不能者的立场，于人世无法尽述的地方，开始说破人世之事。

就这一点说，我也要好好记取徐朔方先生的好处：正是他，将我与《牡丹亭》紧紧地连接在一起了，而且是如此血脉贯之，搅动周身，直达神经末梢。我记得徐先生还对我说了一句：《牡丹亭》不仅仅是一部戏剧。至今这句话仍然萦绕于耳，不绝如缕。

过了好些年，有人问过我，《牡丹亭》到底好在哪里？要是倒退一百年，这类问题是无需我回答的，可是在这喧闹浮华的年头，确应另当别论。

的确如有论者所说，《牡丹亭》是一次精神冒险，一次空前的情感、生命与死亡之探索。这种精神冒险是全人类共有的，但首先是属于中国的。试着想想，一个生活在精神禁锢、世态炎凉、生活荒漠化的国度，又出生在“拘束身心”、迂腐僵硬的家族，这个“小女子”杜丽娘却要追求真爱，“一生儿爱好是天然”，因为现实的不可能转而在梦境中追求与沉醉，而且把爱欲迅速燃烧至炽热点，“和你把领扣拉，衣带宽，袖梢儿揾着牙儿苫，则待你忍耐温存一晌眠”，“紧相偎，慢厮连，恨不得肉儿般团成片也，逗得个日下胭脂雨上鲜”。

按照白先勇的说法，《牡丹亭》启蒙于梦中情，转折为人鬼情，归结到人间情，是一部史诗格局的“寻情记”。而青春版《牡丹亭》改编者张淑香则认为，我们可以发现此剧的隐喻的深层结构，那就是杜丽娘由生活在精神的荒原，接受自然的情色启蒙，经历梦境而到死亡与复活的过程，已经构成英雄历险的神话原型完整模式，也象喻青春期的心理转化与精神成长。“杜丽娘为梦中之爱而死，看似玄虚，底里蕴藏着看不见的存在的真实”，这位来自台湾大学的剧本改编者这样写道，“从反面看杜丽娘之死可视为对于荒原的抛弃，自我保存之道”。

自从接受徐先生影响爱上汤显祖之后，我几乎成了《牡丹亭》迷。

那晚看了白先勇带来的昆剧《牡丹亭》折子，后来又在北京的“皇家粮仓”看昆剧《牡丹亭》，留下很是不同的印象：没有麦克风，没有耀眼的灯光和炫目的舞美设计，演员的表情也比白先勇的班子少了些神采飞扬多了些优雅沉静，减去几分抒情意味，平添一些生命气息。现场感也很充分，在偌大的粮仓（空间象征），唱腔和发声被更多地吸收了，像地气蒸腾，终归消散。直到此刻，杜丽娘和柳梦梅念唱的声音似乎还在耳畔盘旋，那种爱情的既柔弱又强大的回声，足以穿越这高大、坚固而黑暗的粮仓。

《牡丹亭》所引发的，远远超过了一个戏剧所能承载的。

正是徐朔方先生，为一个本来对戏剧没有什么太多感觉的人，指出了一个充满精神诱惑的新方向，获得了另一种审美路标，使我找到了戏剧这个家园，也让我珍视周围那些热爱戏剧或戏曲的同道，如我的大学同窗王兄依民，小说家兼编剧周瓦，他们对我的价值和影响力，是无可估量的。在北京王府井的人艺剧场，在恭王府，在梅兰芳剧院，在泉州古典剧院，在台州乡村的戏台下，都留下了我的印记，我的投影，我的屏息期待。

三

最后说一件事，那是徐先生从来也没有跟我们这些晚生谈起的，他和胡兰成的一段交往。这件事，离现在是远了，也有点淡了，却足以让人五味杂陈，沉吟良久。

话得从头说起。

台湾剧作家贡敏谈到过与先生的交往，他说，“认识朔方先生，应拜两岸文化交流之赐。那年我为台湾电视公司编撰《新白娘子传奇》剧本，随外景队至内地江南一带工作。在杭州西湖拍戏时，就下榻于湖畔的柳莺宾馆。为拍《游湖借伞》那场主戏，我们请了浙昆的资深演员周世瑞，来客串艄公一角。也因而结识了昆曲界许多知名人士。朔方先生为杭州大学教授，学贯中西却专治戏曲，为近代研究传统戏曲的重镇。他曾多次借出门游泳之便，顺道至柳莺宾馆找我谈天、谈昆曲，也谈我们正在拍摄的电视剧《白娘子》。

“有一次，他携来两小册以钢笔蝇头小楷书写的新诗手稿。内容除了部分抒情诗外，赫然为一部以诗剧形式写成的《白蛇传》故事，既完整、又工整，令后学的我十分钦服。意外的是徐先生说：‘这个是送给你的。’我深知诗人手泽，何等贵重，自是不敢接受；但在蔼然而笑的徐先生一再坚持下，使人推辞不得，只好恭敬不如从命了。

“之后，每至杭州旅游或观剧，总会与徐先生有所联系或晤面，成为我在内地结识的诸多好友之一。某次在家中整理名片时，偶然发现徐先生的别号是‘步奎’，而这两个字又眼熟得紧，在苦思之下，终于想起‘徐步奎’是胡兰成先生在《今生今世》大作中述及的友人之一。但是否就是朔方先生，却不敢妄断。因为胡兰成在书中提到徐步奎时，常会联想到张爱玲，这或许是我对‘步奎’两个字印象较深的原因。

“在《今生今世》中，胡兰成有好几次提到徐步奎——

‘同事中我与徐步奎至顶要好。步奎也是新教员。他才毕业浙大……却学的西洋文学。西洋文学我见过张爱玲的……

‘徐步奎心思干净，聪明清新，有点像张爱玲……

‘他(指徐)谦逊喜气，却不殉人殉物，但是我很心平，因为他不及爱玲。

‘我听步奎唱《游园》，才唱得第一句“袅晴丝”，即刻像背脊上洒了冷水的一惊，只觉得它怎么可以是这样的，竟是感到不安，而且要难为情，可比看张爱玲的人与她的行事，这样的柔艳之极，却生疏不惯，不近情理。’

“为了求证，我写了封信，附上《今生今世》与《山河岁月》二书，一并寄给徐先生，冀望获致答案。徐先生很快就复了信，说他就是胡兰成笔下所写的人，并要我立即打听胡的下落及地址，他要和胡联系。因当时胡兰成已返回日本，不久即逝世，所以徐先生并没有达成和胡联络的愿望。后来徐先生将他与胡兰成之交往情形以及应邀来台出席会议及旅游之观感，各写了一篇文章，要我为他在台湾找刊物发表。遗憾的是我谋事不臧，在碰了两个钉子后，就没再继续努力。如今朔方先生已归道山，补恨已迟，思之实在是愧对长者。”

这件事，让人有点想不到，其实也可以想一想，那个乱世，那些人和事，那时的文坛格局，究竟是可以有点意外让人品评的。先生的真实，先生待人的宽厚，对问学的严格，其实是浑然一体的，也是令人回味的。

先生留下一个遗稿，是记载他与胡兰成这段交往史的，不妨在这里公示一下：

回忆张爱玲的第一个丈夫

徐朔方

我不认识张爱玲(1920—1995)，却一度是她的丈夫胡兰成(1906—1981)的好友。

张爱玲今年9月在美国洛杉矶寓所逝世，是死了几天后才被人发现的。

1983年我在美国普林斯顿大学东亚系的葛思德图书馆，看到哥伦比亚大学夏志清教授的一本《中国现代文学史》，它为张爱玲单独写了一章，这是我第一次知道她的姓名。到现在为止我也只读过她的两个短篇小说，写得不错，但我不喜欢她所写的她生活于其中的那个小圈子。她是晚清内阁大臣李鸿章的女婿张佩纶的孙女。

大约是1992年，认识不久的台湾友人贡敏先生来信询问：我可认得胡兰成？胡在他的书中提到了我。我给他的回信大概这么说：我不知道这个姓名。既然他说认得我，那当是事实。可能那时在温州，他夹杂在人群中使我难以辨认，而我是一个人，他容易记住。很难分辨或记住人的面貌原是我的弱点。

第二年春天，贡敏先生寄赠我胡兰成的自传体小说《今生今世》。看下去，看下去，我就想起来了，那时他的化名是张嘉仪。

1947年，我刚从浙江大学英国语言文学系毕业，来到浙江省立温州中学教初中英语。那时温州本地人和他们所说的客地人之间横着一道鸿沟，很少来往。因此客地人和客地人之间就倍感亲切。业师夏承焘先生又郑重其事地为我作介绍，他在暑假后返回杭州时给我写信说："嘉鹭二公，平生敬仰。"要我好好向他们请益。嘉指张嘉仪，鹭指鹭山吴天五。夏与吴在诗中以苏轼、辙的兄弟之谊相比。既然以"嘉鹭二公"并提，我想他们一定是老朋友。后来才发现夏和张认识不过比我早了几个月。

张对中外文史哲都很有修养，我对哲学和宗教没有兴趣，但在他的影响下看了不少佛经，如《华严》、《楞严》、《大涅槃》、《维摩诘所说经》等，我只是猎艳性质，无意认真钻研佛法。艳，指的是带有文学意味或理趣的一些片段。如《维摩经》的天女散花故事和它的奇丽的描写；又如《楞严经》写一高僧坐禅，他的徒弟窥窗偷看，却只见一汪止水，徒弟一时手痒投进去一块瓦片。第二天，师父对他的徒弟说：他感到腹中不适，可能是谁恶作剧，只要他下次坐禅时，把水中的瓦片拣出来就得了。

寒假后，他离开温州中学到雁荡中学去教书。雁荡中学位于中共领导的游击区和国统区之间，一般人怕去到那里。1949年暑假后，我怕空袭，到乡间温州师范学校教书。张嘉仪大约在这时偷渡出境，终老于日本。他到日本后，我还同他通了几封信。信是由香港他的友人转的。朝鲜战争爆发，我才同他断绝书信来往。

今年10月22日《杭州日报·西湖副刊》上登载了一篇短

文《张爱玲的“传奇”》。它说:“就在这年,她与作家胡兰成结婚。但因胡兰成生性放荡,在外拈花惹草,使他们的关系以离异而告终。”既不好说这段话架空,也不好说这段话属实,它使人有雾里看花或隔靴搔痒的感觉。

据胡氏《今生今世》自述,他的明媒正娶的妻子是唐玉凤。唐去世后,他曾先后同全慧文(广西)、张爱玲(上海)、周训德(武汉)、范秀美(温州)、一枝(日本)、佘爱珍(日本)同居,但他在该书第622页又说:“应小姐原是我的前妻,昔年为了张爱玲,发脾气离了我。”这应小姐如果不是全慧文的刊误,那就是说同他同居的女人可能不止以上几位。

胡兰成至少先后曾同七位女人结婚或同居,其中有同前一位女士关系未断,而又同另一位女士同居的。但一般说在一个地方,他只同一位女士同居,这同“生性放荡”、“拈花惹草”似乎有区别。

他同张爱玲不公开结婚即所谓同居时,他不是作家,他是汪伪国民党的中央宣传部副部长,后来又出任汪伪南京政府的法制局局长。日本投降后,他受国民党政府通缉,化名张嘉仪,流亡在温州。1946年春,张爱玲曾到温州寻访他,我想她是想让他回到上海,但是如果回到上海,那就很难逃脱国民党的追捕,而且有生命危险。我想张爱玲独自回到上海,对此是谅解的。尽管那时他已同范秀美同居,张爱玲并未同他决绝。临别前,张爱玲对他说:“我想过,我倘使不得不离开你,亦不致寻短见,亦不能再爱别人,我将只是萎谢了。”但是后来张爱玲定居美国之后毕竟同剧作家费迪南·雷耶结婚(同居)。这不是张爱玲负约,而是在此之前张爱玲要他在自己和另一女人之间作出选择,而胡兰成没有表态。

胡兰成同张爱玲的感情很深,绝不是和他同居过的另外几个女人可比。他曾在《今生今世》中坦然承认,他爱范秀美可能有在亡命中利用她为庇护的意思。胡兰成的假姓、籍贯都来自张爱玲。他同我几次提到张爱玲,只是没有说起她的姓名。他怕我知道这位小说家,其实我对她一无所知。他曾请我看了据张爱玲小说改编的电影《太太万岁》。他在书中也提到此事,但当时我粗心,没有察觉。他对我提及隐名的张爱玲时说是他的表妹。他同我常在温州街上散步,但是一走到中山公园附近,他就提议回头。公园门口的公园饭店正是张爱玲赶到温州找他时的下榻之所。

我感谢他在《今生今世》中表达的他对我的好意。但是我跟他不仅现在有生死之别,在政治上还有敌我之分。他在《今生今世》中写道:"向步奎我亦几次欲说又止。我问他:'白蛇娘娘就是说出自己的真身,亦有何不好,她却终究不对许仙说出,是怕不谅解?'步奎道:'当然谅解,但因两人的情好是这样的贵重,连万一亦不可以有。'我遂默然。"步奎是我的真名。现在我记不得这番问答了,那当然是真实的。但是在我的狭窄心胸中,的确不会以汉奸为友,何况他还不是一个普通的小汉奸。

《今生今世》中他写到同日本、汪精卫以及周佛海等人的矛盾斗争。看来不像是无中生有的事。这种矛盾斗争有如一个人搭乘北上的轮船,而他在甲板上一直向南走,却要别人相信他是南行一样。我想这只能是自欺欺人。如果他还活着,不知会怎样回答我。

他对中国古代文学有独到的理解,很多说法我曾表示赞赏。但是恕我直言,他的思想核心是一种根深蒂固的国粹主义。他说《西游记》、《金瓶梅》比托尔斯泰的《战争与和平》高明,我无论如何不会同意这样的观点。如果说《战争与和平》有太多的技巧,而《西游记》等中国小说比较自然,那我是同意的。但是"艺术"这个字,西文本来就有"人工"的含义。

当时我没有水平识破他以中国文学的名篇名句解释某些社会现象的破绽,但是现在读到他以他的独有的观点为汪伪的特务头子吴四宝和他的妻子佘爱珍作辩护时,我想这里面肯定有错误(后来他在日本和寡居的佘爱珍同居)。

胡兰成是浙江嵊县胡村人，离开我的家乡东阳城大约只有七八十公里。当他说他是河北丰润人时，我居然深信不疑。可见我在同别人来往时是多么轻信。

1995.11.24

这就是徐朔方先生：他的为人，他的行事风格，他的“范儿”。

至于胡兰成，我也深知他的独有气质和文章风格。不知怎么的，再有人怂恿，再有人替他开脱，我也喜欢不了他。他的《今生今世》，我也不是没有细心读过，好是好的，妙也很妙，又机巧又沉静，但终究因为没有气象，缺少风骨，进不了我的意识深处。翻阅《今生今世》，那种三分钟恳挚之后的摇曳顾盼，几段清新之言后的接连混账话，着实令人懊恼。读他的文字，那种处处为自己粉饰开脱，时时借着张爱玲名头为那个可怜的“小我”更张的味道，直是一股霉味扑鼻而来。

至于张爱玲和胡兰成的关系，我也有些说法，不知是否确切——

“当年张爱玲为何对胡兰成丧失基本的辨识能力，并甘愿而可悲地降格到低于尘埃的地位？就是因为她对雅驯精致的那种传统浸淫过甚，不可超拔。而胡兰成身上的虚伪、腐朽和淫逸，与纤巧精致的洋场做派和适度袒露的村夫气息，有意无意地加以巧妙调制，成了极其诱人的陷阱。她身上可贵的历史意识和洞明世事的能力，竟然掩不住作品中贬损刻薄的气息，以及生命姿态的失衡。她对机巧、暧昧和颓废，从根本上说是欣赏的，时常欣然往之，晚年却陷入彻底绝望。”

附带说一下，徐先生一生先后有过两位夫人，这两位夫人后来都是卧病在床，经先生悉心照料多年后去世。

第一位夫人杨笑梅，是他的大学同学，两人相恋时，杨笑梅就查出患有重病，但先生不离不弃，坚定地与之结婚，婚后照料 10 多年。后来夫人一直卧床不起，先生每天又要授课又要写书，还要照顾夫人日常起居，经常是天黑后下课回家，马上烧饭，陪夫人聊天说话，服侍她休息。1961 年初，杨笑梅故去。

后来的夫人宋珊苞，是先生的浙大校友，杭高语文老师。宋师母后来得了绝症，长期住院。那时节，他们的两个儿子都在国外攻读学位，先生已经七十高龄，这么大年纪了，一边忙着教学写书，每天还骑自行车往返于浙大与医院，直到2001年师母去世。

这就是朔方先生“风度倜傥”与“缜密严谨”的底牌，由此可见，拜伦、济慈和陶渊明、汤显祖在他身上彻底统一，完全调和了。

他的一生，就是一部激越而从容的戏剧。

2012年3月14日，杭州

附录：关于《牡丹亭》的一则笔记

《牡丹亭》之三妙

王自亮

我经常与友人议及《牡丹亭》在精神层面上的深刻性，它警策之处。那么从艺术上看，牡丹亭的妙处是什么呢？后来我在一个场合对《牡丹亭》作了这样一个评论：《牡丹亭》乃有三妙，故能妙不可言。当时有朋友问，何为三妙？我当时作了一个简约的回答，这里倒可以陈列一番：

奇幻瑰丽，打破时空，此乃一妙。正如明陈继儒所言：“以《花间》、《兰畹》之余彩，创为《牡丹亭》，则翻空转换极矣。一经王山阴批评，拨动髑髅之根尘，提出傀儡之啼哭。”又说：“不若临川老人括男女之思而托之于梦。梦觉索梦，梦不可得，则至人与愚人同矣；情觉索情，情不可得，则太上与吾辈同矣。化梦还觉，化情归性，虽善谈名理者，其孰能与于斯！”（《牡丹亭题词》）在谈到词曲的时候，明毛先舒承认，“曲至临川，临川曲至《牡丹亭》，惊奇瑰壮，幽艳淡沱，古法新制，机杼递见，谓之集成，谓之诣极。”（《诗辩坻》卷四，《毛稚黄十四种》）

个性跃然，氛围十足，此乃二妙。关于这一点，明王思任有个贴切的点评，简直有点“新批评派”的“文本细读”做法了，写得惟妙惟肖，他说：“（《牡丹亭》）情深一叙，读未三行，人已魂销肌栗；而安顿出字，亦自确妙不易。其款置数人，笑者真笑，笑即有声；啼者真啼，啼即有泪；叹者真叹，叹即有气。杜丽娘之妖也，柳梦梅之痴也，老夫人之软也，杜安抚之古执也，陈最良之雾也，春香之贼牢也，无不从筋节窍髓，以探其七情生动之微也。杜丽娘隽过言鸟，触似羚羊，月可沈，天可瘦，泉台可瞑，獠牙判发可狎而处；而'梅'、'柳'二字，一灵咬住，必不肯使劫灰烧失。柳生见鬼见神，痛叫顽纸；满心满意，只要插花。老夫人眢是血描，肠邻断草；拾得珠还，蔗不陪檗。杜安抚摇头山屹，强笑河清；一味做官，半言难入。陈教授满口塾书，一身襶气；小要便益，大经险怪。春香眨眼即知，锥心必尽；亦文亦史，亦败亦成。如此等人，皆若士玄空中增减圬塑，而以毫风吹气生活之者也。"(《批点玉茗堂牡丹亭词叙》)

开阖自如，大雅大俗，此乃三妙。有人说，《牡丹亭》存在着"场次过多，头绪过繁，曲词过拗"的问题。可是我觉得，除了最后一条还有点道理，其余的"弊端"恰恰为别人所不能及的优势。《牡丹亭》真正做到了情移景换，出生入死，大开大阖。而那些心理转换、时空穿越、场景位移，一经汤显祖勾勒，犹如高明棋手，落子皆现匠心，着着精妙。说到妙处，仅举一例：石姑道人在剧中是一个沟通幽冥，兼有插科打诨之职的人物，在第十七出"道觋"一场中，光她那一段关于"石女"的描述，集戏谑、调侃、讥刺和自嘲于一身，将人世间的多情、无情、悲悯和悲哀熔于一炉，足以千秋风流，万古解颐。不管是莎士比亚还是拉辛、莫里哀，直至薄伽丘、乔伊斯，甚至曹雪芹、冯梦龙、兰陵笑笑生，都没能做到这一点：能以如此传神、精确和铺陈的手法，借着《千字文》和一些众所周知的典籍，描摹生殖器和情色之事，妙处夥颐，直逼"铺采摛文，体物写志"之汉赋。

卷四　大马士革

伊豆半岛

早上六点钟，静冈铁道株式会社的巴士司机山本太，一位前不久结识的日本中年男子，开着他的尼桑公爵帝轿车准时赶到栗原。

上几天我们就约好了，由他带我去伊豆半岛玩一天，松弛一下紧张的研修生活。山本太是个司机，四十来岁的样子，至今单身，很率真，整天嘻嘻哈哈的，没有家室之累，乐于结交朋友。有一天他来到我的宿舍，坐了很长时间，不知不觉间就弄得很熟了。在我的印象中，他是个既憨厚又调皮的人，待人也恳挚，我们彼此间就变得很随便，没有什么拘束。此后，他隔三岔五地来我的住处做客，还经常从自家的菜园子里，拔些葱蒜和蔬菜，送给我和我的同伴——担任翻译的李俊。

这样，我们一大早就轻松上路了，去伊豆半岛。

伊豆半岛是我所向往的，年轻时读川端康成《伊豆的舞女》，印象太深刻了。那种置身于山岚雾霭和盘山公路的感觉，那种在温泉浴场瞥见少女身体被唤起的朦胧欲望，还有那些感人至深的对话，实难忘怀。小说开头那一段，我是可以背下来的："那年我二十岁，头戴高等学校的学生帽，身穿藏青色碎白花纹的上衣，围着裙子，肩上挂着书包。我独自旅行到伊豆来，已经是第四天了。在修善寺温泉住了一夜，在汤岛温泉住了两夜，然后穿着高齿的木屐登上了天城山。一路上我虽然出神地眺望着重叠群山，原始森林和深邃幽谷的秋色，胸中却紧张地悸动着，有一个期望催我匆忙赶路。"

文学作品对人的影响原来可以如此深远！在异国他乡滞留，想到的就是去前辈作家们写过的那些地方，寻访他们笔下描绘过的景致，接触书中提到的那些人和事。这些人物和风景，就像老早就结识了的，很久以前就造访过的，现在只不过是再次寻求那些前世今生的感官残留。正如不久前去金阁寺，就马上想到了三岛由纪夫，想起他那些工笔画似的文字："然而我不知道，美是金阁寺本身，还是美是与笼罩着金阁的这虚无之夜同一性质的东西！……美的这些细部的未完成便自然而然地蕴含上虚无的预兆，各部分木材比例精细的这座纤巧的建筑物，就像璎珞在风中飘荡似的，在虚无的预感中战栗。"

山本太把车开得飞快。沿着海边公路走，左侧是缓坡，右侧是平静而蔚蓝的海面，没有多少过往船只，也没有令人不安的浪涌，远山在曙色中笼罩着淡淡的光芒。更为令人惊喜的是，昨天在暮色中作别的富士山，突然又在云彩中出现了。它浮动着，闪耀着最初的光芒，那圆锥形的顶峰，像这个岛国上空唯一的银色冠冕，既在骄傲的远处隐现，又如此触手可及。在日本，身处任何一个角落，只要你一抬头，就不由自主地被富士山所吸引，或者被某种征服的诱惑所折磨。那圆锥形的山顶，就是日本的偶像。

在这样的日子，早起的人是有福的，何况还要造访美丽的伊豆。一边浏览山海景致，一边想些不着边际的事，算得上是人生一大快事。除了跟山本太和李俊一搭没一搭地闲聊，偶然提出让我抽一支烟的停车要求之外，我的头脑处于自给自足的农耕状态，一任窗外的海风穿过衣领，我也正好借着这个机会，清除多年积累的无名之烦。此刻的我，就像一段被洪水冲下山岗的原木，随着大河的激流漂浮不已。

今天我们的伊豆之旅，走的是一条居中的路线，经由富士和沼津，一直穿行在山间小道。山本太显然很熟悉这条路，他开车时的神态是悠游的，胸有成竹的。行到紧要处，我会让他开得慢一些，他也就笑着响应。因为是自驾游，没有人需要我们追赶，也没有人追赶我们，在放肆地注目周遭景致的时候，也没有人投来奇怪的眼光。我们看到了一个由繁密的树木、湍急的河流和各种桥梁交织而成的伊豆，一个分秒之间变换景象，令人如同阅读剧本的伊豆。

云追赶着雨，雨带着云飘来，树林的颜色随时在改变，天色由白转青时，山崖上的寺庙和瓦房，也在涂改着形状和色泽，偶然有几个农人走过山路或村道，也幻化为水墨画中的斑点了，他们身上黑色的雨衣被风掀起一角，就像几只乌鸦在树上摇晃着，挣扎着企图站稳。骤然变化的天气，本来就是半岛的本色，伊豆是个有寺宇、有温泉、有故事的地方，气候也成为戏剧性的元素，令人感叹造化的手法多端。在伊豆，目睹云雨雾日的配合，还有森然青色无处不在的独占，大自然正在上演舞台剧的感觉，油然而生。

车过修善寺一带之后，雨水一刻不停地下着。云，总是低低地垂挂在眼前，森林的茂密和山谷的幽深，使人恍若隔世。我们来到了一条被命名为“舞女之行道”的深山小路，大约是根据川端康成的小说《伊豆的舞女》情节去寻找和设计的。这里树叶蔽天，台阶漫长，邻近幽谷的路旁，用铁栏杆或低矮的木头护栏挡住，在道路的转弯处，竖立了一个细小的刻有“踊子の道”字样的大理石碑，还有一处是用几片小木头组成的路标，也依稀可辨，大概标示出舞女当时所走过的路径。

不停的阴雨，使整个故事情节在寂静的山谷中复活了：路似乎更长，台阶一直铺到无尽之处，天气暗示着暧昧与欲望初醒的交替，而那个学生与舞女之间的对话，就像纠缠的树枝一样，清晰地呈现在我们面前，雨水就是那感动中如注的泪水。伊豆，在我看来，就是为川端康成而存在的，为那位高等学校的男生和伊豆的舞女而存在的。当然，伊豆也是伊豆自身，这并不矛盾。

看到眼前的情景，我的头脑里又浮现出那个舞女：“看去大约十七岁。她头上盘着大得出奇的旧发髻，那发式我连名字都叫不出来，这使她严肃的鹅蛋脸显得非常小，可是又美又调和。她就像头发画得特别丰盛的历史小说上姑娘的画像。”

不足为奇的是，在这样的场景里，这样一个画中人的出现，故事一定会展开的，在伊豆的温泉里，那个年轻的学生看到：“忽然从微暗的浴场尽头，有个裸体的女人跑出来，站在那里，做出要从脱衣场的突出部位跳到河岸下方的姿势，笔直地伸出了两臂，口里在喊着什么。她赤身裸体，连块毛巾也没有。这就是那舞女。我眺望着她雪白的身子，它像一棵小桐树似的，伸长了双腿，我感到有一股清泉洗净了身心，深深地叹了一口气，嗤嗤笑出声来。”

我的朋友山本太，显然对川端康成笔下的伊豆没有什么特别的感觉，他笑着问我，还要停留吗？我明白他的潜台词：“这不过是个虚构的场景而已，一个想象力的底片，值得这么长时间驻足伫立吗，伊豆好玩的地方多着呢！”我同样微笑着跟山本太说，那么我们就继续赶路吧。

我们来到一个短促而破旧的山间隧道前。这是明治三十四年修成的一个隧道，在当年的伊豆中部丛山之中，可以想象它给百姓的出入和官员的巡视带来多大的便捷，今天这条山间隧道还没有完全废弃。意想不到的是，这也成为连接川端康成笔下虚构人物与我们沟通的道具：一刹那，我突然想到，那位因情窦初开而兴奋赶路的舞女从隧道出来时，她的身影被洞口穿透绿翳的阳光所包裹，所融化，那个瞬间的情景，给暗恋中的人带来何等惬意的感觉！

在车上，我继续放纵自己的各种意念和思绪，直至到达新的目的地。

对日本山川河流之美，前人曾留下太多的谈论，包括川端康成《我在美丽的日本》和东山魁夷绝美的文字。而我想到的却是，在这种美丽的面目之下，也许隐藏着一种危险的激情。

大和民族的生存环境，美妙而极不稳定。群岛的地貌，总是显示出它戏剧性的一面。除了复杂性之外，变化和幻灭的感觉，也经常笼罩着人们，以至于影响极为深远。从冲绳亚热带水域，一直延伸至北边荒野——北海道，诸多岛屿都是由于地壳深层板块运动的巨大作用力使火山喷发出岩浆形成的，沿着积雪覆盖的绵绵山脉和长达几万公里的崎岖海岸线，我们都能觉察到自然之手留下的杰作：它的壮观形塑，它的精雕细刻。日本人对气候和风物异常敏感，从和歌、俳句直到日常用语，无不证实这一点。

经验告诉我们，敏感的人容易走极端。一个感官精微的民族，天生就对人事和自然有一种挑动生命意识的惯性，对无常与宿命，盈缩和有无，最是他们玄想的材料和冥思的口实。他们最好的状态，也是平和之中蕴藏着生命的激越姿态。不少日本人似乎都有这种倾向，这同自然界无所不在的暗示极为有关。连我的一位经济学界朋友也说，当年在日本进修，坐在河边注视着一朵绚烂至极的野花，好像看到了一摊鲜血，生出万箭穿心般的美与死之幻觉，几乎陷入疯狂状态，起身拔腿就跑。他还不无自嘲地说："后来，是庸俗的经济学救了我。"

一边是地震、火灾、战乱，一边是无边风月，市井漫画，宫闱缱绻，于是日本人就宣称要实现"大和"。它的象征物就是天皇，就是菊与刀。好些人不倦地追求在优雅与暴烈、青春与衰朽之间保持某种必要的张力，在这个自杀率甚高的国度，死亡与美、秩序是联系在一起的。当我在街上漫步时，经常看到一些建筑镌有"公民馆"字样，是地震与火山爆发时市民们的避难所，他们在灾难中不忘尊严与秩序，据说大批人逃难时都鱼贯而出、秩序井然。对日本人来说，美的秩序是任何时候都不能破坏的，即使面临死亡，也要讲究秩序与美。

许多民族，包括中国人都有两面性，而大和民族骨子里对弱小者的倨傲，对强悍、"优异"者的服帖，是如此奇妙地结合在一起，简直到了炉火纯青的地步。难道不是吗？他们对于侵略别国和使用武力的解释是如此的体面和优美，而战后对美国短暂的臣服也是全心全意的，有时简直达到了化境。这些方式，已经浸透他们的意识深处。

到日本之后，每当我看到在企业见习的年轻同胞归来时总是那么疲倦，有时连说话的力气都丧失了，顿生怜惜之心，但他们总是淡然一笑。那些工头非常严厉，干完活之后老让他们不停地擦地板，反复清理现场，干无谓的活，其实这些工头年轻时也是受到同等待遇的，可见日本民族性之一斑：分明、严酷、极端。也许在他们的心目中，美就是一种惊异，一次厚重的蚀刻。

我们终于到了尾崎瞭望台。陡峭的悬崖，蔚蓝的海，黑褐色的火山岩，被大海日夜侵蚀的海岸，与我们上午看到的伊豆的云雨山林，起伏的耕地，是全然不同的景象。站在瞭望台，眺望伊豆半岛和大海，即刻想起了先师刘操南先生的诗句"浩荡天风吹我衣"。如果说伊豆的变幻是女孩捉摸不定的心思，尾崎瞭望台见到的开阔和波动，就是"壮岁旌旗拥万夫”男人的襟怀了。

来到寝姿山麓的下田港湾时，天空和大地一片光明，热浪袭扰全身进入全然不同的情景。那只停泊在港口的游船，是仿造的“黑船”。这里自有一段交织在日本人心底的难忘历史，置之死地而后生的历史。

在了仙寺的“黑船美术馆”，我看到了一卷“合众国人物蒸汽船图绘”：港湾军营、航海图、吹吹打打的军人队伍和头目、嘉永七年黑船来临下田、日本人与合众国军人的相扑对峙、武士们的表演。那些文字标注令人神驰：“黑船、幕末、异文化交流”，就这么一幅“黑船图”，把当年被迫门户开放的情景完全呈现出来了。

而那幅“北亚墨利伽政府使节海军水师提督画像”，画得一点也不像，倒像日本眉毛倒立、圆目怒睁的藩主或幕府将军，还留下今天看来如此怪异的标题，“北亚墨利伽政府”，是指美国政府。陈列馆里还有日本大力士与米国（美国）“异人”的角力比赛，看来这确凿是从军画家描述“日米条约缔结”时的了仙寺。

路过下田鱼市，我们看到了那些“金目鲷”与“伊势海老”的招贴，我在日本经常吃到这些，也就见怪不怪了。经过一个名为“下流”的地方，山本太看到我们的神情有异，很敏感地问我们看到什么了，等到我和李俊对这个地名作一番汉语语意的解释，山本太大笑不止，几乎笑得连手握方向盘的力气都没有了。于是，“下流渔业协同小组”、“宿泊——下流庄”，这些写在墙上，贴在店铺里的汉字，演变成一个大大的笑话。

石廊崎，位于伊豆的最南端，号称日本十大最佳观景地点之一。热带风光与深蓝色的海、小岛礁与海岬，还有海蚀断崖、气象台与年代久远的灯塔，以及向日葵与风向标、海崖上的野花，是何等美妙而惬意的组合。“水何澹澹，山岛竦峙”，站在海崖一角，接通的何止千年万里。

我进入那个石室神社，透过窗户看到了大海的另一番景象，只见“千石船”与“五百石船”在海面上快速航行，姿势卓绝，而孤零零岛礁上的垂钓者，飞甩的鱼钩与海天一色的背景，充满了大尺度的动感。阳光打在海岬上，那成排卷涌过来又旋即破碎的波浪，飞翔中似乎凝然不动的海鸟，云集的游艇，阳光之网……要不是身后有小贩的叫卖声传来，恐怕那些观光客也会消融在这个景象中，成为阳光下的雪水。

日本的风景，几乎是个深深的陷阱。因为那道美的光，穿透了你的生命底部，随时会瓦解你，摧毁你。想办法去自杀，当然是一条出路，但是挺住的人会更加坚毅。伊豆半岛，是打开日本式美丽的一扇大门。到了伊豆，你会变得恍惚不定，不清楚神遇目接的是幻是真，或者非幻非真，最后干脆认定它“亦幻亦真”了。所幸者樱花还没有盛开，对于那般铺张的风华霁月，我深怀恐惧。

中午我们走进南伊豆町的一家饭店，看到一本介绍伊豆名匠的书，画面是一位干瘪的工匠描绘出丰满漂亮的女达摩，在风雪中怀抱和牵引着三个孩子的穿木屐日本女人，以及威猛的钟馗与有趣的神祇。

下午沿着伊豆西部海岸的道路行驶，弯曲不平的公路，时见山谷，时见海湾，晴好的天气和空蒙的雨雾交替出现，沿着海岸逶迤而行，自有奇妙之处，一会儿海景历历在目，一会儿桅杆尖儿出现在屋顶上，再一会儿，海崖追逐着群山，倏忽消失在树丛里。

我们所期待的黄金崎就在眼前，猛烈的海风与断崖上的几株古松，就这样拉锯厮杀，不分胜负。百十年来，那几棵松树都被海风吹弯了腰，快要塑造成一个另类的风景，而底下的海浪穿过海崖的空洞，发出巨大的回响，白色浪沫成片溅起又四处落下，露出崔嵬的海岬和刚毅的礁石。

我注意到了那块三岛由纪夫文学碑。三岛由纪夫在这里出现，我没有想到。美景与死亡，在日本人的心目中，大约是难解难分的。惊世之才三岛由纪夫，极其符合日本民族的心理原型，尤其在社会精英阶层。在绝美的黄金崎，人们很容易想到他的死。即使自杀，他也留下了令人惊骇的一幕，难以咂摸其中的滋味。

三岛由纪夫切腹自杀那一天，起得比平日早。入浴后，细心地修剪好胡子，系好六尺的传统兜裆布，直接披上盾会制服，还将他那把“关孙六”日本刀（17 世纪的精品）也取了出来。然后走进书房，感慨地在一张白纸上写下：“生命诚有限，但愿能永生”，把它放在书桌上，并将套了三重信封的遗稿，放在门厅显眼的位置。自杀时，他在自卫队总监室的地毯上正襟危坐，用手紧紧地攥住短刀，鲜血从紧握短刀的手中渗了出来。在清醒冷静的状态中，用自己的血在日本纸上写下了一个“武”字，然后按中世纪日本武士切腹的程序，用短刀捅进自己的左侧下腹，再次山呼“天皇陛下万岁”，作了最后一次深呼吸，说了句“下刀吧，不要让我太痛苦了”，就将头低垂在同伴森田面前。森田双眼盯着三岛的脖颈，震颤着手给三岛补了一刀，精通剑道的另一个同伴古贺接着又补了一刀，三岛就身首异处了。

悲剧以残酷的程序得以完成，痛苦披上了美的外衣。

访问伊豆半岛，我的最后一站是土肥町，这个地名预示着“黄金与土地”，它给我留下的第一印象，就是狭长的街道、遍布的温泉，与店门前的瘦狗，不知怎么的，一点儿也没有“肥”的感觉。这时真有点累了，山本太就带我们到温泉去，说是要放松一会。

洗温泉的去处叫“汤の国会馆”，就坐落在川端康成写到过的“天城山”一带，狩野川清流环绕，露天温泉池完全处在群山和树木的怀抱之中，在温泉中浸泡之后浑身大汗淋漓，然后赤身露体坐在池沿的石块上，任凭凉风吹拂，又听到不远处传来溪中急流的冲击声，这时我的感官完全被山谷周围的光线、明暗和声响所俘获，似乎体内一切业已衰败的东西，一次次随风飘散，顺水而下，在体力得到恢复的同时，一种复活的惊异蒸腾而起。

这个时候，要是来一场大雪该有多好。

2002年10月，杭州

大马士革

一

下午抵达大马士革，我终于如愿以偿。

带着中亚细亚的草屑，和中国南方的想象力，我来到这座长久以来高度期待的城市。长久以来，不知为什么，只要提及大马士革，我就血脉贲张，充满亲临其境的渴望。大马士革，一座先知的城市，在精神的光与影中颤动，充满爱、灾祸和传奇。世界上一些城市，凭着它好听的音节，你似乎就能深谙它的妙处，何况这座城市是最早处于世界十字路口的——无论是《圣经》还是阿拉伯古书，还有先知的传说，都会提及它。

很早的时候，人们就可以通过大马士革进行拜占庭或中国的丝绸贸易，因为大马士革是丝绸之路在西端的一个终点，英语的缎子(damask)一词源于此。“缎子”，大马士革，霞光般的传说。如今我确凿地置身于大马士革，在那些大街上行走，一眼望去，树林葱郁，塔尖隐现，城墙耸峙。整个城市就像一匹绸缎那么光滑：斑斓，悦目，奇妙。

“大马色路上”，是《新约》首先创立的名词。说的是一名基督徒的迫害者扫罗，在从耶路撒冷到大马士革(罗马帝国叙利亚省会)抓捕基督徒的路上突然发生转变，当时扫罗被击倒，眼睛因受比太阳更强的光刺激而暂时失明，并听见耶稣的声音。几天后在大马士革他被亚拿尼亚治愈，并受洗加入基督教。于是“大马色路上”成为突然转变的惯用语。

大马士革位于安提黎巴山山麓，巴拉达河和阿瓦什河的汇合处，整个城市水道纵横，草木峻茂。黄昏时分，这座城市披上一层雾霭，与远处浩茫的沙漠汇合在一起，充满了玄想的机缘。只见一只飞鸟倏忽间飞过宝蓝色的天空，最后消失成一个圆点。400多座清真寺和许多基督教堂遍布全城，萨拉丁雕像如此气韵生动，而街口有一柄嵌着彩色玻璃的“剑”——这是一座雕塑——在夜色里开始闪耀，不言不语地刺向苍穹。夕阳西下时，落日的余晖把树木、房屋、寺院抹上一片橙红，从清真寺的宣礼塔上就开始传出阿訇们召唤人们出来的喊声，全城笼罩在一片宗教氛围中。

关于大马士革，阿拉伯古书上是这样说的：“人间若有天堂，大马士革必在其中，天堂若在天空，大马士革必与之齐名。”在我最先的想象中，大马士革是一道来自上古世界的光，一座君临漠野与河流的大城，一个奇异的命数，而眼前的大马士革，却是一座世俗与宗教交融的城市，一座充满矛盾又自我调谐的城市，一个恒定的等式。

据说有一天，穆罕默德来到大马士革郊外，从山上眺望全城，顿时被城市绚丽多彩的景色所打动，但观赏一会儿后没有进城，而是转身往回走。随从者惊讶不已，忙问其原由。穆罕默德解释道：“人生只能进天堂一次，大马士革是人间天堂，如果我现在进了这个天堂，以后怎能再进天上的天堂呢？”

站在城郊萨利希亚小山上俯瞰，平坦的原野上一片葱绿，巴拉达河波光闪烁，蜿蜒其间。岸边一排排白杨树挺拔耸立，周围散布着花园和果园。绿阴丛中，掩映着白色房屋和清真寺尖塔。后来，几位叙利亚朋友陪我登上卡西尤山，这座古老城市之巅，已是深夜了。“谁能征服众生合唱，谁就能征服大马士革灯火”，我心想。

那份冥想的荣耀，就像一轮下弦月镶嵌天际。

二

走进大马士革那些宫殿，靠近那些遗留的古罗马城墙，步行在城内石块和卵石铺就的古老街道上，我想到了当年朝圣之路的艰辛，也想到后宫的放逸。英雄们的马蹄敲击着大马士革，欲将这座伟大的城市瞬间毁灭的，也大有人在。过于诱人的事物，极易招致摧毁性的打击，因为人们将其拥有的欲望过于强烈。

我走进一座座不起眼的庭院，围墙之内，屡有惊人发现：那些建筑构件，立柱和纹饰，马赛克图形，盆栽的玫瑰，漶漫不清的壁画，断臂的雕像，失修的水池（都能映见征服者曾经君临的尊容），还有那些人们，在庭院里吸着水烟的人们，使我想到了马匹、传奇和弓箭，功败垂成的时刻。在这样的环境里，你能说什么？还有什么是你无法说的？嘴巴沉默了，思绪却展开了，跨过流动的沟渠，直抵那些历史场景：征战、交换和凯旋。

当我看到大街转角的建筑上留下的烟熏火燎的痕迹，当我看到一个颇为前卫的年轻人开着一辆保时捷红色跑车穿越古罗马时代的城墙，当我看到祈祷的时刻人们纷纷在地上铺一块垫子念念有词，而后依然做买卖、干活和继续冥想，我被这座城市并行不悖的生活构造所征服。大马士革，是一座表面上我行我素，内里却在乎世界变化的城市。

这是男人的城市，也是女人的城市，用浅褐色石头和歌声筑就的城市，月光与阳光交织的城市，平原城市，丘陵城市。我后来这样写道："巴拉达河，城市倒映城市"。大马士革的悠闲，只是它作为硬币的一面，反面却写着：跟随世界的脚步，紧随……当你走到这个城市的郊区，你就会发现，大马士革的背景，是如此的单纯而驳杂：绵延百里的是夹竹桃、橄榄树和阳光，古老的阿勒颇站着，中间是沙丘和戈壁，是霍姆斯，是瘦长的教堂。

那些叙利亚商业伙伴，带我们到那些著名或不著名（却颇有特色）的饭店去。按照我的预估，大马士革的饮食是很朴素的，可能还有点单调，可是我错了：上来的菜肴会使你吃惊于它们的丰富。吃在大马士革，就意味着烤羊肉、炸鱿鱼、薄荷汁、上等奶酪，也意味着洋葱、腌橄榄、焖蚕豆。这些饭店往往外部看上去并不起眼，坐下来一看，会使你有意外之感，伊斯兰风格的装饰，灯光是那种金黄色的，甬道、餐室和庭院，既为一体，又相应分成几个功能区。光线是匀称的，桌椅和餐具在明暗变化中，使人充满感官上的迷幻和动感，又教人很快进入自己的内心。

自然我们大快朵颐，之后想着一件事，那就是这样的食物结构，这些林林总总的菜肴，跟这个城市当年处在世界十字路口有关，也跟一代代人的文明积累有关，甚至还跟演进中的生活方式有关。比如说，烤腌的方法，特殊的调料，还有上菜的次序，都是极有讲究，大有来历的，我甚至觉得连侍者的站立方式，刀叉和餐具的摆放，也有不少差异。

当然，我也可以说，凭这些天造访大马士革的印象，虽然这个城市有极为激烈的一面，但大马士革本质上是闲适的，从容的。冬季湿润，雨下在冬天，足以让这个城市活力不会凋谢，十分适宜于户外活动。就像西班牙人那样，大马士革人也是一天休眠两次，这无异于将昼夜三等分。看来西班牙与阿拉伯世界的联系，是很紧密的，否则怎么会连休息的方式也这么像呢？记得那年我搬进新家，余刚兄说我居所的装饰，采用的是“西班牙的阿拉伯风格”（也许出于诗人的敏感）。看来这不是巧合。最终，我顺手记下了这样的句子：“大马士革，人们急匆匆地运载悠闲，以度假的神态/卖力做事；叼水烟的，衔雪茄的，抽香烟的——/阿拉伯故事本来就摇曳多姿，盛产香料与水手。”

三

在大马士革，这些天来，我不知道碰见多少人。

人，都是人。街上是人，清真寺里是人，市场上是人，庭院里坐着人，广场上鱼贯走着人。大马士革的男人都是雕刻出来的，你也许在大马士革会为男人而感到骄傲，他们简直是天之骄宠：整个轮廓是刚毅而挺拔的，又不乏柔和之处，比如嘴唇和卷发，好像个个都是雕塑家手中的范本，这是天生的。在大马士革，女人是柔和的、安详的，虽然有时在街上看到她们，似乎有点心情不宁，但却在转睛之间，低眉之处，显得很是生动。大马士革女人耀眼的肌肤，与黑色的纱巾互为映衬。那些女孩之美，往往让你瞠目结舌。

可能大马士革人有一种先天的沉默感，你在大街上走着，不会像走在美国或欧洲一些地方，有人主动跟你打招呼，说一声哈罗，你会遇上一些迟滞和犹疑的目光，也会遇到眼神里短暂的冷漠，但当他目不转睛地盯了你十几秒钟之后，转瞬间就会变得异常生动，隔膜被战胜了，于是你可以接受他滔滔汩汩的话语，有时还有如风暴。我在大马士革碰到这么一些人，感到什么都可以忘记，就忘不了他们的眼神：看一眼，仿佛就能穿透你的一生。

我向来以为，所谓东方的“神秘”来自西方，正如女人的神秘来自男人。神秘就是落差，就是相异。这跟起源有关，更跟路径有关。当然，你也可以说，存在着两个“东方”，这两个“东方”的很多事物和观念，都是不能通约的。除了爱和恨，死亡与季节，还有疼痛、饥饿和欢快，这些所谓世界可以通约的事物，并不很多。但是在大马士革，我对“东方”的理解力，迅猛增强。我在手札里记下了：“作为另一个东方人，能时刻对这个东方作出解释：从手织羊毛挂毯，到松绿色宝石，从穹顶光环到阿勒颇石头的温度。”

是啊，人……都是人。一个人就是一个民族。大马士革人具备一切变化：手势、嗓音、身姿、言词、眼神、气息。所有这些，都曾经以诗歌或故事的形式出现，而不是一个程序的启动，或某种理性的召唤。在所有的旅行中，我最反感的是见树不见林，对个别的人事和景象感兴趣，而忽略整体，消解人生图景的韵味，忽略人本身的魅力，无视人的特征与精神轮廓。

在大马士革，我觉得一个人就是一条街道，而街道上走着的人，就是他们自己祖国的缩影。那些或宽或窄的街道，我们看到的是光线与影子，喧哗与宁静，故事与“反故事”。大马士革人，是袖珍的、含蓄的大马士革，他们的背影和目光，值得你反刍与咀嚼。

我们在街上一定不由自主地放慢脚步。进入下午时分，阳光发出穿透银杏树叶的那种色调，教堂或清真寺发出一种轻微的敲击声，有人在墙角鼾声大作，水烟被冷落在旁，我们忍俊不禁……夕阳西下，霭烟四起时，在不远的远处，有人在默念经书，几个顽童在嬉戏，屋角的铜茶具闪亮，手上的那颗绿松石戒指，在兀自遐想，你的思绪一下子跑到两千年前去了。

四

始建于705年的倭马亚大清真寺，是伊斯兰教最主要的清真寺之一，被认为是伊斯兰教的第四大圣寺。这是大马士革和伊斯兰世界的共同骄傲。

出乎我的意料，倭马亚清真寺的前身，还是一座神殿和教堂呢。最早是罗马帝国时期的朱庇特神殿，后来在罗马帝国定基督教为国教后改为圣约翰大教堂(纪念施洗约翰)。叙利亚于7世纪为阿拉伯人征服后，圣约翰大教堂一度仍归基督教徒做礼拜之用。

705年，倭马亚王朝的哈里发瓦利德一世接收了这座教堂，将其改为清真寺。瓦利德一世从拜占庭、叙利亚、埃及等地招集工匠，历时10年将清真寺建成。在改造过程中，教堂的长方形布局被保存下来，但其余部分有多少被留用则不得而知。可以肯定的是，倭马亚清真寺有两座尖塔原来是教堂的望楼，第三座尖塔则为瓦利德一世所建。

当我来到倭马亚清真寺，就失去了记忆与言词，失去与人交流的可能，在很大程度上，还丧失了“看”的经验，切断了“想”的通道。对于那些绝美的事物，我们是无法自持的。真正的美具有某种攻击性，特别是在倭马亚清真寺，那最初的一瞥使我几乎陷入“晕厥”状态。

当我看到那些用金砂、石块和贝壳镶嵌成的拱廊墙壁，看到描绘倭马亚时代大马士革盛景的巨大彩色壁画，又看到寺南面用巨大石块筑成的主体建筑——礼拜大厅，几乎是手足无措了。我甚至不知道应该从什么地方开始浏览：正面仿效拜占庭宫殿式样，有凯旋式穹顶大门，门两旁由合抱的大理石圆柱支撑，柱顶为皇冠形，柱头镀有闪闪发光的金箔。

从步入倭马亚清真寺那一刻开始，我完全失却悠游自在的状态，好像有某种力量推着我走，这里胜景遍地皆是，就看人的感官是否足够打开。不是吗？你看，倭马亚清真寺殿内，在那些圆柱和金碧辉煌的殿内四壁顶棚上，不但雕有精致的花纹，还有镶嵌着黄金、宝石、贝壳的红、黑、白大理石艺术雕刻，大殿顶上吊着一盏盏巨大水晶灯，殿内南墙为正向，有4个精致的大理石凹壁和一个珍贵的大理石宣讲台。这些壁龛和讲台上都是用五彩玻璃、“基沙泥”瓷砖镶嵌出各种美丽的树木花卉及形状各异的几何图案。

倭马亚清真寺内，41个大理石凹壁中有朝向麦加的米海拉布，其上方为礼拜大殿，也是大寺的大圆穹顶。礼拜大殿前是长方形的露天庭院，全部用瓷砖铺地。庭院中央有3座封闭式圆顶建筑，其中西面的是藏经楼，东面是钟楼，分别藏有《古兰经》抄本和古钟；中央是水房，内有一座大理石水池。全寺有3座高耸云霄的尖塔："新娘塔"为方形，位于北院墙正中，靠在南墙东端的"尔撒塔"也是方形塔，第三座塔为八角形，位于南墙西端。

世界上的那些著名寺庙，都是有来历、故事和灾祸的，倭马亚清真寺也不例外。这全寺3座尖塔中，只有新娘塔与大寺为同时代建筑。大寺落成后1 000多年来，曾几次遭到火灾。最初的大寺遗物只有一对蜡烛台和一扇蓝色玻璃窗完好保存下来。大寺现存的大部分建筑物都是被焚后重建的。

人，只有嗫嚅。在倭马亚，我被深深催眠——当成排的白色廊柱被阴影切割，而炙热与阴凉交换边界；当淡蓝的穹顶与深蓝的天空融合，而阳光再次镀亮塔尖的黄金；当披着黑色面纱的女人用掬水的手势表达放弃自己的意愿，而老人坐在墙角为古兰经的句子着迷，在梦想的疆土逡巡；当细密画精微而炫目的笔触吻合了思绪的细枝末节，而广场的大块面巨石对厮杀与争执的历史作出诠释；当天井光线强烈得使人睁不开眼睛而彩色玻璃如此幽暗……

毗邻的哈米迪亚大市场，初建于罗马时代，以历史悠久、货物齐全著称，服装、布匹、皮革、银铜器皿和传统手工艺品应有尽有。哈米迪亚大市场以哈米迪亚街为中心，纵横平行地分出大小50多条街道，呈重叠的回字形。走进狭长的市场，是接连的店铺和熙攘的人群。街道上空，用铁皮搭成天棚，天棚两侧开设有许多窗口，上方露出无数小孔，七彩阳光射入，分外亮堂，奇妙无比。

在大马士革古老的心脏，我像一滴血，进入教义与仪式内部，直到更古老的商业挤兑我，唤醒我，直到银手镯、镏金咖啡壶和彩绘首饰盒一起诱惑我。多日来，分不清我是大马士革，还是大马士革是我。

2009年7月，大马士革

黑色出租车

初识伦敦

快到伦敦时，维珍航空公司的 V－251 飞机猛然抖动了一下。

过会儿又来一次神经质的战栗。机翼倾斜，它正在"伦敦"，发出轻微的喘息声。飞机开始下降，人人都感觉到了伦敦的存在：她那起伏的胸部，动人的雀斑，无所顾忌又满脸羞涩的神情。伦敦上空的故事，烟雾、指环、光线、轰炸、爱情、股票和暴雨，多少年来人们编织着传闻，然而谁能逐一亲历？

在海关，到处是等待入境的印度人和巴基斯坦人，以穆斯林装束居多，有的神态呆滞，有的站在警戒线里东张西望，有的干脆做起白日梦。几个年轻人被拒绝入境，露出一副沮丧的样子，长久仰望着天花板，或抱头蜷缩在长凳上。中国人也不少，大多数是商人和学生，我一连碰上几个江苏人。

当我们站在离希思罗机场不远的一个火车站台上，望着那扇有点生锈的铁铸拱门，注视眼前陌生而又似曾相识的人群时，如果有人侧耳细听，温斯顿·丘吉尔先生演讲时敲击麦克风底座的声音似乎还在大厅回荡。

伦敦是一个戏剧性的都会。不是吗？在环球剧院上演的可能正是莎士比亚的《仲夏夜之梦》，而西区的诺丁山狂欢节上那群加勒比移民刚好敲着锣鼓在街上巡游呢，男欢女爱，酒吧长谈，足球、杂技与彩票，谁能说得出伦敦快感的底牌是什么?

伦敦又是一个三缄其口的城市。在金融家聚集的小伦敦城,人们做事彬彬有礼、非常谦让,最后却无话可说,对你报以仁慈一笑。我们住在一家离泰晤士河不远的 Citi Inn,吃早餐时只能听得到刀叉的声音竟无一人说话,那个漂亮的女招待也压低嗓门,像一个刚起床喃喃自语的女孩。

伦敦,此刻我们置身其中。我知道这不是幻觉。我们这次追寻的不是迪兰·托玛斯或泰特·休斯的命运,而是英国汽车制造业的兴衰:与中国人合资的锰铜、被购并的罗孚、影踪杳然的奥斯汀,观察它们的转机,以及这个产业所隐含的资本与技术的力量。这可能意味着东西方轮回的开端:两百年前就已开局的,一场热切而充满反讽意味的游戏。

2007 年 6 月中旬,我和几位国内媒体记者从上海出发到了英国,在伦敦与新华社驻外记者会合,去著名的制造业故乡——考文垂,此行目的是考察伦敦黑色出租车从制造到营运的全过程。

没有做什么停留,我们走出火车站,在比肩继踵的大厅里,很快感受到了绅士淑女们难以觉察的烦恼,彬彬有礼背后的僵硬。

这次来伦敦寻访黑色出租车,一开始就充满了奇怪的联系甚至某种神秘的宿命感,从上海到伦敦、考文垂,然后回到上海,似乎一出长剧的场景转换。这次我们注定就不是英格兰的观光客,但有限而短促的介入,使我们仍然置身局外。

于是我们成了伦敦城里奇怪的“一小撮”。我发现那些黑色出租车的司机都以惊异的眼光打量我们:这些人不仅招手拦车,还在上车前仔细察看车身,上车后注意内饰和空间,询问各种功能,时不时提一些古怪的问题。这是一群什么样的顾客?他们想干什么?

伦敦街头的“黑色出租车”,简直在一切方面都迎合了英国人的性格和生活方式。据说,当初把这款车子的内部设计得如此高大宽敞,就是为了要让那些坐车的绅士们能体面地上车,进入车厢时不至于弯腰低头,或是让头上的礼帽被车门碰翻。

驾驶室与后面乘客之间用有机玻璃隔开,后面有两排乘客座位,最多可以乘坐6人。隔板边有个红色小灯，旁边写着：灯亮时您就可与司机通话。两排座椅之间有近1米的空间，可以放得下一张轮椅。对伦敦黑色出租车有这样的规定，必须保证能够让老人或残疾人专用轮椅或电动代步车顺顺当当地进车。

从外观看，伦敦的黑色出租车仍然保持了其古典的外形。持重的黑色、敦实的造型，颇具绅士派头，和伦敦街道上弥漫的传统气息非常吻合。大多数开出租车的都是上了年纪的英国人，所以对道路情况了如指掌。一上车至少3英镑，究竟要付多少钱，当然按计价器和小费收取，下车再给一张手写的发票。

当我们一走出伦敦火车站，就看到了大街小巷上奔跑着的出租车。当然，如今出租车的颜色，不仅限于经典的"黑色"，还有银色、白色、红色，有的整部车都是热带鱼和花卉的图案，车身还印有色彩斑斓的广告。

"你在大街上还能看到20世纪80年代产的伦敦出租车。"陪同我们时任LTI(伦敦锰铜公司)中国副总裁的魏刚告诉我们，因为伦敦出租车寿命超长，能行驶100万英里，连续使用12至13年。

寻访考文垂

我们要去的"考文垂"，当年赫赫有名，可如今在最详尽的旅行小册子中也找不到踪影。一种无可挽回的衰落感，与我们所乘坐火车营造的不可多得的优雅氛围，似乎正在"结伴同行"。

我对面的座位上，一个漂亮的女孩正在安静地读着维多利亚时代的小说。英国乡间风光十分迷人。窗外高悬着硕大的、柠檬黄色调的一轮斜阳，老迈而充满哀怨。

我们从伦敦出发，坐上开往考文垂的火车，可能因为正好是上班时间，车厢里挤满了人。考文垂这个地方，寻常人们是不太在意的，年轻的英国人也未必知道，尽管"二战"期间千千万万的人都知道它如何毁于德国人手中，就是六七十年代也有不少人晓得它是英国汽车工业的重镇。

我的一位同伴，出门前非常认真地查过旅行手册，说书中只有一处提到考文垂，而且说的是要到达某名胜途中得经过这个“小城市”——我不知道这是否意味着真正的“毁灭”，大轰炸，流血呻吟，劫后余生，汽车工业的复兴与衰落，直至这个城市失去名字——其实考文垂离莎士比亚的故乡斯特拉特福德很近，莎翁难道真的有那么一种卓然远见，为一位王子和一座城市同时写下了“生存还是毁灭，这是一个问题”？

第二次世界大战中，考文垂受到严重的空袭破坏。最严重的一次是在 1940 年 11 月 12 日德军空军司令部按希特勒指令发出命令，派空军机群于 14 至 15 日对考文垂实行猛烈轰炸，并将此计划命名为“月光奏鸣曲”（纳粹向来很“浪漫”，也许“美”就是残酷的）。丘吉尔考虑再三，最后忍痛作出决定：考文垂不做防御疏散。在此次空袭中，考文垂遭到毁灭性打击。

考文垂虽然遭受了惨重的损失，而英国情报机构利用它掌握的“超级机密”，多次截获敌人的重大情报，给予德军以沉重打击，最终迫使希特勒放弃了在英国登陆作战的“海狮计划”。战后数年，考文垂得以大规模重建，包括新的商业街区和更为著名的新大教堂。布里顿的《战争安魂曲》就是在考文垂首演的，这是一个黑色记忆，可以想象有多少人听这个曲子时是含着眼泪的。

考文垂曾经是全球汽车的发祥地之一，也是英国汽车制造大城，这里聚集了世界许多著名汽车商的生产基地。

1896 年，英国第一辆戴姆勒汽车在此诞生。从此，考文垂就一直是摩托车与汽车的制造中心，汽车制造工业是这个城市工业的中心点。Browns Lane 工厂自 1928 年以来，一直在考文垂生产捷豹汽车，而路虎的总部和研发中心也在考文垂。与中国企业合资生产的伦敦黑色出租车，就由位于考文垂的伦敦锰铜公司（LTI）制造。“泰坦尼克号”邮轮的螺旋桨就是这家公司制造的。

成立于 1899 年的锰铜公司，至今仍沿用传统的汽车生产工艺，伦敦出租车很大程度上是人工制造的。这就是英国人的风格，成本自然也很高。所以，吉利汽车与锰铜公司合资之后的基本考虑是，在上海的“英伦帝华”新厂房投产后，考文垂的工厂转型为研发中心，同时生产更高级别的车型。

我们一行终于到了锰铜公司的研发中心和生产基地。在锰铜控股公司首席营运官兼常务董事彼特·施尔科卡的带领下，我们进入面积3万平方米的厂区。工厂里并没有全自动的生产线，然而工人的专注态度还是让我们吃惊。从冲压车间、焊接线、涂装线到总装线，一路可见工人或对着车身外壳一丝不苟地敲敲打打，或拿着焊枪仔细地焊接，有的则专门在喷涂好的车身上寻找瑕疵。

他们大多上了年纪，但是技艺精湛。

身材高大、头发略微有些发白的米克·汉密尔，是总装线上的小组长。“我在工厂干了21年。”他告诉此次与我们同行的记者，“我知道工厂和吉利合作的事情，这会给我们带来更多生意。”

工厂内禁止拍照，不过LTI的管理者却特别允许来自中国的记者拍照，工人们大多埋头于自己的工作，有时候投来友善的微笑。彼特一边带领我们参观，一边介绍工厂的情况。这家工厂已经有70多年的历史，曾经为劳斯莱斯打造过车身，至今仍保留着古老的传统工艺。不过虽然外表上看起来“传统”，工厂在品质管理、质量检测上早已应用了现代理念。

在现场的一块看板上，列出了每道工序的关键点和难点，工厂严格执行从功能性、法规、客户需求等方面来评价车辆的评分制度。彼特带着我们观看了密封测试、防水测试的过程后说：“我们在检测上的做法和‘宝马’一样严格。”

我们注意到，在工厂顶棚上悬挂着“把企业建成英国的标志”的巨大标语，作为伦敦出租车唯一的生产基地，工厂承载着英国的传统和骄傲，而这些也时刻能从那些神情专注的老工人身上感受到。

温文尔雅的彼特·施尔科卡，是从考文垂成长起来的优秀汽车人才，他在大学主修机械系统工程，在罗孚工作过十多年，又曾是宝马MINI工厂的负责人，有着丰富的技术经验和跨国公司的管理经验。自然他也见证了考文垂的汽车工业由盛而衰的历程。

“在考文垂的生产高峰时期，成千上万的工人在汽车业工作。”彼特说，“20世纪70年代以后，英国本土的汽车工业衰落了，很多英国品牌被收购。”这一时期，工厂倒闭，大量汽车工人失业。人们开始习惯于美国公司、法国公司、日本公司前来收购工厂，并转雇技术精湛的工人。

“不是说市场对这款车不感兴趣，这款车已经销售到世界上50多个国家和地区，我们还不时从美国、尼日利亚、意大利接到订单，并接到问讯电话。”LTI营销总监秦马修表示，“居高不下的价格，阻碍了海外市场的拓展。”

“这些年来我们一直试图寻找合适的海外合作伙伴，从而降低制造成本。”彼特直言，“现在的汽车工业已经不是二十年前的汽车工业，任何公司要成功都必须在全球整合资源。发动机是意大利的，零部件是德国的，座椅是中国的，汽车制造业早已经习惯这样的生产方式。”

我们参观锰铜工厂时，看见有一道关键程序非常有意思，一个打造好的车身外壳缓缓向下，和组装好的底盘慢慢合拢，工人们称之为“Marry”。言下之意，“结婚”成功，需要完全的匹配。汽车装配也是这样。

与伦敦出租车司机交谈

初到伦敦的观光客很不明白，黑色出租车，这种“一战”时期的车子为何仍旧能招摇过市。待享受了它的宽敞、平稳、舒适，再观察其精美的油漆工艺，才恍然大悟它依然存在的原因。

当你落座后报出目的地，车内电脑立刻会从2.5万条街道中显示出你将前往的地点，在数秒钟内向你出示最方便的行车路线，且有两三条不同的路线供你参考。接下来，它告知伦敦目前的市政工程情况、单行线和步行区，以及交通最繁忙易堵塞的路段。

你也可在车内欣赏戏剧、电影、音乐，英国最大的独立出租车公司总裁信心十足地对我们说：“尽管目前的出租车电视服务仅限于传统的电视节目，但不久的将来，它将连接国际互联网业务。”

若想成为一名伦敦出租车司机，可不是件容易的事。

首先得经过三年培训，通过了有关伦敦知识及个人性格的综合测试，才能上路。据说，最不幸的一名学员坚韧不拔地努力了19年，也未能通过测试。他们可选择申请“全伦敦”绿卡或仅限郊区路线的黄卡。

伦敦出租车的司机副座一般不坐人。如果你愿意，司机会与你唠家常或讲述著名客人的趣闻轶事，当然少不了介绍沿途的风景名胜。作为导游，司机们是绝对称职的。

若你的运气好，兴许能碰上马克思的玄外孙。留有一脸又浓又密的络腮胡子的安东尼·马克思，酷似卡尔·马克思，他是马克思女儿的曾孙。他的名片背面印有马克思的肖像，其车厢内悬挂着嵌在精致铜框里的马克思画像，身边摆放着马克思的旷世名著《资本论》。他继承了先祖马克思的嗜好，喜欢畅饮啤酒。值得一提的是，当你付过车费后，马克思先生会递过上面标着“资本”二字的小铁箱，巴望着你的小费。笃信勤劳致富的马克思先生，一天 24 小时随叫随到。

这次到伦敦，我们特意安排了一个“节目”，与伦敦黑色出租车的司机代表对话。这三个司机分别是：菲尔·戴维斯，有 35 年的出租车司机工作经验；卡洛斯，开出租车已经有 11 年的时间；菲利尔斯，25 年出租车驾驶工龄。

互相问候之后，我就开始与他们对话了。下面就是我和伦敦出租车司机交谈的记录——

本人：呵，你们好！我们先互相认识一下吧。我叫王自亮，是中国吉利汽车的职业经理人。

菲尔·戴维斯：我叫菲尔·戴维斯，有 35 年的出租车司机工作经验。

卡洛斯：我叫卡洛斯，开出租车已经有 11 年的时间了。

菲利尔斯：我叫菲利尔斯，25 年出租车驾驶工龄。

本人：看来你们都是非常有经验的司机了。你们这份工作是传承父辈的，还是自己出于兴趣去申请的？

菲尔·戴维斯：我们两个人是兄弟，我们做出租车司机工作是一代代延续下来的，我的爷爷、爸爸都是出租车司机，像我们这样的出租车司机已经越来越少了，因为近年来教育发展了，孩子们都去上学了，伦敦大约有 22 000 名出租车司机允许做出租车的运营工作，在伦敦这座城市里面大约有 19 500 辆出租车。

卡洛斯：这些出租车不是同时运营的，有的车在白天运营，有的在晚上运营，交替工作。

菲尔·戴维斯：能够在伦敦开出租车，需要经过很多考试，为了取得出租车运营资格，我们不得不花费 3 年多时间来学习和考试。在 3 年的学习当中，我们有 400 多条主要路线需要熟记。

本人：这么看来，在伦敦开出租车需要一定的能力。

菲尔·戴维斯：这 400 多条路线是最基本的，不是伦敦的全部，还有很多小的地方需要继续熟悉，而且还要熟悉伦敦周围的 3 万个景点，以及重要的场所。例如，餐馆、宾馆、学校、医院、警察局等地。

在伦敦，每一个出租车司机从来都不会为某一个汽车公司工作，他们只是租赁这个公司的车来运营的，（拿出营运牌）23429 这个号码就是我的牌号，一旦我们考试通过，拿到这个营业执照，我们就可以到伦敦的任何一家出租车经销店去租赁出租车，并且不限制数量。在伦敦，黑色出租车是一道风景线，伦敦好多车道都非常狭窄，并且那些古老车道都是受保护的，所以出租车转弯的半径就非常小，只有 25 英寸。这种车为什么会把外形设计得这么高？就是因为在维多利亚时期，精英人士都会戴着一顶非常高的帽子，所以这个习惯一直延续到现在。今天由于高科技的出现，很多车辆上都配备了卫星定位系统，它可以非常准确地告诉你路线，问题是有这样的高科技为什么还要花费 3 年时间去学习道路和交通的信息呢？出租车司机花费了许多时间去获得营运证书，是因为这是个人价值的体现。我们花费时间、金钱在这上面，就会十分珍惜这份工作，把它当作一份事业来做。从另外一个角度来说，当乘客们把他们的妻子、孩子、财产放在这个出租车上的时候，就会觉得很安全。

菲利尔斯：出租车司机的工作是一项非常孤独的工作，因为驾驶舱和乘客是被玻璃分隔的，除非乘客们愿意与我们通话时才能够交流，因此我们就会寻找其他一些活动来丰富我们的生活，出租车协会经常会搞一些有意义的活动，比如说会组织大家为一些基金会募捐钱款，每年大约会有几百万英镑的筹款，我们每年会选出一个最佳出租车司机，这里就有两个，我在 1999 年、2000 年拿到过这个奖，菲尔·戴维斯

1996 年拿过这个奖。可以说每年在 22 000 名出租车司机里面选出一个最优秀的出租车司机是很不容易的，这是一个很激烈的竞争，组委会会给你一份出车去一些地方的单子，到达这些目的地以后，计价器上一定要显示最少的金额，同时我们必须要参加一个测验，例如一些政策、法规、路标等。最后，就是驾驶技术的考核，由于伦敦的街道比较狭窄，人流很多，很拥挤，司机要驾驶这样一个大车，停车很困难，那么司机就会被要求停在一个空间很小的停车位置上，来检验你的驾驶技术，或者是在狭窄处掉头，等等，然后再根据实际操作打出一个分数来。举办这个评选最佳出租车司机活动的时候，会有很多人打车来观看这些节目，这些乘客打车的钱就会被捐赠到那些社会慈善机构。

本人：除了出租车司机，还有人对这款车子感兴趣吗？

菲尔·戴维斯：英国的一个著名指挥家，安德鲁·罗依德·韦伯就买这个车开，还有女王的丈夫爱丁堡公爵，也买这个车自己开，坐在里面大家都不知道是他们。伦敦大市的行政市长，还有金融城的市长，都有这样的黑色出租车。从 1658 年开始伦敦就颁发了 200 个出租车的执照，但是那个时候是马车，从 1990 年开始，出租车委员会想重新与这座古老的城市建立联系，通过这种职业化的机构来系统地管理出租车司机，出租车司机还要学习历史知识和城市信息，可以回答顾客的很多提问，都可以成为乘客的导游了，我们还学习一些急救的措施，便于乘客出现紧急情况后施救。

本人：有没有什么学校可以教你们这些知识？

菲尔·戴维斯：当我们被查询没有任何犯罪记录以后，学校会发给我们一本有关于这 400 多条道路的书，回到家以后必须要到墙上去查看地图，用尺子去测量地图，看看哪条路径是最近的，我们会骑着摩托车把每一条路线都走一圈，学校会把这些路线描绘下来，然后会随意安排两个人配对，互相测试这个路线怎么走，还会标注出 3 万个景点，然后到地方了就会让你下车看一看，熟悉一下情况。

本人：你们还有哪些活动？

菲尔·戴维斯：去年查尔斯王子邀请我们出租车协会的主要会员以及慈善机构人员到白金汉宫去，出席一个专门的聚会。王先生，你一定要记住,我的这辆车是非常特殊的车子,全球就我这么一辆粉色的出租车。

本人: 为什么是粉色的呢?

菲尔·戴维斯: 我自己有一个小的出租车公司,用相同颜色的车,服务于婚礼等场合,对于举办婚礼来说,粉色是一个比较好的颜色。

本人: 早上乘坐你的车时,我就在猜想为什么是粉色的?我想可能是婚礼用车,果然这样。

菲尔·戴维斯: 从去年开始,英国法律已经同意同性恋结婚了,我这种粉色的车就会有一些特殊用途。

本人: 最后能不能请你们每一个人用一句话来总结一下几十年来开出租车的感受?

菲利尔斯: 在我看来,这种伦敦出租车,在全世界都不可能买到比它更好的了,另外,出租车的门每天都要开关上百次,那么就需要很好的质量,这款车的质量是非常好的。

卡洛斯: 这款车非常舒适,并且车的悬挂系统极佳,车内的视角非常好,可以很好地感受到外面的风景,车上的一些功能非常人性化,能满足不同乘客的需求,比如说可以满足残疾人、老人等上下不方便的人群,另外就是后部的空间非常大,很舒服。

菲尔·戴维斯: 这车安全性好,大家都知道乘客与司机之间有一层隔板,我经常在晚间去载客营运,有这样一块隔板我会觉得非常安全。如果乘客喝醉了或者抢劫的话怎么办?我们都感到很不安全,同时乘客也会觉得非常不安全,因为乘客也不了解司机到底如何。有了隔板就不一样了。隔板的存在,还可以有效地保护乘客的隐私权。

卡洛斯: 另外,乘客对这款车在外形上的认知度也是非常高的,一看就知道这是出租车,不像由其他车型转化而来的出租车,会混淆乘客的视觉,而且这种认知是全球性的,只有伦敦的黑色出租车是这样的。

菲尔·戴维斯: 这种出租车的安全性是非常棒的,你们可以去伦敦交通署确认这个事情。有统计,在过去60年里,仅有2个人死于黑色出租车的安全事故。你说这是多棒的出租车?

2007年6月,伦敦

纽约观剧记

一

第一次访问美国前夕，我就向詹姆斯·李提出去纽约百老汇看音乐剧的要求。这位深知我听音乐看戏嗜好的大学同学，不失时机地给我买了一张戏票，但是没有告诉我是什么音乐剧。

2006 年 2 月的一天，我到纽约后就与他通了个电话。通话时詹姆斯·李热切地告诉我，戏票就在他手中，等到我预定的那一天，就送我去百老汇看戏。这很令人鼓舞，让我着实高兴了一个小时。那一刻我就在想，去百老汇，去听音乐剧《歌剧魅影》或《猫》，起码是《狮子王》，还可以顺便逛一下第 42 大道，岂非赏心乐事？

美国佬（我们对詹姆斯·李的谑称）如此古道热肠，我自是感激。那天他带着儿子奥利弗来接我，先是带我去林肯音乐中心转了一圈，还拍了几张照片，那一簇簇壮观的喷泉，在傍晚时分的灯光下晶莹喷涌，摇曳多姿，把林肯音乐中心附近的建筑群，衬托得无比生动，让人心气爽朗。此后，他驱车送我到纽约的一个地铁口，让我自个儿下去转转，体味一下纽约地铁的种种场景。他的理由是，我以前没有来过美国，居然在诗歌中把地铁写得那么声色具备，充满了纽约地铁才有的生动细节，特别写到巨大声浪，墙上涂鸦，滚动于地铁凹槽发出响声的易拉罐，都给他留下了深刻印象，今天应该自己去印证一下才好。

之后就进入最主要的环节，送我去百老汇看戏。一路上我们都很兴奋，根本就没有谈起今天晚上去看的该是什么戏。把我送到一个街口，他就将票子塞到我手中，让我自己找那家剧院，说是两个小时之后来接我回酒店。我道完谢就赶紧进了西48街，找到沃尔特·科大剧院（Walter Kerr Theatre）。可是，一看大剧院门口的今晚演出海报，我就傻眼了。

这个剧院当天晚上演出的，根本不是什么音乐剧，而是话剧《怀疑》。说不定这家剧院根本就不上演音乐剧的。天哪！我虽然能读一些英语原作，但听力还及不到看话剧的水准。戏，马上就要开演了，容不得我多想，就随着观众的人流进了这家剧院。心想也只能这样了，看就看吧，话剧也好，还没有亲身到纽约剧院看过话剧呢。干脆，就从今天晚上起，好好看些原汁原味的西方话剧吧。

我转身一看，这家沃尔特·科大剧院，并不特别豪华，也没有什么气势和排场。剧院一排十扇古典式样的黄铜玻璃门，延伸的铜门顶廊，镶着三个铜框橱窗，橱窗内贴着《怀疑》一剧的演员剧照和海报。剧院内部的灯光，也不是特别耀眼的那种，倒是接近纳博科夫所说的那种"微暗的火"，映衬着剧照中演员的疑惑或愤懑的神态，令人恍恍惚惚，接近"怀疑"的某种情景。

我正在思忖着这个戏到底会是什么性质的，为什么来看的人如此之多（在我的印象中，起码在中国，话剧并不是最吸引人的），这时第一次铃声响了，我赶紧进了剧场。这个剧场真的不大，说得好听一点，很紧凑，很聚人气，按照国人的眼光看，简直有点寒碜。我在落座之前扫视一下四周，发现这个剧场很合我意，虽说不豪华，却很考究和高雅，特别是寒风凛冽的日子里，格外使人感觉到温暖和惬意，甚至有点离家不远的感觉，虽然我来自遥远的中国。

陆续进来的观众，无论是他们的服饰或是神情，都使我很是惊讶。我猜想这些都是这个社会的上层人物，或是知识精英。不少人穿着晚礼服，也有人穿着挺括的呢子大衣，为数不少的女人披着裘皮外套，披上色泽沉稳的高档披肩，进场后这些人纷纷去掉外套，一时坠饰、胸针和项链闪烁，手镯和戒指闪耀着幽微的亮色，似乎都在急切表明他们的身份，露出这些人不同寻常的气质。这很能使我陷入窒息。

在我的印象中，特别在这些天接触到的美国社会，那种随意和自由的生存姿态早已烙入眼底，刚刚从平民化的社会中抽身，想不到竟然一头栽进这个所谓的高尚社交圈。从哄乱、嘈杂和奇异的纽约地铁出来，转瞬间坐在这个中产阶级氛围浓烈的剧场，人人都俯首帖耳坐着，那些翕动的红唇贝齿，缓缓吐出疑似麝香的耳语，这两种情景的反差，无异于从撒哈拉沙漠突然降落到热带雨林。坐在我左右的邻座观众，还隐约透露出阵阵香水气息，让人头脑昏沉，直到帷幕开启，剧中人物出场，才能转移我的注意力。

这场话剧却很特别。话剧开始后演员的表现够抓人的，对话之间的内在张力，人物塑造的到位，细节把握的炉火纯青，使得整个剧场观众屏息观摩。简洁写实的舞台，教堂的回廊，暗影中的教堂后墙，庭院和蔷薇，时而天色阴沉时而阳光倾泻……一个故事，四个人物，没有幕间休息，一气呵成的九十分钟，显示了剧作家和导演的犀利和简练，特别是某种进入事物内核，洞察人性的本领，聚焦了所有在场者的目光。

我调动了所有的语言记忆，加上对演员表情和舞台情景的揣摩，很快地也就入戏了。故事冲突固然精彩，同样重要的是演技和演员的控制能力，无论是扮演阿洛西斯的女演员琼斯，扮演弗林的奥本，还是扮演穆勒太太的歌舞剧女演员丽奥诺斯，控制语言和形体的能力，对细枝末节的处理，从运用氛围抓住戏剧冲突核心，到对话中简洁而玄奥的处理方式，简直无懈可击。

我从怀疑这部戏开始，最后却被一种怀疑的力量所征服。起先我以为，也许是“怀疑”这么一个复杂的心理主题，吸引了这些中产阶级观众前来观剧，后来我发现自己的“怀疑”是错的，这个戏剧的寓意远比怀疑本身广阔，那么简单的一个故事，如此之少的出场人物，却撼动了现代世界赖以立足的基石：信念和权威。

在看戏时，我根本就忘掉了音乐剧，根本就忘了那些布尔乔亚观众的存在，虽然他们衣帽整饬，举止优雅，散发出或平庸或奇异的气息，而且那些女宾有着一种慵懒而富有气质的性感，所有这些我都置之脑后了。好像台上的演员一个个都对着我的灵魂直接说话，朝我吹来由一触即发事件分泌出来的紧张气息。也许忘记陌生的环境，就意味着彻底进入剧中情景。对此我毫不怀疑。

散场后，发现詹姆斯·李正微笑着站在前面，说了一句充满歉意的话：他那时根本就没有听清楚我想看的是音乐剧，就买了一张最令纽约观众狂热的话剧——《怀疑》的戏票，真是对不起，云云。这时，我反过来安慰他说，这部戏很难得，音乐剧将来还可以看的。我看到他一脸狐疑，似乎对我的话也起了疑心，不禁哑然失笑。

二

《怀疑》的故事发生在1964年一座位于纽约市的布朗克斯区的圣尼古拉天主教堂及教会学校。

年纪在五六十岁之间的校长阿洛西斯修女，当得知校内唯一的黑人学生唐纳在圣器室偷喝祭酒后，怀疑受到任课教师弗林神父的性侵犯，便使尽一切手段追查和指控弗林神父。剧中提出了一个始终未能回答的问题：校长阿洛西斯修女对弗林神父性侵犯学生的指控是否成立？这是否是守旧的阿洛西斯修女对主张宗教世俗改革的神父的报复？故事很简单，但背后各种力量的消长，人心的难以捉摸，各种可能性的增长，信仰和怀疑的摇摆，理性和感觉的无止境冲突，却不那么简单。

这就拨动了宗教观念、政治观念极其对立的美国社会深藏着的那根弦，而且发出了强烈的回声。后来我才知道，2004年11月《怀疑》首演于纽约外百老汇的曼哈顿剧社，就观众如潮，到次年3月，该剧转入百老汇，公演于我那个晚上所在的沃尔特·科大剧院，连获普利策戏剧奖、托尼最佳戏剧奖和纽约戏剧评论圈最佳戏剧奖，其余的奖项就不在话下了。剧本写得好，有极强的艺术感染力是一回事，而社会裂痕被发现，信仰危机的钟声被敲响，则是另一回事。我们可以想象，经历了"9·11"事件和伊拉克战争的美国人，是怀着什么样的心情去看这部戏剧的。

后来我又专门去买来《怀疑》剧本看了几遍，对当时坐在纽约沃尔特·科大剧院看这个话剧时没有仔细把握的线索，以及对话和潜在对话的细微之处，尤其是“话外之话”，有了更好的把握。剧场所传递的，与台本所重新给予的，自然有重合之处，但也有当时未曾留意的地方，还有书面语言与剧场声音的差异，都在阅读台本的时候显露出来了。《怀疑》这个戏，可说是无限地耐得咀嚼，也经得起时光的推敲，因为它使人在瞬间历经了巨大事物和心理建构的崩塌，并期待着新的社会关系和生存姿态的建立。

对信仰的怀疑，和对怀疑的信仰，是在剧情展开的四个人物所处的逼仄空间，以及更为逼仄的内心空间展开的，而后在结尾得以确立。我们在观剧过程中所经历的，不亚于一次精神地震。

当阿洛西斯修女得知弗林神父将男生领往神父寓所，并教育他们“如何做一位男人”时，她对神父产生了警觉。当詹姆斯修女说出唐纳从神父寓所返回，神色异样，口中有酒气时，她对弗林已怀疑至极。于是她谎称开会将弗林请到校长室并强令詹姆斯在场以作旁证。詹姆斯修女是一个介乎宗教与世俗之间的年轻修女。她朝气蓬勃，虔诚而单纯。当她以怀疑的眼光看待世事和众人时，她感到不安和痛苦，与自己的学生产生了隔阂。阿洛西斯夺走了她教书的快乐，神父事件改变了她的人生，她从此一直失眠而噩梦不断，再也找不回心灵的宁静了。

在校长室，阿洛西斯修女追问弗林神父为何单独与唐纳面谈，弗林的解释是因为唐纳偷喝了祭酒。当明白阿洛西斯修女所设的圈套之后，他大怒而去。于是，阿洛西斯修女请来了唐纳的母亲穆勒太太。出乎她的意料，穆勒太太承认儿子的同性恋倾向，却否认弗林对唐纳的性侵犯并拒绝指控弗林，她也不同意让唐纳离开学校。她的理由是，弗林神父是“唯一关心爱护唐纳的人”。阿洛西斯要穆勒太太采取行动，但自尊而坚忍的穆勒太太却忠告她：“你也许认为你在行使正义，但这个世界没有那么简单。我不知道你我是否站在同一边。我将站在我儿子和善待他的人这一边。”

最后一场的高潮发生在弗林与阿洛西斯的对峙中。弗林神父声称要向主持神父报告并建议撤除阿洛西斯修女的校长职务；阿洛西斯修女则通过另一个教区的修女已了解到弗林神父有过前科。她威胁神父，将不顾一切地追查和指控他。“只要需要，我就会跨出教会大门。即使那大门在我身后关闭！只要需要，我就会做，神父，哪怕是我被罚入地狱！”而此刻的阿洛西斯修女已完全背叛了她竭诚捍卫的宗教道德。

在落幕前的庭院一景中，阿洛西斯修女告诉詹姆斯修女，主教已晋升弗林神父为杰罗姆教堂和学校的教区神父。她遂无限感慨地说：“为了追查邪恶，我只能离上帝远了一步。当然，这就是代价。”她以为她付出的代价能换来确信，然而令她痛心的是她只能仰天长叹：“我真是怀疑啊！我真是太怀疑了！”①

三

《怀疑》让人深思，更让人看见了自己的内心。好的戏剧，除了悬念与冲突，关系与对白，表象与景深，还经常凸显一种内审的力量。那天在纽约剧场观剧时，我就深切地感受到，怀疑是一种力量。我有确凿的证据告诉人们：信仰确立世界，怀疑改变世界。

我们都可以想一想，在这一边，一个既定的“领袖接班人”可以“自我爆炸”，一个被赞誉为“绵里藏针，柔中有刚”的干才，被以“想翻案”的名目将其一脚踢开。那种看得人眼花缭乱的政治事件，怎么可能不引起怀疑？那一边，布哈林在怀疑中死去，赫鲁晓夫以怀疑的名义鞭挞偶像。怀疑是极权的裂缝，被一点点凿开，最终极权主义归于结构性崩塌。

爱情也是这样，起初没有人相信，盟誓将是伤心的源泉。当所爱者接受你的亲吻时，虹膜里倒映的也许不是你的眼睛，而是隐晦的另一个。今天你还能相信吗？也许你对这个盟誓系统的怀疑，以前是不太有过的。有人引用“山无陵，江水为竭，冬雷震震，夏雨雪，天地合，乃敢与君绝！”说出“没有什么能把我们分开”之后，你立刻信了，很长一段时间，事情发生根本变化，你仍然深信不疑。没有怀疑意识，就会对那些突如其来的打击感到猝不及防。其实都是你的错，因为你从不怀疑。

我之所以感到怀疑是一种力量，是因为生活屡试不爽地告诉我们，不是缓慢建成的信念而是快速到达的怀疑，使人震惊。一种熟悉而陌生的声音叩击着门环：魔鬼迟早会来纠缠，而且欲罢不能。

除了世事变化和社会深层变动的因素，《怀疑》一剧的主题与约翰·P.尚利个人的身世也颇为有关。

他在《怀疑》的节目单中这样介绍自己，“约翰·P.尚利出生于纽约布朗克斯。他曾被赶出圣海伦娜教堂幼儿园，被圣安东尼学校逐出学校午餐计划，终生禁用，被斯贝尔曼红衣主教开除出高中，被纽约大学处以留校察看并勒令他返校前见仲裁官员。当他被问到何以受到这些学校的如此对待，他泪流满面地说他并不知道原因。后来他入伍于海军陆战队。他干得很好。今天他依然干得很好。”

由此可见，尚利自己的学生时代也是在怀疑与信仰的困境中度过的。他声称之所以写以1964年为时代背景的《怀疑》是为了“从时代精神中获得宽慰”。就《怀疑》本身来看，正如中译者所说的，“怀疑与信仰体现在阿洛西斯修女分裂的内心深处。该剧的戏剧张力与魅力恰恰在于它的两难困境：渴望安宁的信仰和怀疑现实的不定，深刻地表现了人类的真实的体验”。

在谈到《怀疑》的创作动机时，剧作者尚利说：“是怀疑改变着世界。当一个人感到怀疑时，当他踌躇时……正是他成长之时……当你无言灵魂的震撼力冲破了思想的藩篱，生命出现了。而怀疑恰恰是重新进入现实的一个契机……对于一个剧作家而言，这是一个意念的开端。我看到了我赖以构建一部剧作的土地，一部以我的生命和我生活中的无言之处为基石的剧作。我写下了剧名：《怀疑》。”尚利认为，怀疑比信念更需要更多的勇气、更强的力量，因为信仰是一个歇脚处，而怀疑则是个无限。

当然，除了“怀疑改变着世界”，极其重要的还有：“无言灵魂的震撼力”，“生活中的无言之处”。在《怀疑》中，作者尚利表达了这样一些信条，那就是剧本中译者胡开奇先生总结的，“当信赖成为日常惯例，捕猎者便大肆劫掠”。所以《怀疑》剧本的开头用了这样的引语：“恶人睡得好”（黑泽明电影片名），“大智则大悲：知识愈多者忧患愈多”（《传道书》），还有“万事凡难以取得者，恶徒皆能轻而易举掠得”（托密勒）。历史和社会正是这样，这不是简单的悖论或二律背反，也许这是做人的代价和历史的债务偿还。我们碰到这样的事还少吗？

为什么“恶人睡得好”？这里肯定有一些曲折的真理存在。是因为恶人既然作恶多端，也就成了家常便饭，于是可以安然入梦？不是。还是由于恶人先天就具备了坚强的心理素质，以便在作恶过程中经受得起内心的责备和他人的攻击？也不是。恶人之所以成为恶人，是社会与心理交互作用的结果，也就是说，恶人在成为恶人的过程中，他得到了淬炼，建立了一种恶的信念，借助于社会所赋予的“精神盔甲”，来抵御善的软弱的攻击。恶人并无欺骗的概念，也从不怀疑自己，并无良心发现和悔恨之感。没有信仰的人，对自己做的一切并无反思与纠结之习惯。恶人在睡觉的时候，把两腿伸得笔直，他的心里并无上帝与惩戒的影子，并无报应观念在脑中作祟，更无佛教轮回思想的侵染，但丁地狱图景的干涉，以至于坐立不安，整天栖栖遑遑。

《传道书》所说的“大智则大悲：知识愈多者忧患愈多”，那是中国人很容易理解的。因为鲁迅有一个更直白的说法，就是“人生识字忧患始”。而托密勒在什么地方说过“万事凡难以取得者，恶徒皆能轻而易举掠得”，我还没有好好查过。但我确信这句话是有内在逻辑和现实证明的。

想想看，恶徒是怎么做到这一点的？还得想想，恶徒凭什么会达到举重若轻的地步？恶徒的逻辑，不是信者的逻辑，或者说，他们无视信者的规矩。信者的信，信者漫长的路，恶徒可以一步跨越。因为恶徒在走捷径方面，更为身手敏捷；于世事体察上，更易于在暗处看破人事。良善的人啊，你们的眉心都有一个软弱之穴，而且历历在目。恶徒，他自泥潭滚出的时候，正直者并不觉察出他的来历和去向，他的强大。还有一个很重要的词，“恶人掠得”，那么相对应的该是：“义人秉持”。

我们本来就信得很可疑，不幸的是，连这种信也失去了存在的环境。这也许是好事，但我们什么时候能学会正当的怀疑呢？我很怀疑。

2012年10月26日，杭州

卷五　另一些声音

狂暴的边界

1. 重写的可能

前不久，在杭州“印象画廊”地下室里，一次被命名为“不完整的世界——纪念诗歌”的诗人集会上，食指竭力主张建构“现代汉语诗学”，而欧阳江河却发表了另一番简洁而剀切的言论。他认为，我们该写什么，这不仅是语言的问题，而且不能不涉及事物的界限。也许以不写什么来定义现代诗是适当的：不写什么，不这么写。随后这位诗人不无机警地说道：“关键在于我们能不能重写。作为荷马史诗主体和场景的大海，就一再被后人重写，成为诗歌的元素，具备了一种母题的性质。”

此语既出，响应者寥寥，却深得我心。这次集会的主题来自歌德的创见：“去了解哪些力量，使世界变成一个整体”，然而在如此喧闹的场合，围绕这样一个问题深入交谈几乎是不可能的。痒处既然被挠，也就一时难以平息。当晚回家后，我想起了这种共鸣的根源。那是三年之前，在一篇介绍诺贝尔文学奖得主、圣卢西亚诗人德里克·沃尔科特——有人称他为“当代的弥尔顿”——的约稿中，我曾这样写道：

> 在他的首卷戏剧集序文里，我们读到又一个十分贴切的沃尔科特词语：“黑白混血风格”。迥然不同的两种传统孕育了沃尔科特的艺术。更为重要的是，我们在他的作品中还找到了另一个线索：“新爱琴海传统”。加勒比海群岛可以说是

爱琴海群岛的转世再生——希腊的古代文明在加勒比的今日风采中得到自然的体现。他的长诗《奥梅洛斯》,讲述了渔夫阿基里同他以前的伙伴、现在的出租车司机赫克托为一位漂亮的女仆海伦争风吃醋的故事。在《奥梅洛斯》的氛围中,我们可以找到荷马史诗般的格调与主题,以及奥德赛式汹涌澎湃的波涛。是什么将古老的声音带入今日加勒比海,是什么将历史变成了现在?是大海。“大海即历史”——在这一辉煌诗作中,大海使“巴比伦凄楚的竖琴声”传到了西印度群岛,在那里奴隶制仍是切肤之痛。

“混血/迥然不同”、“故事/史诗”、“转世/再生”、“爱琴海/加勒比海”,这些对称或关联的词语一直折磨着我。显然,杰出的沃尔科特“重写”了荷马史诗:在不同的历史处境,以另一种方式,另一类语汇。时间一久,这个念头也就在脑子里悄然“潜伏”下来了。意想不到的是,在这样的一个集会上,在一次不经意的言谈中,它又被重新提了出来,并且赋予其更为强烈而迫切的意义——我向来以为,声音的认同有时甚于书写的认同,或许更深刻,更为持续——这是我始料未及的。之前我曾经多次考虑过甚至已经尝试了“重写”,不过,是否能够“重写”这一点,居然足以衡量某些事物能否获得永恒诗意,我却没有想过。

与二十年前相比,在我的这本诗集里,除了编在最后写于早年的诗,总体上“大海”已经逐渐消失,取代它的,是更为汹涌的日常生活。既不是爱琴海,也不是加勒比海,甚至还不是我所熟悉的东海,但似乎又都是。完全可以赋予生活以海的形式与力度,正如我在其中一首诗里所写的:“这浑浊的东海,并不盛产荷马和维吉尔,/却同样有着一种盲目而激昂的力量”(见拙作《往事》)。也许可以说,是我试着改写了大海。为此我做了一些力所能及的工作。见证现时代的物质交换与精神状况,目睹当下文化消费的发达、断层线战争与恐怖活动的勃兴,以及罗马帝国的转世,留意布罗代尔笔下菲利普二世时代的地中海世界,甚至还阅读布洛赫的法国农村史,在我,其意不是借以助谈或足资炫耀,也不想皓首穷经。所有这些,都是为了重写,为了把握日常生活的物质感和史诗性质。

因为在我看来，物化的社会并不一定前景美妙，但物质的诗歌是妙不可言的。正如同一个诗人集会上有人尖锐指出的，我们“并不缺乏精神性与虚构的能力，也不欠缺诗歌技术，而是缺少诗歌的物质性”。事实上，书写物质的历史并不是我们的传统。诗人们或多或少地表现出对物质生活感觉迟钝，形式感也相当缺乏，而精神上又处于不停跨越、气喘吁吁的状态，喜欢求助于“反诗”和“自发写作”一类的理念和活动。这是需要匡救的。重写，对我来说无异于一次新的发现：海洋回复到了它的自治状态，但不是浑浑噩噩的野性之海，也不只是生活的一个隐喻。地铁、雨水、梦，广场上的政治与爱情，对角线、钟表馆与飞禽，所有这些意象与言词，降落到起伏的洋面上，引发了多次意想不到的蒸腾。由于句子的变形和感受的挤压，形成一种放大的奇观：“仿佛词语飞舞”（阿特伍德）。

也是前不久，我走进一家音乐书店，被一张录有凯尔特乐曲的唱片所深深吸引。这张唱片里边的曲名太日常了，却非常幽默、“物质”，充满灵性。好像它们就是生活本身。当时我就想，这些才是真正的诗的指称。比如《温暖的毯子》、《敏捷的战士》、《杰克逊的吉格舞曲》、《购物歌》，又如《特威德河两岸》、《田野的兔子》、《风笛手》、《格拉斯哥警察风笛乐队》，更有甚者：《老糊涂》、《煤炭码头市场》、《公正的警告》、《哦，苏格兰的白玫瑰》。现在我还写不出这样的诗。断断续续地写了那么多年，我觉得很羞愧。但是当我走出这家唱片店的时候，内心却洋溢着一派欣悦和感激：为了这个世界仅存的诗歌，为了在音乐中保留的诗歌，也为了我日后重写的可能。

2. “非英雄史诗”

我们正在目睹一场深刻的变化，一次社会和文明的变迁。“假如莎士比亚再世，我想他也会被强大的经济力量之间的那悲剧性的交互作用所震慑”，法国女作家维维亚娜·弗雷斯特尔这样说。这个悲剧的史诗式背景恰恰是所谓的当代“文明生活”：一边是纳斯达克股市的狂泻，一边是哈马斯民兵组织炮火的升腾；一边是拉斯韦加斯赌城之夜神经质的辉煌灯火，一边是恒河下游两岸细若游丝的光亮。于是，新一代困惑者的目光向寺庙或教堂集中，被剥夺者积蓄仇恨转向了暴力，从中东到南亚，从科索沃到阿富汗，从伊拉克到克什米尔地区，在全世界蔓延的、视恐怖行动为正义举措的复仇激情，以及唯有诉诸暴力的绝望感，构成了当代史诗的基础。哈贝马斯荣膺"德国书业和平奖"时正值纽约遭受恐怖主义分子袭击之时，他发表了一个简短而略带悲怆的演说。当他提到这一悲剧时，很自然地把它同长期以来的世俗与宗教之间史诗式的紧张冲突联系起来了：

> 自杀的凶手把文明标志的运输工具当作杀生的武器，以反对西方文明的资本主义壁垒。我们从穆罕默德·阿塔(Mohammed Atta)的遗嘱中得知，是宗教信念促使他们这样做的。对他们而言，全球化就是最大的撒旦。而电视屏幕中的画面也使目睹了这场世界末日般灾难的我们不由自主地联想起《圣经》中的画面。美国总统在最初的反应中所使用的复仇语言，在我看来，也带有旧约色彩。仿佛是，疯狂的谋杀行动触动了世俗社会最深处的一根宗教之弦。一时间，所有的犹太教堂、天主教堂、清真寺均挤满了摩肩接踵的人们。

而这个时代令人难忘的奇观却是高度发达的消费文化与血腥的断层线战争并存。不是吗？蒂姆·爱德华兹认为，消费者要么是处于狂喜状态中的快感追求者，要么是被锁定在一系列仪式上的相对受约束的行动者。西蒙·福里斯则相信，现实中的一切都是不确定的，包括爱、性、欢乐和权力，人们不断进行着从中重新获取信心的尝试。当流行音乐的政治真正卷入日常生活和这种寻常的尝试的时候，便激起了混乱和无序。甚至有人对厨房进行"微精神分析"，觉得它是欲望、享乐和暴力的混合物："从家庭内部的空间分布来说，卧室和厨房应该有一种微妙而奇特的联系。它们同样最具有隐私性，都是遮遮掩掩，不对外开放的；它们都充斥着某种暧昧的气息，一种暖烘烘、昏沉沉的气息，一种让人融化、让人遗忘外界的气息——身体的气息；最重要的是，它们都处于时间河流之外，处于公共目光无法捕捉的死角，维持着经久不变的疏离——那些革命，战争，政权更迭，国家阴谋，派系斗争，民族危机……都很难渗入这两个空间。”（宋晓萍：《厨房：欲望、享乐与暴力》）

假如我们不固守“史诗”的学院派定义，假如我们可以把铁戟与盾牌、英雄与还乡、土地与血仇作一个宽泛的理解，还假如，我们并不非得要求一个诗人（即使他足够有力，目光犀利）带着无限的怀旧情绪，以及对逝去的、财富遍地的过去的惊奇，去刻意构思戏剧性的情节和宏阔的场景，并且非得使用一种高度风格化的、精致的、特殊的措辞，使用汉语言的乐府格律或古希腊时代的六步长短格，那么，我可以回答这个问题：在这个时代，会有另一种史诗，非英雄的史诗。关键在于诗歌的悲喜剧色彩与效果，在于当下生活的性质，而不是史诗的某些定义。雨果说过，爱情、嫉妒这些情感，这样的内心风暴，比起真正的海上风暴来，毫不逊色。同样，我们也可以说，当代生活引发的折磨与狂喜，比起英雄时代的战争与和平、魔幻世界的变形与遁逃来，也有过之而无不及。死亡是更大的死亡，悲悯成为更深的悲悯。

3. 向现代荷马致敬

现在，我心目中的英雄不是惠特曼、爱伦坡和爱默生，尽管我可以一如既往地喜爱他们，但是那毕竟是博尔赫斯的专利。我的英雄是沃尔科特、希尼和米沃什，也许包括布罗茨基。他们是一群流亡的现代荷马，而不是远离纷乱的华兹华斯，或者干脆地说，他们是同时具备精神性和物质感的诗人——除了伟大的歌德，此前的诗歌史上难以找到这样的影子——进一步地，他们完全是属于20世纪的天才。特别是德里克·沃尔科特，我们对他的认识远远不够。从无限多样性——他的诗歌几乎等同于一个年代或一片原野——到高度凝聚力，从巴洛克式不规则的精美到弥尔顿式雷霆万钧的恢弘，加上部落和丛林地区的戏剧式的夸张，所有这些简直是他的拿手好戏。至于对他的西印度群岛现代生活的表达，沃尔科特既继承荷马的行吟传统，又迎合黑人舞蹈的律动，把日常生活拓展得史诗一般开阔。他的午后与海滩，妓女的尖叫与棕榈的影子，几乎达到了高温窑口的炽热。读了沃尔科特的诗歌，我们才知道，世界上还有那么多的事物尚待命名。从他的作品而不是自白中，我们甚至可以感觉到，他与另一位著名的诺贝尔同行兼西印度群岛同乡，出生于特立尼达的英国作家 V. S. 奈保尔一样，在欲望与意识的反叛上都处于一种分裂与逃亡的状态。也许，现代"荷马"与古希腊荷马的区别就在这里。

在沃尔科特的诗歌中，我们既感到了一连串巨大的矛盾与迷误，也领略了他在主要诗作中所充分展示的，令人目不暇接的历史全景画面和现代加勒比风情。这不仅是现代诗歌的进展，也表明了诗人生活方式的改变，对恒久事物的重写。沃尔科特曾经说过："要么我什么都不是，要么我就是一个民族。"这绝非狂妄之语，也不是自恋的口号。他的诗歌大量散发着自然的光和热，间或蒸腾着人间的雨水和潮湿："一阵风吹皱着非洲/褐色的毛皮。吉库尤人。敏捷似苍蝇/狂饮草原的血流。"(《远离非洲》)"行动孕育狂乱。我躺下，/扬起棕榈嶙峋的阴影作帆，/生怕我自己的脚印繁殖。"(《海难余生者》)"夜，我们的黑色夏天，把她的气味简化/成一个村子；她采用黑鬼的不可穿透的麝香，像汗液一样生长，/她的小街弥漫着剥开的牡蛎壳/金橘煤炭、甜瓜火锅的气味。/商业和鼓手增加着她的热度。"(《西班牙港花园中的夜晚》)"礼拜堂的牛铃/像上帝的铁砧/把海洋锤打成耀眼的盾牌；/被烧着，海葡萄慢慢地/把铜牌交给熔金的热度。"(《克鲁索的岛》)"它的冷漠全然是一种不同的愤怒。"(《遗嘱附言》)"星啊，双倍仁慈者，对曙光/来说来得太早，对黎明/来说太晚，愿你苍白的光焰/以光天化日的/激情/引导我们心中的恶魔/穿过混沌。"(《星》)"离开出汗的浮石，/一切事物都如此发展，/直到给我们只剩下/那包围着贝多芬的头颅的热情。"(《结局》)

沃尔科特，其自身就是一个矛盾，一团迷乱。父亲是英国人，画家兼诗人，母亲是个教师，也是业余剧作家。祖母和外祖母是非洲黑奴的后裔。用沃尔科特的话说："我的祖父是白人，其他家庭成员均是黑人。”他生长的那个地方，人们能言善辩、口若悬河，面部表情丰富，还喜欢装饰。这是一个既爱修辞又注重修饰的社会，一个文体优美的社会。他的欣悦来自那些鲜为人知的群岛：“这片土地尚未被写过，尚未被画过。这就意味着我是位先驱。我是第一个仰望这座高山并试图描绘过它的人。我是第一个凝视这片海湾，这方土地的人。瞧，我拥有成为第一个描绘者的巨大优势。我们这一代西印度群岛的作家都体验到了绝对的发现感。”他的苦恼也来自脚下这片土地：“那里怎么会有人民呢？他们对季节一无所知，不懂得一年里树叶有凋零的时候，塔尖会在暴风雪中模糊不清，街道会一片雪白，整个城市会被大雾吞没，也没有坐在炉前沉思冥想的体会；与此相反，他们所在的地域同他们的音乐一样，只有两种重音节奏：热与湿、晴与雨、光与影、日与夜，他们受到不完全的格律的限制，不可能有矛盾的微妙性和想象的复杂性。”沃尔科特的痛苦不仅是西方现代生活的神经质痉挛与圣卢西亚岛相对宁静之间的反差，甚至也不全是身处几种文化边缘造成的意识错落，更重要的是需要不断地体验语言与人民、土地的撕裂中的自我生存状况，以及原始的血性与过于成熟的欧洲文化之间的冲撞。他认为种族冲突基本上是愚蠢的，进而表白自己：“我忠诚于语言。”

这位来自西印度群岛的西方文学教授，前《特立尼达卫报》记者，戏剧导演、剧作家兼诗人，总是如此灵活地在不同的地域、文化和领域表现出极大的张力：在戏剧与诗歌之间，希腊传统与本土文化之间，自己身上的不同血缘之间，群岛与大陆之间，隐逸游离与公众生活之间。尽管他的基调与底色仍然是荷马以来的欧洲传统，是潜意识里对“黑色”的耻辱感，以及诗歌的戏剧性，而非戏剧的诗歌色彩，但是他仍然没有忘记印第安人的乡村戏剧与巫术，他的安德列斯群岛的历史碎片，他的非洲。沃尔科特甚至借用几种生灵交媾的猥亵故事来表达这种乍看是毫不相干的结合：“她白色的肉体与黑夜叶韵。她攀缘，笃定。/处女与猿猴，少女与恶意的摩尔人，/它们不朽的结合依然分辟着我们的世界。”他还作出了极其美妙的猜想和激情充沛的解释：“然而，被愤怒捆绑在那橘红晚霞色头巾、/新月形弯刀上的一切无论如何/并不是他的种族的、豹一般黑的复仇，/给她的闺房注入生麝香，它的汗，/但是月相变化的恐怖，/一种绝对物的败坏的恐怖，/像个白色的水果，被揉捏得透熟而加倍甘甜。”(《山羊与猴子》)而且，他的出其不意完全是自然的产物，决非运思中的节外生枝。他写一个帝国的消亡，就像在清晨观察一只鹭鸶的啼鸣与沉寂：

一只鹭鸶飞过清晨的湿地，刹住
摇晃的双翼来装点一根残株
(感谢上帝，
由于这动作，风景才得以完成；
时间和运动在某一时期
作为这么一种标志引导罗马行军的步伐，
后面跟着扛着法律的后来的总督)，
以一声啼鸣在这寂静之下画线。

——《有关一个帝国的两首诗》

他写鸟群的迁徙，却注入浓厚的悲剧意识：

注入了对这些鸟儿所栖居的乡野和城市
如此伟大、无声和高尚的一份关心，
除了那是它们季节性的路过，那是爱，
被变得没有季节，或出自它们天生的高飞特权，
某种比对它们下方共处于窗户和房屋的
黑洞中的无翼生物的怜悯更明亮的东西；
它们以无声的鸣叫更高地抬起那张网，
凌驾于一切变化、对落日的背叛之上；
这季节仅持续片刻，仿佛
暮色与夜暗、狂暴与和平之间的停顿，
但是，对照我们大地的现状，它已持续得够久。

——《幻想的和平季节》

(以上引沃尔科特诗，均为傅浩译)

4. 诗歌是通向自由的道路

诗歌既是自足的，又是开放的。有时它无所屏蔽。隐喻、反讽和弦外之音并不是它的最高境界。正像艾里希·奥尔巴赫评价荷马时所说的，他讲述的“只是当时瞬间的唯一存在”。人们创造了一个展现万般可能的世界的同时，嘱托他们中的巨匠留下一种清晰可信的唯一的词语织体——诗歌。历来为人们崇尚的诗歌恰恰是广博的、明晰的、自然的，并且韵律精微、无比悦耳：因为一切艺术最终导致音乐性。即使是在最令人动情、最精致的诗歌作品里，意义也往往被表现得极为单纯，几乎与真理以及音乐的和谐一样单纯。我们看到，那些以复杂多变、无所顾忌著称的当代诗人，他们最好的诗篇总是敞开的、纯净的，当然也是不可思议的。

我们说诗歌是通向自由之路，并不是教化意义上的（如柏拉图所期望的），甚至也不是审美视角的。重要的是如何建立内心的“秘密花园”，它包含了情感与形式，运动与归宿，语词与花朵。在这个东方挂毯似的花园中，诗人像合度的帝王一样华贵而平易，因为自由既不是贵族也不是平民的专利。自由的普世性与诗歌对人心法则的维护是一致的。诗人虽然不能够与所有的人分享自由，但是也给了阅读者以一种前所未有的战栗与喜悦。诗歌是对专制与紧张的消解，也是对褊狭自负的否定性运动。进一步地说，诗歌是人的心智和感官趋于成熟开放的一个主要标志。按照康德的理解，启蒙运动是人类脱离自己所加之于自己的不成熟状态，也就是不经别人的引导，就对运用自己的理智无能为力。在危急关头和困顿年代，人们首先诉求的是诗歌而不是政治学意义上的自由观念。

人们经常强调诗人对美的敏感性，甚至认为诗即美。这样的说法是不够圆满的，因为它缺少了一个重要的环节，那就是诗歌与自由的关联，诗与真的关联。诗歌也是对存在之真理的洞见，它的合理性基础是悲悯与狂喜之并存。如果人们乐于承认诗歌是通向自由之路，那么，我们才可以说，诗歌是一种意志力，一种对象化的本质力量，它的外部特征是和谐。和谐标明了自由的存在，就像赭红或黑色的岩石指示矿藏的存在一样。贝多芬的第九交响曲,“是变奏曲和奏鸣曲有机混合物,从结构上看,它是古典音乐可能性的总结,所有一切均在一个巨大的单一结构中表现出来,手法之肯定令人吃惊”,“这是已指出的博大静止性质的最后一次表现,不可思议中又增加了胜利的喜悦”(罗伯特·辛普森《贝多芬交响曲》)。但是我们要说,贝多芬的中晚期弦乐四重奏更美,因为它已经杂糅了许多宗教的因素,而且对生命的多种体验已经告一段落,贝多芬似乎从困顿和病痛中真正体会了宁静的伟大和感恩的必要,从而转向隐忍与关怀:既没有壮丽的爆发式的巨大激愤,也没有抒情诗般的热情,他的生存状态是如此孤独与真实,接近生命的本真,恰恰在这个时候,真正的自由开始降临。弥尔顿的情形与贝多芬有点相似。有人以为他的《复乐园》比较软弱,其实这是皮相之论。它简洁凝练,别树一帜,有更多的宗教性,可能更为自由。

我们说诗歌是自由的黄金通道,就在于它向我们开放表象世界,引领人们抵达事物的核心,并沿途采集令人迷醉的感官之花。狄兰·托玛斯、希尼所做的正是这样,兰波、马拉美带给我们的,又何尝不是如此。当然,最高典范仍是无可动摇的《神曲》,不朽的但丁。他对我们官能的触抚与若干种境界的暗示,既是自由的引领又是全能的启示。事实上,但丁、俾德丽采与《神曲》本身,又是一个“三位一体”,引导我们进入自由领域并得以领略其全景。余刚在《形象》一诗中写道:“居民们沿着孔查的想象/进入自己的想象。”同样,我们沿着但丁的想象,进入自己的想象。在诗歌的干预下,现象世界呈现了事物本身的真相,过程展示了奥秘。作为自由和意志的表象,所有杰出的诗篇都会给我们带来心灵与感官的同时开放,无数细小的激流汇合成平静的海洋——自由的境地如此之宁静。由于自由总是姗姗来迟,以至于有人将它误认为是死亡的迁延,其情形有点像我在《黄金分割》一诗中所描述的:“一个模糊的黎明,一次从军的早起。”

人类黄金时代产生的诗歌之所以美不胜收,最大的秘密就是它的自由状态下的均衡,美感背后的理性。在《诗经》里,我们同时享受了两千五百年前出现的音节和画面之美:“叔于田,乘乘马。执辔如组,两骖如舞”、“行迈靡靡,中心摇摇”、“青青子衿,悠悠我心”、“肃肃鸨羽,集于苞栩”、“死生契阔，与子成说”、“呦呦鹿鸣，食野之苹。我有嘉宾，鼓瑟吹笙”。那究竟是什么声音？我要说，那是人性的野马与阳光最终会合后的声音，是无视死亡与邪恶的完全凯旋仪式上的合唱段落，也是自然的四季与人的身体初次触摸后的由衷感叹。在荷马史诗中，战斗中的进发像动物嬉戏一样地充盈着放纵的豪迈与自由的征候：“他言罢，众人共怀一种热情，怀在胸腔，/拥来站立他的身边，将盾牌斜靠在肩膀。/……兵勇们/蜂拥在他们身后，宛如羊群跟着带队的公羊，/离开草地，前往喝饮，使牧人心里欢畅”。（《伊利亚特》，陈中梅译）那是什么样的举动，何等快意的场面！这个信手拈来的荷马诗句再好不过地说明了《伊利亚特》无处不在的漫游的力量，拥有充分根据的自信。再说，传说中瞽者荷马的行状，也是活脱脱的一副自由的征象：从艺、浪迹、行吟、磨难、传业。只是到了弥尔顿时代，诗人与政治家的面容叠合在一起，更多地追求文学的世俗力量与社会功能。他的《失乐园》与《论出版自由》，从某种意义上看是同等重要的，后者不但说服了17世纪的英国长期国会，并且影响了19世纪法国政治和20世纪的俄国第一次革命。从囚禁到解放，人类多次选择过这两种同样不可缺少的途径：现实的与超验的。

就这样，在一定程度上，这些年我有点疏远了曾经极为景仰的里尔克。因为我在享受这位大诗人说不尽的好处的同时，也太多地感受了他身上显示出来的某种单一性和过分的抑郁型反思，而单一和过分反思是对诗歌本质的抽离，也是对自由的逃离。若论从里尔克身上汲取宗教性力量这一点，有时我情愿放下手中的《杜伊诺哀歌》，而去独自倾听古尔德弹奏老巴赫的《戈尔德堡变奏曲》，巴赫的音乐从不怀疑，只有秩序与阳光，只有回旋的全部，还有不证自明的愉悦；甚至宁可深夜领略无数种版本的格里高利圣咏，那种核心动机的扇形展开令人着迷，教堂里人声的残响教人沉醉。至于珀塞尔的歌剧《狄朵与埃涅阿斯》和《阿瑟王》，更是给我留下难以忘怀的印象：这人世间曾有过的飨宴与嬉戏，是人类早先的荣耀。

5. 一个世界，多种联系

当代人诗意的缺失往往是由体验的缺乏引起的，尤其是缺乏真切、深入和直接的体验，并不像有人所说的，仅仅因为事过境迁和技术的魔力。正如吉尔伯特·米尔斯坦在评论凯鲁亚克《在路上》时所指出的："因为当今时代人们所关注的东西并不集中，其敏感性也由于追逐最异乎寻常的时髦（其速度之快令人目眩）而变得麻木迟钝。"一些诗人转向"阅读"。阅读的确是重要的经验，但不是唯一的经验。另一些诗人执著于"智力"。自然，当代诗人的过人之处是间接、巧妙地运用别人的经验和想象，其明智之举便是跳跃与剪辑，作为一种诗歌的写作方式无可非议，然而以我看，拼贴对于巴塞尔姆也许是莫大的优势，而在别人身上则不一定。现在，不少人竭力崇尚某种过人的智商、短暂的激情与普遍的反叛。从最好的方面来看，绝大多数当代诗人贡献于一部诗歌史的，也就是与现时代精神状况相吻合的愤怒、精致与反讽。然而这些就意味着所谓的革新与变化吗？我对此一直存有深深的疑虑。

从启蒙运动和法国大革命以来，受到这个世界（无论是东方还是西方）最大误解的就是"理性"。自现代主义发轫之后，有人一直试图建立一种思想文化的新的暴政，往往粗暴地把那个"旧世界"颠倒和悬置起来，经过一阵疯狂的抽打，啐上口水，然后扬长而去。这一点在法国思想文化界的一些人物身上表现得尤其突出，他们的影响力是不容忽视的。最近半个世纪以来，法国似乎没有产生过太多的大诗人，可能与这种一味毁坏的氛围不无关系。尽管我非常热爱克洛德·西蒙和尤瑟纳尔，热爱列维-斯特劳斯，却也不能阻止我对现代法国思想文化的批判（一种不同的接受方式）。而被世人视为保守的英国思想文化界，却默默地守护着一个伟大的自由与理性的传统。现在我十分理解艾略特、伯林、哈耶克们为何要选择英国：这是一个不大不小的事件。或许这是回归一个悠久传统的征兆，或许是这些人有着寻找某种坚实而渐进的思维方式的动机。甚至，他们发现唯有那块土地还存有一种貌似平和实则具有真正血性的革命思想。爱尔兰出现叶芝、詹姆斯·乔伊斯、希尼，是否也同这种伟大的传统有关，尽管同时他们深受现实的戕害？

那么，如果我们心仪伟大的古典作品的话，按照刘小枫的说法，该"如何才能使自己的生活处境与这些作品建立起活生生的联系"？换一句话说，在我们平庸而混乱的生活中，有没有理性的亮光与诗歌的元素，如果有，又如何测定它们的存在？这是一个问题。事实上，解决这个问题没有固定的答案。一种明智的做法是，把圣哲活生生地领回到当今世界，让我们看到，原来他们就在我们的“会饮”中，只不过我们不让他们说话而已。更为卓越的举动，就是在确立生活秩序、社会视野和知识结构等过程中，在提升对事物的判断力与语言的辨析力，特别是在开放心智风景线的重要时刻，与这些“不朽者”同时建立两种联系：公开的与秘密的。

文学狂人之所以站不住脚，在于他们一味自恋并自视为“上帝的选民”的同时，随时会滑向另一个极端，不辨语境地唯大师宣言是瞻，并且对他们的作品刻意模仿。如此出色的博尔赫斯，已经被中国香烟熏成神龛里的暗灰小雕像了。有人还把托尔斯泰羞辱莎士比亚的过激言论当真，把达利式的狂放和夸张奉为艺术家的法度，而忘却了托翁留给我们更多的财富是什么，这个世界既少不了托尔斯泰，更不能没有莎士比亚，再说也不可忘却我们受惠于达利的不只是类似于“变形记”的现代寓言，还有想象的华丽与超现实的开启，特别是他所表达的当代人类处境的非现实性。我们应该更加相信伟大作家的作品而不仅仅是他们的言论，更加相信批评家对艺术史与具体作品的条分缕析与实证探究（如贡布里希、勃兰兑斯所做的工作），而不仅仅是他们的某些断言。

总之，诗歌就是诗歌。正是自明与圆满，使诗歌与哲学并驾齐驱，甚至使前者超越了后者。苏格拉底用“第二次远航”指称其思想上的转变，即放弃自然哲学的直接方法，转向语言（而非存在物），正是在这场转变中，诗人超越了苏格拉底。在一个太多发明，太多宣言，太多诱惑的年代，许多人对识别简单的谎言与眼花缭乱的魔术同样缺乏能力。其实，“谎言互相发明，它们加在一起就能说明那些真话说不明白的东西”（伯纳德特《弓弦与竖琴》），正如我们可以不懂古希腊文，却能以几个译本互参的方法阅读荷马史诗与古希腊悲剧，其差异与交错之处可能就是真谛所在。说到“诗何为”这个话题，我总是对诗歌只是为少数精致的读者准备，或者“只是写给自己看的”之类说法带有深刻的怀疑，同时对诗歌的广场式的轰动抱有更多的恐惧，尽管“诗言志”与“诗实验”各有自己的道理，甚至“诗游戏”也是合理的存在。诗人们应该拜巴赫为师，他从来就没有问过自己为什么要作曲，他觉得这是上帝要求他做的一项工作，跟木匠没有什么差别。诗人应该敬业。有人询问诗歌的发展趋势，我想它天生就具备宠辱不惊的品格，用不着我们为之大喜大悲。有一点我是坚信的，只要人类还没有毁灭，诗歌就有存在的理由。可以由此派生出一种基本信念：一个世界，多种联系，诗歌理所当然是重要的一种。

2004年6月25日，杭州

（此文为诗集《狂暴的边界》自序。《狂暴的边界》，王自亮著，大众文艺出版社2004年出版）

意外的闪电

——在一次诗歌朗诵会上的演讲

各位晚上好!

这个世界曾经用步枪朗诵游击战,以鸟鸣朗诵深山,以光芒朗诵黑暗,以爱情朗诵死亡。今天晚上,我们要用某些“性感而现实”的声音,来朗诵余刚的《超现实书》,正如人们以瞬间朗诵永恒,以鱼子酱朗诵大海。

此刻是2011年7月19日,我们就站在千年古运河旁。京杭大运河,是一条涌动着历史碎片的河流,也是一条抽丝织锦的河流,沿岸的街道和乡村曾经散发着好闻的、略带忧伤的市井气息。时过境迁,诗歌与人群依然穿越而过。这是另一条河流。现在,我们的目光与这条人工开凿的河流,在黑暗之中相遇,激起了“意外的闪电”。我们还注意到,一座历时四百年的拱桥就在身旁默默站立,而一对镇河兽正以某种不变的紧张,窥视着流动的秘密。

诗歌正是“流动的秘密”。在喧哗或宁静之中,它有着一种隐秘的力量。批评就是这一对“镇河兽”。这不只是隐喻,它自有一种魔力,可以对河流发出警告,或被河流淹没。这里的河流显然是指诗歌。不管如何,批评与诗歌写作的互动,是大有意义的。任何当代诗歌都得经受大众或小众的检验,而朗诵就是一种“声音的检验”。声音是无法欺骗的。一个成熟的诗人,应该将自己的诗歌,以这种或那种方式公之于众,接受检验。我们今天走到一起,就是为了聆听余刚,或让余刚通过我们的朗诵,聆听他自己“诗歌河流”发出的声音。

从另外的角度看，诗歌就是时空关系的转换，就是处理这些“特殊的关系”，比如心灵与实在、存在与虚无、事物与言辞、自然与精神。诗意地说，诗歌是痛苦、死亡与爱情的交叉小径，而星空闪烁如词语，世界的镜像倒映着句法和思想。余刚的诗歌，用他自己的语言说，就是试图建立一个“精神王国”，但是依照潘维奇怪的说法是，“王国没有精神”，那么允许我来一个折中，“一个没有边界的王国”。不管怎样，余刚在他的诗歌中，的确表现出他“对永恒的迷恋，对历史或现实的破译，对理性最高层次的把握”。

余刚是一位杰出的诗人。余刚，究根问底地说来，他是诗坛上空一道从容的闪电，一只不知疲倦的精神猫头鹰。长期以来，余刚总是站在诗歌探索的前沿，也置身运动之外。余刚参加过非非主义等诗歌运动，一度甚至把超现实主义作为他的终身抱负，但大多数时间，他坚持个人写作和不计回报的倾吐，尤其是与诗歌本身的对话和“潜对话”。总的来看，余刚是一位无畏的挑战者，更是一位默默耕耘者。或许，他是博尔赫斯、里尔克和“竹林七贤”的理想传人。借着这本《超现实书》的首发式和朗诵会，我们向余刚表示敬意和热爱。

《热爱》是余刚发表于18年前的一本诗集的名称。余刚的诗歌，在中国诗坛上是非常独特的，又具有普遍价值。而《超现实书》像一道光，正如捷克诗人赫鲁伯说的，“更深地穿透普遍的黑暗”。

也许有人会说，余刚的诗固然非常玄妙，但有点难以理解。我们要正视这个评价，并予以透彻的分析和坚实的回应。

在我看来，余刚并非什么理性诗人或晦涩诗人，相反，他的好多诗歌写得非常感性和蕴藉。《我让自己明朗》就是这样一首奇异而敞开的诗歌，《疯长的合欢树》更是充满了饱和的情感，整首诗犹如一颗晶莹圆熟、散发出阳光气息的葡萄，“激起浩大的波澜，就像太平洋腹地/一个感应星辰并有着奇思妙想的船长”，在诗歌的结尾，诗人甚至吁请：“我想恳求合欢树/容纳我的灵魂，在风中合为一体”，充满了消解一己、融汇大地和树木的博大情怀。他的《陈子昂登幽州台歌》，也将古人的时空观和今人的现实感结合得十分完美，如此勇敢的发问，如此决绝的批判与割弃，清晰地表达了“孤独”这种古老的人类情感在现代的变奏。

就长诗而论，虽然写于较早时期的《超现实书》有一种个人独特表现方式和思绪交织的繁复，加上篇幅较长，可能有些读者视之为畏途，但《神秘的三星堆》就基本摆脱了个人化的情感传达方式和叙述结构，显得宏大而清晰，复杂而单纯，交织发展而具备极强的流动性，使我们对文明曙光初露时期的人类心智结构和现代人的碎片化生存方式，有了很好的对比、理解和省察。

当然，余刚的诗歌也有理性化的一面，甚至有某种“晦涩”。余刚的晦涩不是思绪不清的晦涩，或出于某种故作深沉的掩饰，而是一种“思想的困难”，还有企图穷尽语言求得与事物“和解”的艰辛尝试。读者与余刚之间的关系，不应该是拒绝与敌意的，而应通过句式转换和思维转弯等方式，以一种深入绝境的果敢，获取至高的审美快感和阅读颖悟。余刚真正的张力在于，他能够在能指和所指之间，在古典和前卫之间，以及现实和历史之间，做出一种超现实的焊接，或一种敞开的非线性呈现。

为什么会出现这种状况？这一问题的本质是什么？我觉得王依民先生对这一现象的解读和阐释，是一把开启余刚这类诗歌的“可变钥匙”。王依民先生是这样说的：“余刚对生命和生活的热爱是以困惑和疑虑的方式表达的，就像他对存在、本质和永恒的困惑和疑虑一样。这也就决定了他与之对应的诗的表达方式，是那么不和谐、不对称、晦涩、笨拙和迟疑，给读者以一种强烈的陌生感。”

可是我们如果能够将政治、性和存在，与余刚的诗歌作一个闪电般的联系，就会出现一个令人惊喜的豁口，一幅负像的“高贵的凝视”，甚至有一次深入诗歌堂奥的战栗感。

《一条章鱼的预兆》和《新的章鱼保罗二世》，就不限于艰涩地描绘那条与足球相关的神秘莫测的章鱼，因为我们都知道谁的眼睛射出“高于人类的威严”，而且“先知般地决定了狂欢的方向”，一切都在水族馆进行，“低调”而“昏黄”的水族会议在进行中，而且情形相当可怖，“水族馆用章鱼温暖的手掌/反驳了冠冕堂皇的城市的不确定性/和进球路线的蜘蛛的线头”。余刚深入描绘了章鱼的外形，令我们惊愕不已：它那突出的眼睛和漂浮的神态，它的涣散、僵硬和伸缩自如，如此矛盾和纠缠，而章鱼与水之间的关系却如此暧昧。不管怎样，这条章鱼胜利了，但这个近乎虚无的胜利，如此无情地证实了老子的预言，证实了作为有着吸盘和不长毛发的奇异文化的全能特征。这当然是对余刚这首诗的无数解读之一，可能不完全符合余刚的本意（有时诗歌的“本意”并不重要），但给我们一个强烈的启迪：余刚的诗歌有无穷解，绝非“无解”。

于是，余刚在这本诗集中，向我们展示了时间、空间和生存的“变形记”：他对“现有形式、语言的破坏、改变、超越”，他扩大诗歌边缘和领域的努力，他的一系列实验和尝试，更有意思的是，他在“轻歌曼舞或轻声细语中开辟了众多通向美学或美学领域的途径”，特别是余刚对于废墟、古迹和人迹罕至的荒凉地区的偏爱，与他对生活本身之美，都市繁华背后之苍凉的纵深感，居然如此专断而恰到好处地搅拌在一起，于是就形成了一个精神奇观。我们知道，余刚喜欢用一些凝结中古文明和深层意象的典故，但这些典故是经过他精心挑选的，与他对现实的关注、分析和调侃一起，完成了高度美妙的镶嵌和组合，形成了一个新的现实。对这个现实充满了反讽和赞美的并置，虚构和戏仿的混成，以及黑色幽默的旁枝逸出。

余刚诗歌的千姿百态显然被大大低估了。早期诗歌中，《我们》如此纯熟的自嘲式的悲愤的反讽，《诗人之歌》的大气和对广袤世界的自由组合，《地球在天的底层旋转》的空间想象力和内部引爆的叛逆精神，《他的鸭梨》的对物的注视和戏谑般的解放，《在这个雨天》里对梦幻和神话的摹写与变形，《博尔赫斯的书本》中对博氏的深切理解和创造秘密的解读，就足以使我们沉醉其中。我经常对余刚说，多么羡慕你 20 世纪 80 年代以来的写作姿态和足以装备三个诗歌装甲师的充足储备呵！

到了 90 年代，余刚在走向千禧年的途中，也许由于世纪末情结的纠葛和对新曙光照临的期盼，路子变得更为开阔了，风格也就显得更为纷繁多姿，分量更足。《生存的理由》中现实的逼仄和生存的勇气，《瞬间的大师》的哀痛感和瞬间完成的超越，《我自以为》对于自我的审视和对内心自由的探索，《脑瘫病人枷锁》的幻觉和荒诞的纷呈，以及历史、人物和意识之间重建秩序的可能，都是引人注目或击中要害的。

余刚近年来的探索是如此的卓有成效，以至于给人目不暇接的感觉。总的来看，余刚完成了对膨胀于诗坛的“语言多动症”的认识，并对自己在诗艺上的自觉有着足够到位的认知，持续做着一份颇为寂寞的工作，那就是对诗歌本质的追问和诗歌艺术探索的同时展开，特别是一系列艰苦卓绝的诗歌写作实践，简直感人至深。他的合欢树和白玉兰系列、章鱼系列、金鱼系列和四川系列诗歌，就是一种高度的范例。

在我的印象中，余刚近年写的这几组诗歌，与任何一个时期不同。这种不同，并不仅仅在于主题的变化和风格的演变，或是诗歌艺术的创新。不，余刚近年的诗歌，给我的感觉是整体上的悄然变化，是理性之光让位于感知和认知的精准性，是对地理、植物和游动中的生灵进行深入其内的“窥探”和解构，对本真、世界和社会构造的展示和呈现，自然一种新的抒情方式随之涌出，更节制也更趋于流动状态。而反讽、诘难和解析更为内在，甚至不露声色了。对于诗歌创作，我反对使用“进步”一词，但我要高声称赞余刚的这些“变化”。

在余刚近年写作中，有一种新的自觉，从原先的语言本体论调整为存在本体论。诗歌到语言为止固然没错，但语言仅仅是语言吗？语言不与存在发生联系，也许什么也不是。这是余刚作为一个有着三十多年写作经验的诗人的“自转性”自觉，更是作为汉语言诗歌在同一时期基本完成的附加物“剥离”和形态转型所引发的“公转性”自觉（请原谅我的杜撰）。汉语诗歌的这一转型具有不可逆转的趋势，这才是它与古典诗歌和西方诗歌的真正接轨。

于是我们看到，余刚的“四川”是“四川”，也不是“四川”，余刚的金鱼和章鱼也是领受同样的命运。在《金鱼的复仇》里，“我深深地沉溺于那种浩浩荡荡的游过/并震惊于伸出的双手一条也抓不住”。这就将现实和非现实交织在一起了，伴随着悖论，新的“质”就此诞生。在这里，仿佛连虚无也是有形有声的。而《长宁索道》中的宇宙意识、流动性和地域景致的组织，竟然是如此浑然一体且具备对话色彩，其中非常值得关注的是，余刚在这首诗歌中，使用了“我就是四川”、“我很早就是四川”这样的句型，让“我”与“他者”或自然互为穿透，“四川的美貌”、“盆地的棘人”和“保路会同志”的生动韵致，也令人难忘。“那种特有的浩大、神秘和持续/那种荒蛮中也不停止的文明”，让我们读时心中充盈着一股流动的浩然之气。

各位朋友！是语言将我们与其他生灵区分开来，是声音和人心的法则建立了现实的秩序。夜已深，黎明尚未抵达。诗歌的合欢树在浅吟低唱，如诉如泣。诗人的身体和有限生命只属于一个时代，从根本上说，优秀诗人不只属于一个时代。我们在午夜时分迎接了一本属于白昼的诗集。我坚信，我们必将以暂且微弱的声音，赋予一个混乱而灰暗的年代以新的活力，新的秩序。

从余刚诗歌写作实践到我们在座每个人的诗歌写作经验看，诗歌虽然不能改变生活的常态，却能复活整整一个大陆的梦想，改变人的精神命运和心灵版图。因此，余刚这三十多年的诗歌生涯是卓有成效的，并非无望的冲动。即使在有些人看来，诗歌只是一种精神体操，一种娱乐，我们也得说，这种体操和娱乐所呈现的力与美，是至高的自足与愉悦，远离兽性。让我们再次祝贺余刚，让我们重新出发。

诗歌，就其最高意义上说，总是“从存在出发抵达真理”（海德格尔）。

谢谢诸位。

2011年7月24日凌晨整理

另一种声音

——北岛访谈录

（2012 年 3 月 23 日，香港）

王自亮：我们上次见面应该是 2003 年初夏吧？一晃又过去将近十年了。记得当时你的那本《北岛诗歌集》出版不久，还送了我一本。我觉得，那些年你很艰难。那次你带着母亲来到杭州，在我的印象中，你母亲是个很硬朗、神清气爽的老太太。我、潘维、黄石与你有几天的亲密交往。我还清楚地记得，在杭州的一家酒吧，我们边喝朗姆酒或科罗娜黑啤，边朗诵你早年写的诗歌，一直闹到下半夜。

北　岛：当然记得。2001 年年底我父亲病重，我回到了阔别 13 年的北京。此后我又有几次回去的经历，直到父亲去世。那次我和母亲到杭州来，与你们在一起很放松。说起来，我的祖籍还是浙江湖州呢。我母亲前几天又回北京了。你和潘维经常联系吗？黄石情况如何？他还写作吗？说起来，他曾经给《今天》组过一辑小说，相当不错。

王自亮：和潘维有时在一起，探讨诗歌和艺术，也组织一些诗歌活动。最近我们还与音乐人、电视人共同策划，准备搞一场“诗歌与民谣”的活动。黄石与我的交情更深些。我们在浙江台州工作时就结识了，过从甚密。经常在他家或我家小酌一番，有时他还亲自掌勺。20 世纪 80 年代后期，他是黄岩变电所的工人，在《收获》杂志上接连发表几篇小说，势头很健。我曾戏谑地称他为“伟大的电气工人”，他为此深感骄傲。他现在把更多的精力花在经营上，在杭州创办了一家广告策划公司，经常搞不清自己是甲方还是乙方，生意却很好。我称赞过他的巴洛克式语言和钟表般精确的对事物与内心的描绘，最近几年黄石沉迷于雅克·拉康、斯拉沃热·齐泽克和让·波德里亚,宣称小说已经死亡,诗歌是唯一有生命力的文体。黄石还声称要写箴言式的新"论语"。

北　岛: 歆菊的印象画廊办得好吗?伤水最近在忙什么?你和他是什么时候认识的?

王自亮: 歆菊的印象画廊已经很有影响了。她是一个异常沉静而具备内在激情的人,很实在也很注重精神。我们二三十岁时就认识了,一直保持了精神和尘世的友情,诗人间的真正情谊。最近歆菊和陈子劲他们在印象画廊搞了一个"醒墨·杭州跨年展",是六个画家连续的独立个展,也称得上是六个由艺术家策划的公众活动,非常别开生面。说到伤水,我和他的联系一直很密切,在他学生时代就认识了。伤水最近写了不少,有很大变化,更成熟了。在杭州、厦门等地我们经常见面,春节后我还在他家住了几天。包括余刚在内,我们这些人也算是构筑了一个"精神堡垒"。外地朋友来,我们会制造各种见面的理由,聚在一起谈论事物,探讨诗艺。我还开玩笑说:"见面才是硬道理。"这次我来香港之前,杭州几位朋友都要我捎口信给你,向你致意。

北　岛: 谢谢。你刚才说要出版一本诗集,唐晓渡给你写序。据我所知,晓渡这些年很少给人写序之类的文字了,殊为难得。最近你写得很多吗?有了这些年的生活经历之后,写诗对你意味着什么?

王自亮: 我的这部诗集算是我进入第二个创作高峰期的记录了,也是我诗歌写作的一次转向。这对我很重要。自 1982 年参加第二届青春诗会后,特别是 20 世纪 90 年代以来,我写得很少。有好多年基本不写。当然内心还是在运转的。职业改变,俗务缠身是一个原因,更重要的是对诗歌的认识在变化,诗学观念在变化。当然这也有好处。最近两三年我却一反常态,写了不少,我那将近 120 首诗歌,就在一种既从容又紧迫的状态下问世了。说起来也有点偶然因素。我的忘年交、诗人兼批评家洪迪先生,有一次突然问我,"你的天命是什么?"我一下子愣住了。没有等我回答,年近八旬的他说出了两个字:"诗歌。"这使我猛醒,一种很深沉的情感被搅动了,那就是生命与诗歌的内在关系。当然,经历也很重要,认识的人和事物多了,显然对写作很有作用,包括需要什么样的生存姿态和写作状态,如何超越所谓的"题材",事物和内心如何转化等。于是，探究语言与存在之间关系的兴趣被唤起，新的写作欲望被深深地激发了。

北　岛：确然。我们当下的写作自有其特殊意义。我们正在经历另一场深刻的危机，那就是语言的危机。对此我们应该有一种自觉，保持应有的警醒。对我们这个民族来说，语言的危机可能是更大的危机。除了充斥各种文学杂志的小说散文和诗歌，再加上那些媒体网络泡沫式的写作，几乎是一场语言的灾难。由于商业化与意识形态的博弈和合谋，造成了词与物的严重脱节。与此同时，我们又生活在一个"行话"的时代，学者的行话、商人的行话、政客的行话，等等。在所谓全球化的网络时代，这种雅和俗结合构成最大公约数，简化了人类语言的表现力。也许这样的时刻，诗歌应该站出来，担当重要的反抗角色。我最近出版了一本《古老的敌意》，还出了一本自选诗集《守夜》(1972—2008)，我带来了，各送你一本。

王自亮：谢谢。我看到里面有一篇你的对话录《越过王朔向老舍致敬》，对此我们都很感兴趣，你能具体谈谈这个命题更深的内涵吗？

北　岛：我始终觉得王朔小说具有双重性，而老舍属于另一个伟大传统，是书写北京的大师。王朔在相当程度上摧毁了意识形态载负其上的话语体系，抽离了那种不由分说的、专制式的表达方式，这一点功不可没，但与此同时却制造了所谓的新的"俗文化"，新的市井语言，正如有人说"痞气"也好，新流行文化也好，总之鱼龙混杂。在这些年的文化产品里，不少都带上了这个烙印。客观上就是这样。如果老舍写的是革命前的北京，王朔写的是革命加青春暴力的北京，那么希望我关于北京的文字是"越过王朔向老舍致敬"。

王自亮：我还有一个想法，就是王朔这一拨作家更多的是摧毁，而少有建设。现在的中国就是这样，毁坏是毁坏了，但建设性的事物很少。这已经成为一种集体无意识。在商业和全球化的大潮中，到底什么是诗歌精神？我认为诗歌精神是一种建设性精神，批判基础上的新建设，包括语言建设和精神的丰富性。我的诗学理想就是开阔、博大兼及精微，就是思想抵达之处的无限可能性，就是精神上的"气象万千"。正如你说的，我们生活在一个没有细节的时代。我最反感的是人为的划一、刻意的单调，以及精神景深的取缔。我正在鼓励和指导学生阅读经典，细读和精读各种经典。前几年我给研究生开列了多学科的200多种经典和名著。我影响不了这个世界，但我可以影响一个人，若干人，周围的人。这是我的责任，我是这样想的。

北　岛：你让学生阅读经典吗？这很好。我觉得这样做很值得。在一个超越地域种族的虚拟空间中，与物质世界的接触越来越少了。同时意识形态化、商业化和娱乐化正从人们的生活中删除细节，也就是删去了“记忆”和我们所说的“历史的质感”。在这种交互作用的局面下，很多人就变得精神单一和各种感官的退化，这非常可怕。我曾经向一些博士生指出他们所学东西的无用，他们那些行为举止和精神状态具有新的封闭性。刚好我女儿也在场旁听，她回家跟我说，爸爸，你在教室里的那番话说出之后，我几乎陷入恐惧，害怕他们会揍我。这当然是夸张的说法，但也足见他们这些年轻人对这个评判是极度惊诧的，从未有过的，这种震惊的感觉一定是很自然的。

王自亮：这很有意思。其实诗歌就是对世界性的精神沙漠化和社会巴比伦化的反拨，一场新的“抵抗运动”。我对某种最近颇为流行的说法，始终保持着警惕，那就是：诗歌是“为少数精选的读者准备的美味佳肴”，它只是“自足”的、“到语言为止”的，以音律、节奏和意象为要件的，不涉及任何“意义”的织体和文本。也许它有某种道理，因为诗歌的自洽性和自组织性，诗歌的内部规律和美学趣味，是诗人具体写作情景规定的。但诗歌仅限于此就不对了。很简单，从接受美学和阐释学来看，这种说法也与之不相吻合。再说语言的一个极为重要的功能就是传情达意。“意义”和“感情”自然蕴含在语言的基底中，体现在音律和节奏之间，只不过这种“意义”不是普通的“哲理”，而是一种“批判精神”，这个情感也是人类的“普遍情感”，特别是那份悲天悯人的情感。

北　岛：帕斯认为，诗歌为一种最古老、最深刻的意义上的回归提供了可能。回顾人类历史，宗教与革命带来太多血腥的记忆，在这一意义上，诗歌是“另一种声音”。诗歌纯属个人的想象，自我认知和自我解放。但审美如果没有足够的批判和反省意识伴随的话，就很容易变质，变得矫饰和滥情甚至腐朽。现在社会上有些人，完全颠倒了是非，有人在说到菲佣的时候，竟然说菲律宾是个仆人的国度，真是卑劣到了极点。这样一些人，对弱者和下层百姓不屑一顾，而对专横者和权势者却不敢正视一眼，完全是奴婢心理。面临这种巨大的迷失，诗歌应该发言。

王自亮：整个社会有点像在泰坦尼克号上发生的一切，分崩离析的景象令人深感绝望，而意识深处和行为模式的铁板一块依然坚固，形成了巨大反差。而诗歌就是对专制和划一的消解和清除。我觉得三十多年来，中国文学最大的收获还是诗歌，艺术上当然是绘画。有人问我为什么这样说，我的回答是，“除了诗歌本身形式上的原因，以及时代和青春的选择之外，北岛等人的努力是个极其重要的因素”。今晚我当着你和几位朋友的面，还是要坚持这样说，你和“今天派”以一种不倦的探索和写作实践，为汉语诗歌廓清了地基，建立了标杆并寻找到了基本方向，这是不容低估的。现在有些人的批评，既不顾历史又夹杂其他目的，简直是胡闹。

北　岛：我曾经对里尔克的那句诗歌：“因为生活和伟大的作品之间/总存在着某种古老的敌意”，做过一番诠释。就社会层面而言，“古老的敌意”是指作家和他所处的时代之间的紧张关系，作家不仅是写作的手艺人，同时也是公共事物的见证人和参与者，这种双重身份的认同构成写作的动力之一。触及到语言层面，那么“古老的敌意”指的是作家与母语之间的紧张关系，作家要通过自己的写作给母语带来新的活力，尤其是母语处在危机的关键时刻。最后一个层面的“古老的敌意”，是作家与自身的紧张关系，即作家对自己的“敌意”。在我看来，一个严肃的作家，必须对自己的写作保持高度的警惕。

王自亮：对。我觉得你在香港举办的一系列诗歌活动，是很有意思也很有意义的，会发生很持久而深远的影响。诗歌应该持守某些传统并有所创新，但诗歌的传播在今天这样的网络时代是个大问题。这两届的“香港国际诗歌之夜”，就办得非常成功。我虽然没有来参加这些活动，但读了诗歌之夜的诗人作品之后，无论从诗歌本身，还是这样一种真正意义上的诗歌节活动来说，都是值得做的。有人问我，第一届“香港国际诗歌之夜”中哪些诗人的作品最好？我毫不含糊地回答：“北岛和斯奈德。”

北　岛：当然我也意识到了，这是一条漫长的路。这两届“国际诗歌之夜”的重要性在于，诗歌终于在香港这座城市扎根了，而且创造了诗歌出版和翻译的奇迹。对于资本控制的大众流行文化来说，诗歌的确是边缘化的，但对于一个古老文明的内在价值来说，它就是中心。而诗歌要正视大众流行文化的现实，并在对抗中保持自己的纯洁性。下个月有个“国际诗人在香港”的活动，美国诗人施耐德要来，有一系列的活动，有空过来吧。

王自亮：我很想来，只要能安排出时间。与施耐德见面，与你谈诗歌和这个世界，都是很有意思的事。谢谢你送我的这本斯奈德诗集《水面波纹》。西川的翻译我是很信任的，年前还与他、唐晓渡以及刘东在清华见了一面。我期待着与你更加深入持久的对话，期待着我们的下次见面。

（根据记忆整理，未经北岛审阅，不确或错误之处，由本人负责）

我们能建构虚无吗

自 1957 年在《诗刊》上发表《祖母》等诗作以来，洪迪作为诗人的形象，并未在公众面前经常显露。他既没有出现在闪烁的镁光灯下，也从未开过什么“作品研讨会”或“新著发布会”，既不做公开演讲，也很少参加各种诗会，以至于 20 世纪 90 年代洪迪在《诗歌报》等刊物上连续发表诗论时，不少人称他为“青年诗评家”，其时他已年届六旬。

即令低调地予以评价，洪迪诗歌也为百年中国新诗史奉献了一片并不显赫却独一无二的诗美天地。就拿最近作家出版社出版的《洪迪诗集》来说，若能静心品读，恐怕其中任何一首，都能给人以诗美享受和精神启迪，且有韵味永长，绕梁三周之感。他的诗歌风格深沉而幽微，同时拥有深刻的历史意识与强烈的现实感，兼具宏大叙事的铺陈与玄奥奇妙的诗思运行。这些貌似对立的诗美建构方式和语言现象，在洪迪身上如此契合并高度融汇，浑然一体，形成极为独特的诗歌魅力。

就其哲思运行和思想深度而论，就其诗思的超迈、开阔和深沉等特质而论，洪迪足以列入智者和思想勇士的行列，洪迪更是“根部诗人”而非“枝叶诗人”。在诗美建构中追求一种大美，天问式的诘难与江河般的言语涌动，也有在空气中和溪流旁难以捕捉的思绪和感觉之片段，时刻行走在沉默之言和爆破之词的边缘，运用诗歌的“大用”而非雕虫小技，建构诗美创造主体，并逐渐臻于圆熟饱满之境，是五十年来洪迪诗歌创作的逻辑发展和完美呈现。

趁着《超越存在：洪迪诗集》出版之际，最近我与洪迪之间有了一场对话。

王自亮： 您的诗歌创作生涯长达55年，1957年您在诗刊发表《祖母》时，我还没有出生呢。您经常自谦地说，自己的创作“时断时续”、“不成气候”和“作品很少”，但以您最近出版的诗集中两百来首诗歌的分量，堪称是汉语诗歌的骄傲。很多人对您的生活和创作不甚了了，我想这里一定有着某些深刻的原因和时代因素。在这里，能否说说您的生活经历和感受？

洪　迪： 1932年底我出生于浙江临海。这是一座秀丽的古城，台州千年府治所在。我生于一个大家庭，母亲和祖母对我影响很大。《祖母》就是我对现代中国女性持续观察的结果，她们的坚忍、无畏与奉献，她们的美丽，给我留下了深刻印象。我的父亲是一位篆刻家。他是一个很谦和的人，转益多师，把生计和艺术结合在一起，与当时的金石名家多有交往。其实他的篆刻不在方介堪之下，可惜终生居于台州一隅，其篆刻艺术得不到应有的传播。我幼年时深得中国文化之熏陶，除了白话文和“格物致知”之新知，爱好新文学，大量阅读“五四”以来的作品，也浸淫于先秦典籍和诗词曲赋，更多的是得益于对生活本身的感悟。自1949年高中毕业起就投入“新民主主义”运动（不管后来是多么曲折和峰回路转），见证并亲历了这六十多年的中国历史进程。20世纪50年代初，我做了科研院所和农业专科学校领导，在“文革”期间经历了非人的折磨，几乎在红卫兵的棍棒下殒命。正是我的发妻吴玉蓉，连夜冒死将我救出，日夜兼程，用手拉车、担架、小船等将奄奄一息的我从黄岩秘密转移到温州偏僻乡间。

说起来，这成为我人生的转折点。正是“文革”期间的遭遇，我才真正开始了反思和求索：对人、生活和社会，生与死，意识、存在和美。人世间的光怪陆离，各种人物的粉墨登场，特别是“被打翻在地才真正看清人的面目"的感觉,使我对现实和历史有了更深的观察和理解。在温州乡间养伤的日子里,我面对的是没有灯光,没有书,没有交往,悄无声息的世界,反而对社会和历史获得了新视力、新感知和新意识。因而对文学和诗歌的本质,形象、语言和美的要素,有了清晰的认知和思考。1979 年对我来说,是一个特殊的年份。我重新走上领导岗位,担任浙江台州地委宣传部副部长兼文化局主持工作的副局长,直接参与了改革开放实践,经历了一系列大事件。进入诗歌创作"高峰期",说起来已经是 20 世纪 80 至 90 年代,其时我已届"知天命之年"。

王自亮: 有人说过这样的话,洪迪长期以来从事行政工作和他青壮年时期所处的时代动荡,在相当程度上影响了他的文学创作。您是怎么看待这件事的?最近三十多年中国社会"造山运动"在您内心所形成的碰撞,社会转型和变革所带来的一系列戏剧性变化,是怎么转化为您的精神资源的?

洪　迪: 事实上,我一直没有停止过思索和写作尝试,即使不写的时候,也在头脑里"写"。也许那是更好的诗篇。在社会急剧变化而诗坛亦显躁动不安时,我们需要格外沉稳和超然。我对时代的观察和思索,从来没有停止过,也留下了许多投影和印记。人不可以选择时代,但可以有所超越。当然,不是拔着自己的头发离开地球,正如鲁迅所说的。从 20 世纪 80 年代后期开始,除了少数友人和忘年之交外,我与外界交往并不多。更多的是我与同时代诗人的个人情谊,如冀汸、邵燕祥、金津、田地等人,特别是金津先生,乃 20 世纪 40 年代后期沪浙闽诗坛乃至全国青年诗人的佼佼者,是我终生受诲的恩师,还有你们这些忘年诗友,包括楼奕林、伤水、潘灵剑和你,也给了我莫大的鼓舞。更多时间里,我与诗歌文本、历史和典籍对谈。1980 年的舟山之行,1983 年的长江之旅和大半个中国的游历,特别是对 80 年代末期与 90 年代初期中国社会变动和转折的思索,为我诗歌创作的积淀和变化,起到了推动作用。最近十年来,我更多地沉浸在哲学、诗学和先秦诸子的研究和探索之中。我希望能清理自己所以立足的文化地基,清算诗歌、哲学和艺术之上的附加物,而对历史决定论的反思和重建人学的信念,一直支配着我的思想历程。

王自亮：在我看来，您具备一种对寂静的倾听能力，对虚无的建构能力，对存在的超越能力。一个诗人或哲学家能抓住虚无的本质，并赋予其特定的形态，是很不寻常的事，因为虚无往往无可把握，难以言说。无法建构"虚无"，则难以揭示存在的真在。真正的诗人天生就具备对寂静和空无的理解力，无论是采取谛听还是形塑的方式。这一点，在您的代表作之一《超越存在》中得到强烈体现。那么，您对诗歌与存在、虚无的关系是怎么看的？

洪　迪：我认为，真正有作为的当代诗人，应该将哲学、宗教、历史、神话和文学熔铸于一炉，以一种开合自如的创造精神，开阔自由的审美意识和注重诗美时空建构的诗学观念，表现时代的精神征候，处理过去、现在、未来三者的关系，显示诗人的求索勇气。作为一个探索者，应该在他者与自我，荒谬与拯救，孤独和狂欢，异化与扬弃之中，保持必要的张力，保持巨大的定力和警醒。

在《超越存在》这首诗歌的写作过程中，我试图开辟一种抵达存在的新途径，而超越是为了更好地抵达。在这首诗中，存在与超越存在，都以"我"的幻化和实现来抵达的。所以，我们不仅应该具备一种历史感、宇宙意识以及对生存状态的洞见，同时也必须感知一种超越存在的"现代性"，领受一种"完成了的人道主义"光芒。

王自亮：据我所知，自 1983 年我们一起游历长江之后，您就萌发了写作诗歌《长江》的念头。您的《长江》是一首穿透过去、现时和未来的精心之作，深入民族和历史的底部，进行一系列探寻和追问，同时倾吐了内心的块垒，长江被赋予一种历史规律和精神力量，更涂抹了一层神秘而辉煌的色彩。依我看，《长江》实现了您的一个梦想，就是大诗和诗的大美，就是对江河的总体把握，这些都是通过对长江的叙述和观照，也是对长江的重新发现来实现的。您能否谈谈《长江》的创作过程和感受？

洪　迪：写长江的确有一个反复进退的过程。从游历到酝酿，从酝酿到动笔，在这二十多年中，我也经过了一些思想上的变化。在不断积累情感、思绪和有关长江的历史现实素材的同时，你也知道，我有几次准备取消这一写作计划。长江要进入诗歌，成为诗歌，并非易事。但是“长江”已经在我心中孕育了好多年，已蛰伏在我的内心深处了，日夜躁动不安，时时折磨着我。写长江就是写华夏之魂，写民族的兴盛、危机和指归，写人站立和行走的历史。这应该是一条将现实与历史、理性与欲望、山川与内心、瞬间与永恒焊接在一起的长江，是时空交织、人神穿越，历史暮色中包孕未来曙光，失落与获取交替出现的共时性长江。长江唯其“长”、“大”和“悠久”，它的包容性和波澜起伏，足以提供一个恢弘的历史舞台。广袤疆域的诸多民族，千百年来的各种人物，无不在长江这个大舞台登场，上演了一幕幕激情四溅、悲欣交集的活剧。在长江的流动中，在长江的催生下，汉民族和其他民族一起，生生不息，各领风骚。长江即人，长江即历史，长江即意识深层的涌动与奔流方式，生命、历史、神话、人物、语言和山川，瞬间结合并恒久流动。

王自亮：半个世纪以来，您对语言和诗美创造的自觉，对天地人合一思想为核心价值的中国传统文化的批判性接受，对西方近代以来的理性启蒙和现代性的精准把握，特别是为“人”的观念之历史性重建作出的巨大努力，令人感慨。请问，您是怎么认识诗歌与人的关系的？

洪　迪：在我看来，诗美主体建构说到底就是作为人的诗人和书写者诗人的关系，就是诗人的主体性建立和诗歌创作的关系。与此同时，人的问题，是一件值得毕生探索的事。人所以成为人，有它的质的规定性，人是历史形成的，更是主体建构的，也就是在不断的扬弃中建立自我，在不断回归中确立人性的基本面。“诗即是人”。所谓诗学，究其实质，就是最高意义上的“人学”，或曰“生命—社会—存在”艺术哲学。这种诗学，是对人的自我异化的积极扬弃和人向自身和社会的复归，也是一种本体论意义的诗学。除此，诗歌与人的关系更是自我与他者、世界与内心、思想与审美、文本与本体的关系，读者与作者的关系也充满了人的社会交往的意蕴。

王自亮：您对诗歌的气势和韵味的关系，亦即力与美的关系是怎么把握的？

洪　迪：我们既不能刻意牺牲“意义”来换取“美感”和“精致”，也不该让“意义”和“观念”在诗歌中直接发言。诗歌本身有一种本质性的规定，但诗歌应该对各种文体有所综合，有所超越。东海的浩大和华北平原的旷阔，鱼的自由和鹰的搏击，草叶和树的精灵之舞蹈，可以成为我们诗歌的基调。诗歌就是力与美的平衡，诗歌创作贯穿了诗美的创造。可是在我们这个瞬息万变的时代，“大诗”正因它的大气与深厚，反而被放弃解读的努力。在优秀的现代诗中，那些精微、辽阔而坚实的意象，虽也充满跃动的细节，却往往为一些希图读出身边熟悉事物之奥秘的读者所忽略，也为企求诗歌成为精神装饰品的人们所远离。这不能不说是个很大的遗憾。至于韵味本身，是诗美创造的一个重要组成部分。没有力量却有“韵味”的诗歌，往往会走向腐朽、轻薄和过度精致，反之，如果没有韵味和意蕴，诗歌会流于呼号或叫嚣，徒有空洞的力量。当然，我们在这里说的意义，不是形而上的意义，或思想本身，而是从诗歌内部涌现或呈现的人生、世事和宇宙的况味，是一种心绪和意识，是诗人的自由意志。而意蕴和韵味，则出于诗歌本身的要求，正如狄金森说的，诗歌要说出真理，但是必须曲折地说出。“曲折地说出”，就是艺术的言说，就是韵味。

王自亮：您是怎样看待中外诗歌传统的，您的诗学和诗歌创作的源头在哪里？您是怎么实现对这些文化精神资源的创造性转化的？

洪　迪：若谈论诗歌创作源头，还得追溯到聂鲁达和惠特曼：广阔的精神气质和硕大的尘世形体，星空般的深邃和难以抗拒的语言魅力，不竭的创造力和包容博大的气度，复苏一个大陆命运和梦想的“自然力般的作用”。来自美洲大陆、与亚细亚的广袤及多样性相联系的一切，都从根本上作用于我们的诗歌创作。博尔赫斯的简约、深沉和神奇，也使我深为得益。除了自觉接受从但丁、弥尔顿到歌德、里尔克，从波特莱尔到洛尔迦的西方伟大诗歌传统之外，我们也应该对中国先秦文化批判地予以传承和吸纳。先秦思想源泉和汉唐精神风骨，以及我们所以安身立命的大地上的一切，足以成为我们诗歌的根基。

王自亮：诗歌与科学到底存在着什么样的“秘密通道”？诗歌与政治是什么关系？

洪　迪：诗歌与科学的关系，并不仅仅是一种联袂和比照，更是一种方法论意义上的切入，一种心境交织和语境融合。对各种宇宙起源学说和天体物理学，我向来抱有浓厚的兴趣，认为这是一门离哲学最近的学科。我们不仅可以从爱因斯坦相对论和霍金宇宙大爆炸理论中撷取一些重要意象和识见，如“奇点”，如“宇宙之弦”和“黑洞”，也可以将生命、宇宙和内心作出同构异质的诠释。这并非诗人在炫耀“科学知识”，也不仅是寻找艺术和科学的对应关系，而是诗人对宇宙万物求索欲望的自然流露，更是对生命、自然和时空的超现实“焊接”。当然，更重要的是对人生和政治层面的思索，对社会动力结构和底部力量的探寻。我们在以前的对谈中也经常说起，诗歌与政治是贯穿的，当然这里指的是“大政治”，事关民族、制度和世界历史进程的“政治”。

王自亮：您认为，诗歌与语言的关系是什么？

洪　迪：诗既是语言本身，也是语言的重组和升华。“诗到语言为止”，固然不错，但这样说是很不够的。诗歌应该是对语言的超越，包括惯常语言、语言习惯和词的惯性。更为重要的是，诗人无言，诗无言，诗乃渊默而雷声。为何？正如帕斯说的，“诗人倾心于沉默，却又只能求助于话语。”

诗的本性在于沉默，诗是一种神谕，一种创造，一种审美体验。在高峰体验的短暂时刻，自我意识悄然消逝，诗人觉得自己已经与世界紧紧相连、融为一体，仿佛窥见了终极的真理、事物的本质和生活的奥秘。在进入这种庄子所谓的“忘适之适”的时刻，自身与欢乐并忘，臻于天人合一之境。语言与感知、本体融为一体，唯有沉默，方能使诗美意象得以呈现，情感与意蕴则必须深隐于诗美时空之中，诗人心愈沉静虚默，其容受量便愈大。

然而，诗美创造运行于语言内部，语言也并非沉默。以阐述的语言来创造沉默的诗美，是诗的天生的语言痛苦，可除此别无他途。于是，诗人就得超越和突破日常语言，创造诗的语言。所以，诗是一种表现诗的沉默本性的沉默语言，一种无言之言。这种创造的标准，正如司马迁在《史记·屈原贾生列传》说的，“文约辞微，旨大义远”。帕斯说，“在喊叫与沉默之间，在所有含义与含义的空寂之间，诗出现了。”在我看来，诗的境界全是沉默，触发是神谕，理解是解开诗所传递的诗美情感的密码。诗语言的本体性一头深入最深层的集体无意识，另一头则伸向沉默性的追求而臻于其极致之无言，以力求神悟本真生存之真谛。

王自亮：您认为诗美创造的本质是什么？好诗的标准是什么？诗歌存在着某种"统一场论"吗？

洪　迪：诗以创造诗美为宗旨，是生命的羽化和结晶，也是对存在的超越，对荒谬和悖论的消解。追寻诗本体，最终获得四个关键词：生命、创造、诗美、语言，我们可以把"诗"界定为人的生命体验、创造和超越，人的生命力高度激发状态的语言创造，也是诗人用自己的生命自由创造出来的审美生命。

依我看，好诗的标准既复杂又简单，愈接近纯诗美愈好。而纯诗美则要求诗的意蕴、情感、意象、形式、韵律、结构、意境、语言等通体皆美，使诗美质体处于"永远激荡的创造性流动"中。

诗是情感时空与智力时空的统一。但"诗的十字架是背定了的"，因为诗歌创作过程中充满了"悖论"和"牵引与汇集"的痛苦，也就是撕裂与弥合的痛苦。比如，诗既是生活景深的映照，又是生命的存在方式；诗既面向现象界又深入内心；诗既现实又梦幻，诗人既迷醉又清醒；不可重复是诗的本性，往往造成不可索解，而诗又须深入最广大的人心；诗必须反文化以臻于创新，但诗本身即是一种文化；诗栖息于语言内部，又从内部破坏语言。

发现与组合，建构与解构，旧与新，从根本上说，都是诗歌的创造性本质所决定的冲突与张力。事实上，诗人的痛苦即诗歌的痛苦，这是另一种孤独、死亡并重生。

王自亮：您认为现代性是什么？

洪　迪：何谓现代性？现代性即超越，通过超越获得永恒，也就是茨维塔耶娃说的，"现代与永远同时，就是与一切同时"。"现代性"在相当程度上可以与"超越"互换，而对存在和人自身的探寻，是诗歌"现代性"的根本所在，只有超越，才能解除诗歌所背负的"十字架"。

现代性浮现在一代人思想、意识、情感、心态和倾向凝聚而成的社会历史本质的主流或潜流中，更潜隐于深层民族心理积淀和各种已然的习俗中，它以强大的隐性力量制约着现代生活演进的动力与方向。总之，现代性既现时又古老，既瞬息万变又亘古恒定。比如，现代人的自主、跃动、不安、孤独、沮丧、悖谬，是互相联系与纠结的，也是割裂和分离的，但不同于古代宗法和宗教生活支配下不可分割的诸种情感的融合与完整。

就诗歌表现来说，由于现代性的存在，使得理性与无理性同时加强，增加了理性的硬度和无理性的自由度，往往以外貌的悖谬表现内涵的至理，以象征和暗示结构意蕴美的多层建筑，开拓它的深广度。现代诗中的情感与情绪，往往经过一番冷处理，经过淬火，尽量隐蔽，外表显出一种智光的冷隽，或是幽默的灰黑。而现代诗美时空虽然也立足现实，却更为放纵想象和注重幻象，组合奇异的超现实虚幻景象；其语言特质是直接进入语言本体，由注重客体的叙述、描摹，经过主体的抒发、表现，走向显示本体的暗示、直觉和呈现，或者以某种惊骇的直觉穿透人的灵魂。

王自亮：如果当年郭沫若沿着《女神》能够长时段地投入创作，设想有这么一个理想状态，他从年轻时开始再写他五十年，有没有可能成为中国的歌德？

洪　迪：郭沫若成为中国的歌德，我认为是不可能的。

王自亮：为什么？

洪　迪：这跟郭沫若的个性有关。他相当情绪化，歌德固然有情绪化的一面，也有稳定的一面。郭沫若虽说成就是多方面的，人确实聪明，但是他缺少真正深沉的东西，《凤凰涅槃》是他最深沉的作品，但是你仔细看，深沉的程度跟歌德还是不能比，再加上郭沫若所处的时代如此动荡，而他又是最喜欢赶热闹的。我认为，他成不了歌德。

王自亮：我想比较一下他们两人，因为这很有意思，对我们本身也是一个镜鉴。您说得对，诗人除了情感丰富的一面之外，更需要一种长时段的、深层的、稳定的东西，虽然他的表层可以有情感波涛，但是他的内心和意识深处有一种跟历史接轨的那种稳定感，这也是诗人最重要的东西。

洪　迪：大、重、稳，这是很重要的东西，好比船舱里面有好多大石头，航船若要真的稳，就要有大石头放在船舱里，这就是“压舱石”的作用。

王自亮：现代诗歌从意象主义到超现实主义，究竟走了一条什么样的道路？现代主义的本质是什么？

洪　迪：我认为，从诗歌来说，“意象主义”是开路的，但是最有成就、影响最大的是“超现实主义”，从“达达主义”开始到“超现实主义”，很有意思。“超现实主义”的出现跟弗洛伊德有关，它建立在弗洛伊德的潜意识、无意识的基础之上，运用到文学之中，推动文学的转向。“超现实主义”有两个特点，我认为这两个特点永远都是有用的。一个特点就是所谓“自动写作”，“自动写作”的后续发展、创造性，虽然有潜意识的作用，但是真正的创造还要有后继的力量。后继的力量在这个原发的基础上，带有一定的意识向前推动，没有这个，创造是不能完成的。在小说方面就是“意识流”，美术上就是“立体主义”，如毕加索。20 世纪初，在巴黎集中了文学艺术的顶尖人物，他们是相通的，也交流，总体上可以说是创造了现代主义。艾略特在现代诗歌上有很大贡献，现在有相当一部分人对他重视不够。意象主义强调意象及其组合，艾略特强调抽象艺术，把哲学、理论、思考融入诗歌里面。我认为真正的诗歌就是两大艺术的结合，一个意象艺术，一个抽象艺术，达到张力与平衡，能做到这一点的就是大师。我始终认为后现代主义不如现代主义，因为后现代主义作为一种反拨，作为对现代主义的批判，实际上是对它的一种修补，没有开创性、建设性的大东西，这样 20 世纪整个就过去了。那么，21 世纪是什么？我认为，21 世纪最重要的，实际上就是超越。所谓超越，就是回归到人性的本真，这样文学本体就出来了。不管这种主义那种主义，最后都回归到人性的本真。

王自亮：是不是可以这样理解，“超越”有两层含义：第一，就是一种回归，寻到源头，最大的源头就是人性的本真；第二，这个超越不是在艺术和诗歌流派内部寻求新的东西，而是一种综合，甚至把政治、社会、科技、宗教熔为一炉。

洪　迪：对。从 20 世纪后半叶开始，就已经是跨文体，在文体上面的超越就是跨文体。

王自亮：还有个问题，就是诗歌跟自然、宇宙的关系，我们这里说的宇宙既包括宇宙观，也包括宇宙作为一种存在，请您说说它们跟诗歌的对应关系。

洪　迪：宇宙本来是没有目的的。但我们从现在回过头来看，宇宙就是为了把“人”生出来，所以，宇宙自其大爆炸开始，就跟人有关了，所以人是本体。

王自亮：有这么几层关系，就是诗人跟自然、诗歌与自然，包括大自然的奥秘，诗歌跟自然的对应关系，诗人的宇宙观、自然观，还有合目的性问题。我想这些是非常值得探讨的。因为当下中国诗人比较缺乏这方面的探索，这是非常遗憾的。您是怎么看待这个问题的？要寻找人的本质，切入点在哪里？

洪　迪：真正写诗，就必须首先是诗美创造主体的建构，这是最根本的。这个建构里面，第一，就是你自己是个人；第二，你当然应该能够掌握语言呈现。那就能创造诗美，写诗就是诗美的创造。因为诗就是人，美也就是人。诗的形态和最后面貌，是跟你这个人所思考、所践行的分不开，跟你的胸怀、气度分不开，当然这些东西的养成跟你的学问、思考也是分不开的。陆游到剑南以后豁然开通了，变得丰富廓大了。尽管我们天天面对生活，但生活有一个深度、广度的问题。我们以前开玩笑说，如果说光讲生活，那中国每个农民应该都是诗人，因为他们每天种田，他们最有实践，当然最有资格成为诗人了。生活和实践当中，还有一个思考深度的问题。没有诗人的眼光、胸怀去融解你的生活，你不会有诗。

人的本质在哪里呢？人的本质在三对矛盾的交叉点上：一个是人跟自然界，一个是人跟社会和他人，一个是人跟自身。这三种关系的交叉点，就是人的本质所在。马克思讲的，主要是一对矛盾，就是人跟社会、人跟他人，所以他说“人是一切社会关系的总和”。实际上，我们以前把社会关系仅仅理解为阶级关系，这不对，马克思是很重视交往关系的。这就扩大了关系的范畴。

王自亮：哈贝马斯也是研究交往关系的。

洪　迪：对。哈贝马斯就讲这个，他讲主体性、主体间性，是有道理的。因为主体性是“你讲你的，我讲我的”，他说的关系呢，是“我跟你之间的关系”。这个更重要。我们现在来理解所有的关系呢，都有对立、斗争、矛盾的一面，但是更重要的是和谐、和合，同一性比斗争性更重要。

王自亮：那么，人和自身的关系，是否可以理解成是弗洛伊德的发现？20世纪下半叶能否也可以理解成人认识自身的重新开始？

洪　迪：当然，弗洛伊德是一个重要方面。人跟自身的关系，对中国人来讲，是很重要的，特别是宋人。从二程到朱熹，他们强调的就是《中庸》里面最后讲到的一个"诚"字，人实际上是讲关系的，我跟你之间有爱，那么它的基础是诚，就是人要自爱再爱人，所以一直强调所谓慎独。自己跟自己的关系，包括生理上对自己身体的认识，也包括在思维、思想层面对自己的认识，在道德修养上面的关系，就是诚还有敬，不是光指我对你尊敬，是自己对自己、世界、宇宙的根本态度。我认为，人的这三对矛盾中，对自己的认识最重要，也最差，也就是希腊哲人说的"认识你自己"，人们做得很不够。这个问题，是人类几千年以来最不如意的一条。认识自然，有自然科学的发展，认识社会有社会科学。认识自己呢？就不够了。弗洛伊德对自我意识活动方面，是有足够认识的，而且荣格还发展了。弗洛伊德是讲无意识就够了的，荣格是讲集体无意识。人呢，其实有两方面的遗传：一方面，是生理学上的个体遗传；还有一方面，是整个社会历史文化的传承。因为人是要讲文化的，所以人之所以成为人，是跟文化的传承有着非常大的关系。对真正的诗人来说，生活是重要的，接受前人的文化也是很重要的，需要体验，需要广泛阅读，然后去创造世界。但是，真正属于21世纪的，各个方面都很卓越的人，还没有出现。

王自亮：你觉得诗歌跟文明是什么关系？

洪　迪：诗歌是文明之花。

王自亮：是否可以这样认为，反文明也是一种文明，文明的断裂也是一种文明。文明既能使你展翅高飞，又是你的监狱。能否提出这样一些命题？

洪　迪：对，反文明也是一种文明。从异化的角度来讲，就是从劳动异化到人类异化，其实马克思讲异化同时是在讲三条路。他说，"异化跟复归走的是同一条道路"，这句话非常重要。也就是说人类一方面在异化，同时还有异化的复归呢，在异化的同时，就有不断的复归。还有一条路非常重要，马克思没有直接讲，就是异化的同时，人类历史在不断地进化。进化，异化，异化的复归，这三条路是一致向前的，三位一体的。这是我去年重新阅读马克思《1844年经济学哲学手稿》悟出来的，这就是历史真相：一方面在异化，一方面在复归，一方面在进化。

王自亮：诗与思是否同样重要？

洪　迪：对啊！思与诗，那就是说，不去思的诗人是不可能成为大诗人的，不可能成为有重量的诗人。只有思才能重，不是题材大了就是大诗人。

王自亮：如果说，诗歌有什么使命的话，那么它的最高使命是什么？

洪　迪：说到底就是最完美地创造诗本身。诗正是诗人所体验的生命意识与人类情感创造性的语言呈现，诗歌的最高使命，尽管有的美学家表达为真理，有的认为“俨有释迦基督担荷人类罪恶之意”，但从根本上说，就是一种诗歌的自洽与圣洁的奉献。诗的为艺术与为人生，自适与济人，根本上是一致的。

（对话分若干次完成，2012年秋冬之交定稿，后半部分对话由我的学生张鹏录音并整理成文字。）

《不编年史》

一

近年来，我一直有这么一个近于荒诞，事实上却是可欲的念头，就是写一部仿回忆录的小说：《不编年史》。既不是赫尔岑的《往事与随想》，也不是马尔罗的《反回忆录》，甚至不是胡适的《四十自述》，更与塔西佗的罗马《编年史》相差十万八千里。

这部《不编年史》的形态和意蕴如何？写它的依据呢？它能完成吗？我经常向自己发问。

这可能是一部奇异的“自传体小说”，一个虚构成分浓重的“精神自传”，一代人的境遇与生存方式，他们的独白与对话，他们那些头绪纷纭，看似松散却环环相扣，只有开始而没有结局的故事，他们周边的“喧哗与骚动”。更重要的是，主人公所处的时代，也就是当下社会，与中国和人类一切时代都有着巨大反差，如此庞杂混乱、变化剧烈和自相矛盾，就像一只巨兽，有着黑色奢华的皮毛，混浊空洞的眼神，琥珀色的锋利爪子。

这个主人公“我”，绝对是个集合体和混成物，但他的确有独特的自我印记，操一口烙上人类普遍印记的，带着北京腔夹杂南方方言的所谓普通话，时而粗鲁时而优雅。这的确是“最高虚构笔记”（斯蒂文斯）。我准备采用的文体是诗歌与故事的交织，打乱时序和空间的叙事，戏仿学术著作的注释与索引，一种混杂的文体，一种双重的流动：生活与思绪。不这样做，实难传递这些人物内心与行动的万分之一。

打破诗歌与小说之间的界限，取消英雄史诗与日常生活的畛域，把戏剧性冲突的必要张力与韵文的抒情成分予以有机嵌合，一直是我的文学野心和美学理想。而这种理想状态的实现，在今天已然成为可能：生活的戏剧性一面显露无遗，一代人的困惑还没有来得及解除，就被投入到由金钱和技术堆砌的世界中，欲望的召唤取代了号角的催促，未来的不确定性与现实的紧张感，历史的荒谬，就像枯藤新枝纠缠在一起。

每次动笔之前有一种近于暴风雨之前雨云的张力，大量的积蓄和冲决一切堤坝的激情，这种激情与归于宁静的落差，以及由这种落差形成的势能。可是当我动手做卡片时，一切化为乌有。

是的。对人性不确定性的无奈，对时世弄人的感慨，对这几十年来自然、技术和人紧张关系的难以驾驭的危险感，特别是，对于世纪初就出现“末世感”的震惊，涉及亿万人的经济金融战争的酷烈，以及对人类多少年来的生存状态和文化根基的摧毁性打击，我有什么话要说？可以做些什么呢？

也许“爱与死”是一个永恒主题，死亡与爱情是靠得最近的两个词。然而对于爱情提升人又折磨人的两面性，该让人发出怎样的浩叹？对于爱的精神性和肉欲的结合，短暂的欢乐和恒久的苦痛，还有那些分离后的聚合，失散后的再失散，背叛的各种诠释和理由，我们又能说些什么？

那天雪夜里，由于绝望在北京街头发出的如狼嗥叫，江南雨天那大片云团令人目不暇接的不断幻化，乘飞机时穿破云层后，天空呈现的《神曲：天堂》般的澄澈境界，走近国清寺那株苍老而枝叶纷披的隋梅旁看到的“前世记忆”，或者上天竺那块“三生石”似曾相识的棱角忆念，痛失之后虽生犹死的感觉，所有这些又该如何表达？

对人类精神进入迷失状态和这个最令人陶醉的星球提前进入热寂（熵：热力学第二定律）状态的忧惧，在写下《不编年史》第一个字之前就让我万箭穿心、五内俱焚……

我仿佛瞥见人的最后一片绿叶转瞬变黄，事实上回忆录就这样完成了。

二

在卷帙浩繁、形体庞大的《不编年史》(五卷本)写作计划真正实施之前,我必须做大量的记忆整理和碎片研究工作,同时让互不相干的人物、事件和景象迅速建立某种内在联系,就像福柯声称的那样,要做好多“知识考古”工作,又如同刘易斯·芒福德写作《城市发展史》时那样,在城市的历史和现实之间不倦拾荒,于人类精神和世界表象之中不停穿行。

参观芒福德位于纽约城以北阿米尼亚小村工作室时,人们无不为之动容:“芒福德生前工作的书房,面积不足六平方米,门接客厅,窗临花园……这小小的书桌,我用手丈量了一下,宽两拃零四指(约五十厘米),长约四尺,很像我国小学生合用的课桌。桌子的一端是台很旧的打字机,对面的墙壁上,钉着三排等距的小钉子,小钉子上挂满了曲别针,上面是别着完成或没有完成的画片、图片、卡片之类……真让我有朝觐圣地的情感。”(《城市发展史·中文第二版译者序》)面对大师和巨著,端详着这位世界城市史宏大叙事者简陋的乡村工作室,我们还有什么话好说,有什么理由推辞自己该做的事情?

我十分欣赏波德里亚的说法,他“前去寻找的星形的美国,不是社会的和文化的美国,而是高速公路上空寂而绝对自由的美国,不是习俗和精神的深度的美国,而是拥有沙漠速度的美国,拥有汽车旅馆和矿物表面的美国。在电影剧情的速度中,在电视的冷漠的映像中,在穿越虚空日夜放映的影片中,在符号、影像、面孔和道路上的仪式行为的不可思议的冷酷无情的连续中,我搜寻着它”。

所以,波德里亚说,自己所欲在美国寻求的“社会的未来灾变的完结形式”,也即现阶段美国的特征,是可以在这两种地理现象中发现的,即“在地质中,在那种深度的翻转中去寻求——这种翻转可以在有条纹的空间,盐和石头的地貌中,在化石河流蜿蜒而下的峡谷中,在侵蚀和地质中呈现着自己的缓慢形成的远古的深渊中发现。我甚至在大都市的垂直性中寻找它”。(Jean Baudrillard, *America*, New York: Verso 1988)

三

我惊异于贡布里希爵士的惊人记忆，能够在耄耋之年一字不差地背出 17 岁时读过的一篇很长的随笔或史传片段，壮年时碰上“二战”，因精通多种外语特别是德语，在国防部情报机构工作时居然在第一时间破译了希特勒自杀的信息，深得丘吉尔首相的青睐，这是中国美院曹意强教授亲口告诉我的，他有一段时间与贡布里希爵士过从甚密，亲聆其言。

自然，我更为法国年鉴学派的掌门人布罗代尔的超群记忆力所服膺，为了写作《菲利普二世时代的地中海和地中海世界》，自 20 世纪 30 年代初酝酿此书，查阅了大量档案，至“二战”爆发时积累了一万多张卡片，在战俘营里完全凭着自己非凡的记忆，不间断地思考地中海波澜壮阔的历史画卷，并把心得记在获释难友寄来的练习本上，到 1945 年获释时他已经完成了这 1 000 页巨著的一大半。

但我绝不会因此沮丧万分。其实记忆不仅存在，而且总能以某种方式激活。前半生从事过众多工作，虽然在相当程度上丧失了写作的机会和空间，但好在我几乎是个“恋物癖者”，我从来没有放弃过本雅明式的收集工作，这样我就可以通过多种途径复活记忆：一片纸，一张海报，一个账单，一个晚会邀请函，一行诗句，一个会议文件，一个田野调查记录，以至于录像带和录音记录，老家壁橱背面的记号，残存的日记和亲人的皱纹，兄弟的酒后之言和那张形若行云的古琴，以及如此纯粹的吟唱。自然，复活记忆的最好办法是去除遮蔽，撤出名利场。

四

为了不违背命运的差遣，也就是宿命之安排，我得尽快决定自己下半生的工作方式：交叉的，迂回的，爆炸的，宁静的，直截了当的，盘根错节的。

写作《不编年史》采用的是一种奇怪的体例和特别的呈现方式，就是原则上由读者自由组合我的写作材料，可以根据您的平昔意趣，或以抽签或玩纸牌的形式，来拼贴我有严格编号的文字，即成品或半成品；作为著作权人，我也有一个自由选择，就是一边做着完形写作，一边展示写作材料或者说是“碎片研究”的过程。正如一个工匠，一边给你看他的手工艺品，一边让你参观他的作坊，还时不时地露几手绝活供你逗乐。

在网络游戏、动漫和卡通图片盛行的年代，在年轻一代手持终端浏览器沉湎于神怪鬼魅和“惊悚故事”的年代，在《战争与和平》和《追忆似水年华》被束之高阁并布满尘埃与蛛网的年代，我们能做什么呢？

想来想去，还是做我上面所说的《不编年史》式的镶嵌和拼贴，让想象力紧贴着现实和超现实的水面低低飞翔，偶尔照看那些划出黑色与白色边界的天际线，可能在开发心智和增进意趣方面，或许是大有兴味的事。

让沉重的现实材料或生活碎片变成自己手中的工艺材料，赋予精湛的制作技艺，使之成型，吹一口气让他们到处走动，获得现代的创造快感，想必比任何游戏都裨益人生吧。

我的碎片研究，也就是《不编年史》的写作之前的材料，可以取个总题，就叫《日常生活批判》，当然这个标题也是借用的。列斐伏尔的“日常生活批判”概念，最早见于1936年他与居特曼合写的《被神秘化的意识》一书。我觉得这个概念有意思，也很带劲。

2010年9月19日，于杭州

湖畔谈话录

要想改变你的语言，首先得改变你的生活。

——沃尔科特

一

昨天晚上，Y、S和我三人，在杭州西子湖畔的“茶酒年代”见面，并长谈了一次。

Y和S是首次见面。神交已久的他们，在湖边紧紧握手，脸上写着“相见恨晚”四个字。是啊，一行诗足可穿越整整二十年的时光。对于他们来说，二十年究竟意味着“隧道里的黑暗”还是“阳光下的缺席”，很难用语言描述。尽管他们两人多年来也一直彼此欣赏，最近在博客上有文字往还，但见面毕竟是有意义的，“亲在”或“在场”的重要性，不言而喻。我自嘲地说道：“对于你们至今才得以见面这件事，我负有不可推卸的责任。”三人抚掌大笑。

对他们两人的诗歌，我先做了一个鸟瞰式的点评。

先说Y的诗。Y是我向来服膺的诗人，也是我最熟悉不过的人。他20世纪90年代写的《超现实书》就征服过我，最近史诗式的《神秘的三星堆》无疑又达到了他新的高度。这些年来，他写得多而好。他的诗歌散发出一种无法抗拒的魅力。

在不动声色的叙述中透露出的历史机锋，于内心视界中不断扩展的超现实意蕴、彻底的反叛与解构，特别是紧贴现实飞翔而又能抵达绝境的语言实验，显示出他对本土人文精神的深刻把握和对现代欧美诗歌前卫意识的批判性接受，也表达了他作为剧烈变化时代见证者的洞察力，而大气又精微的表达方式则是他向来的美学追求。

他的诗歌是对想象力的另一种解放，也是对人道主义世界范围日渐式微的全力救赎。警峭的诗句，内敛、必要的张力和精选的意象，跳跃式诗行之间的巨大空白，提升全诗境界的收尾，以及神来之思与“枯笔”的交替运用，都是 Y 所擅长的诗艺。我经常跟他开玩笑说：“这是你的核心竞争力。”

就拿那首《神秘的三星堆》来说，它的优异既不在于这首诗的佳句迭出，也不在于娴熟的技巧，或回肠荡气的笔墨，这种说不出的感觉，我想可能就是对大地秘密的突然开启，对历史谜雾的瞬间洞悉，或对天空星图的悉心解读。特别是，Y 对南方水样智慧与北方深沉脉动之调和，实在令人难忘。他的这首诗歌，可以理解为是 Y“大诗意识”的真正觉醒，自然与人、宇宙与内心、历史与现实、实在与虚无的交织对应，也是对镜像与光源、词与形、比兴与赋等语言、审美诸领域更为精细的把握。我们读后会对三星堆这样的文明在深感震惊之余，生发出巨大的仰慕。它和诗歌本身一样，“创造了一种仅凭感觉就能洞悉一切秘密的霞蔚般的文明”（陈文育语）。老子这一类人的大智慧，本质上难道不是如此吗？

前段时间 Y 有关四川的诗歌写得棒极了。我们简直可以相信，他已经在巴山蜀水之间留下他的内心投射和对异质文化的深层开掘，比四川诗人走得更远。他前几天发表在网络上的《金鱼的复仇》，也是天赐的灵光一现。我们觉得这首起因于马格利特同名绘画的诗歌，是一场“虚无的舞蹈”，并收获了一种形而上的喜悦。我感到，像金鱼一样匆匆游过、抓不住的事物，或者那些流动的梦魇，被诗人的语言抓住了。还有一些意外的悲哀，潜入我感官的房间，如潜入海底。

我和 Y 保持多年的一个共同爱好，就是不间断地阅读伟大的南美诗人帕斯、聂鲁达、博尔赫斯。他和我一样，对帕斯的《废墟间的颂歌》很服帖。Y 说，“这首诗之所以能折服我，主要是最后两句：‘人：形象的根本/语言开花结果，化为行动。’特别是最后那句，在我脑海里游荡了十年都不止。因为这句诗的功力，不输于任何人。而在这里，我有时把‘语言开花结果’中的‘语言’当作‘废墟’二字来读的。”他又说，“或许正是两个废墟的交织，才产生足够的张力，从而在今天读来都鲜艳无比。更重要的是，世界一直在光明和黑暗、希望和绝望之间摆动，这一情景与这首诗何其相似。”我非常赞同。

在给Y的留言中，我这样写道：“帕斯的伟大，我们现在还没有足够的认识。你评论的这首《废墟间的颂歌》，的确也是我非常推崇的，而且我觉得每一次读来都有新的感悟，历历在目而深不可测。政治意识转化为艺术诗行，美洲大陆的气势变成层次递进的语言构造，而墨西哥本土文化与现代性的废墟恰成对照，一切壮丽完美。诗歌写到这种分上，也算是死无遗憾。”

再说S的诗歌。

S就是一块兀自立于东海的黑色礁石。在我看来，他那奇异的前额就是闪闪发亮的船头。他的诗歌，从20世纪90年代初的《大奏鼓》到近年的《逝》，林林总总一两百首，透露了海的秘密和人“向死而生”的过程，一种面向海洋和比海洋更为辽阔的现实探寻真理，打捞沉船与往事（包括他来自闽南沿海的那一脉族裔），并奋力划行于商海的生存姿态，一个孤独而自在的水手的故事，一个近于《大白鲸》和《黑暗的心脏》这类语调的海上故事，或命运废墟中传来的不屈之声。我与他以兄弟相称，除了命运和地域的关系之外，更多的是精神气质的投合。S总是激越而宏阔的，甚至是响遏行云的，人们有时不明白，他歌唱的音调如此高亢却经常会在海边默默地坐上好多时辰，以至于渔民们以为他已经禅定了。S又是那么忘情地生活着，票据和成本控制就是他的另一些诗歌意象，交换和海关检验则成了诗歌书写方式的瞬间转换。

S的诗是大诗，另一种大诗。海洋是历史性的，只不过这种历史性通常使用一种不同寻常的编年体；海洋又是戏剧性的，人与自然的对峙与和解，生活经常会呈现出海洋的特征。诗人眼中的海洋已经是人的类属性之对象化，因此海洋冷酷、动荡且具备强烈的复仇心理。鱼也有其族类，船在征服海的傲慢同时也被时间之海征服。S诗歌的主题相当庞杂，但鱼、海流、渔村和船只，海妖与渔夫、台风与海浪、出海与回归、征服与被征服、黑暗与光芒，是他的基本元素和诗歌底色，而且这些意象和感觉总是联袂而至，上演一出生龙活虎的海边情景剧。即使写隧道和煤，闪电与街道，花朵和光荣，S也是大开大合，淋漓尽致，甚至是撕肝裂胆的。

当然S之所以成为S，还在于有他的另一面。正如有人评论的："S的诗中所有的事物都有知觉与灵性，并在其主观感受里抵达理解的透彻。反讽的语调，貌似颓废中的深刻，幻象的创造，能将世俗写得不俗，于芜杂中撷取诗意……。"他也写故土、交谊、新闻和别处的生活，也写商业场景、畸零人，虽然不如海洋诗歌那么有穿透力，但也是富有特征，很难忘却的。S诗意的丰富性和诸多道路的交叉，与他的生活方式和经历有关，也与他深受洪迪先生诗学观念的影响有关。他的诗歌有远大抱负，但他的表现形式是即兴的，相当自由甚至随意的。他所理解的自由，在诗歌中得以部分实现，而对忧伤的排遣也随之完成。

S的《海殇》与《鱼王》系列，既体现了他对赋体诗的浓厚兴趣，也出于对现代生活中个人悲剧性命运的关注，对海洋和生活两大场景中生灵沉浮之悲天悯人式的情感投射。如果说《海殇》对铁锚、海难、船夫、风浪、日出、收获的描述是一种全景式摹写和命运歌谣的话，那么《鱼王》则凸显了个人在海洋和生活的双重打击下的哀痛，以及随之而来的救赎。

到目前为止，S诗歌的"标志性建筑"显然是《逝》。《逝》最初的题目叫《写不完的作品：我为什么活着》，写于2001年七八月间，九年后改为《逝》，这很有点意思。死亡是这首诗的弥漫性主题。在这首诗中，死亡不仅仅是个事件，更是一种放射性的力量，一种扇面的展开，一连串不停顿的标点，语气急促而悠长。

"我可耻的躯体/枯瘦，暴晒的鱼干/残存的腥味是唯一的优雅/一个面孔消失/无首有颈的人，从床踱向/碗"，写得如此神秘而残酷，死亡原来可以像鱼腥味那么纠缠而优雅，但笔锋一转，当写到外祖父的离开时，死亡又是那么的日常化："他说：今天日子不好，后天我就走，你们都来/后天他就走了"。接着S用反讽的口吻嘲弄死亡："我亲临/一定有什么降临在泥巴上/我搓着自己的骨灰/装进一个瓷质盒子。我留意那盒子的花纹/还不够美观”。诗人搓着自己的骨灰，还留意骨灰盒是否精美，这是一个死者能够做的吗？所以有人在网上评论：“诗人在诗中对死亡的思索，痛苦、尖锐而又启示、纯粹，从及物到虚无，是少有的把形而下和形而上如此完美地打通的作品，达到了萨特论艺术时说到的理想状态——‘从一种充盈的实体中创造真实。’”

在《逝》的后部，S的笔触暂离死亡，进入生活和“我”面对死这个事件后的生存状态，他变成了“贼”——在死亡的监视下盗窃生活？——死亡的弹奏是空房的恐怖吗？——“我”展开了兰花指弹向空气（有点像昌耀的做法）——“你弹奏什么？指头不是目的/指头比音乐更短，够不着我独自的病/我暗藏的毒”，——比起来，这个“我”面对死亡是机智的，有一种残酷的优雅。他深知死亡无法战胜，但以游移的舞步与死亡调情，以毒攻毒，看着死亡够不着自己“独自的病”，肯定暗笑不止的。

对死亡的一时忘却是可以的，但要消除恐惧必得还要重新生活，另起炉灶。要燃尽自己，变得轻盈，精神升向天空，肉体接近大地。要残忍些，再残忍些：“我目睹一部分山水开始在我体内腐烂/而身体里的另一部分——/那些感慨、修辞、异端，也风一样从我身上吹走”。最后是对死亡事件的总体解决，正面向高地发起猛烈进攻，像解构生活和文本一样解构死亡，置之度外，“我忘记了自己已经逝去/拯救舌头的发音，感受冷暖的喷嚏，全是虚无/这分行文字是假的，语言是假的，屏幕是假的/真实是保留着名字的死魂灵”，针对死亡的绝招是虚无对虚无的“相忘于江湖”，而且忘记自己的逝去，承认唯一的真实是保留着名字的死灵魂，其语气决绝、坦荡，无可比肩！

在S的《逝》中，我发现“向死而生”的结果，是死而复生，而破碎的内心将在这样的语境中重建秩序。原来死亡创造了奇迹，就像史蒂文斯笔下那只高居田纳西土丘之巅，让群山称臣的灰色坛子。

二

由于我们的谈话进入“戏剧性”这个话题，很快就变得语气急促而充满挑战性了。

我首先提出了诗歌中的“戏剧性”问题。因为在我们看来，现代性在诗歌中的体现，除了反讽、隐喻和叛逆之外，戏剧性和一定的诗思悬念是必不可少的，这是当代诗歌“质的规定性”。

戏剧性不是仅仅将戏剧手法引入诗歌写作，或将“三一律”、“戏剧冲突”、“怜悯或恐惧”等吸收到诗歌创作和理论中去，甚至也不是将“缺陷”和“恶意的快感”植入诗行，以便营造后现代氛围。

不，诗歌的戏剧性是诗人感应生活和进入内心的重要方式，也是诗歌本身保持冲突和紧张感，反抗虚无和死亡，克服影响的焦虑，进而“陌生化”的需要，是当代诗歌摆脱虚假浪漫主义和消解历史决定论的需要。总之，戏剧性是诗歌写作的题中应有之义。

在当代或现代诗人中，诗歌的戏剧性到底是否存在？或者诗人的戏剧性实践的说法是否成立？对于这一点，我们三人觉得多多少少是有待检验的。于是，我们有了一段“戏剧性”的对话。

话题是从美国桂冠诗人沃伦开始的。

高龄的沃伦一生中曾经好几次中断诗歌写作，虽然他早期的诗歌就写得不错，叙述才能充分，诗中对于现实事物的观察和描述细致生动，但从 20 世纪 40 到 50 年代，沃伦有将近十年诗才枯竭，一首抒情诗也没有。直到 1950 年结束第一次婚姻后与女作家克拉克结婚，幸福感唤醒了他的诗歌才华，其间创作了许多诗篇。这些诗风格大变，语言新鲜、放松，充满情感和能量，也非常具备戏剧性的张力，叙述的角度和情景的变化也是气象万千。晚年的诗歌更是精妙无比，出现了回忆中的西部，以及南方的荒野、动物和星空，诗歌形式上挥洒自如的同时也充满了差异性，语言的粗放感里蕴藏着“心机”，用语法的精简和紧张代替了语词的拘谨和刻意，足以与哈代、叶芝、史蒂文斯“伟大的最后阶段”相提并论。

为什么会出现这种情形？我觉得，写出杰出小说《国王的人马》的沃伦，自然具备了叙事本领和把握戏剧性冲突的潜质，对于写作诗歌是很有用处的，但直到晚年才摆脱艾略特的强力影响，发出他自己的声音。

沃伦怎样找到自己的声音？直至沃伦父亲去世，他在整理遗物的时候，发现了许多可能包含父亲一生内心痛苦和故事的物件，突然间父亲生前的语调、口吻和形象复活了，与他想象中的诗歌语气、基调混合起来了，如歌如诉，到底是故事、诗歌还是戏剧，几乎是难以分辨。在《树叶》这首诗里，沃伦明确意识到了自己父辈独有的声音，靠着这声音他才唱出自己的歌。他的《奥多本》、《响尾蛇庄》和《红尾鹰和少年时代的火堆》、《读到深夜，水银柱正在下降》，就是这种声音的代表作。

而我特别感兴趣的是，沃伦的诗歌是如何与"父亲的声音"交织在一起的？这些"戏剧性的转换"是如何完成的？它与沃伦诗歌的戏剧性有什么关系？近年来，我一直放不下这些问题，且没有停顿过探究。

如何验证诗歌与戏剧性的关系？这次是我来回答问题，Y 和 S 发问。那种咄咄逼人的氛围，我是终生难忘的。要知道，这一切都发生在西湖边。

问：你认为沃伦诗歌的戏剧性究竟体现在什么地方？

答：沃伦的小说、诗歌和批评文本是互相交叉的，他的美国南方生活和西部感受，他父亲的声音和自己的声音，他的回忆和现实感知，他的沉默和喧哗，就是多声部的，彼此穿透的。他诗歌的戏剧性，就在于他的每行诗歌里都有一种情景，一种最深沉地触动人性之弦的情节。他有一个伟大的才具，在戏剧性的叙述中，不知不觉地让诗歌精神抵达你的心灵。

问：那么沃尔科特呢？

答：他居然能把一个加勒比海地区的出租车司机与他的朋友为一个女孩争风吃醋的事，写成了生活史诗，充满戏剧性的冲突。沃尔科特所有的诗，就是一个主题，把加勒比海当作爱琴海来写，历史的激情和特洛伊战争有了现代版的呈现，希腊式的内心冲突和悲剧，有了转世的感觉。海伦也复活了，那就是《奥梅洛斯》中的那位漂亮女仆。这太有戏剧性了。再说，他本身就是戏剧家。

问：史蒂文斯呢？

答：史蒂文斯说自己"依然幽居象牙塔中，但又坚持如果不是因为从塔顶可以俯瞰公共垃圾堆和广告牌，那么塔里的生活实在难以忍受……是一个隐士，独与日月相栖，却又坚持要看破报纸”。他的诗歌，表面看起来很纯粹，很形而上，却绝对是内心戏剧性张力的外化。他的《十点钟的觉醒》写得像一个梦幻剧的布景说明，《冰激凌皇帝》有点像异国情景剧的一个夸张的台词。史蒂文斯生活的戏剧性还在于，他是美国一家保险公司的副总裁，估计谁也想不到作为职业经理人的史蒂文斯，是诗人中的诗人，一个伟大的艺术至上主义者。

问：那么艾略特呢？

答：在寻找精神荒原的历程中，充满了戏剧性的发现。

问：阿什贝利的诗歌呢？

答：现代废墟中的细节。

问：庞德的戏剧性在哪里？

答：他的《比萨诗章》是最高意义上的戏剧，一出由末世景象和时间组成的戏剧。悲剧中有喜剧，喜剧催生悲剧。对话、情节、景象与细节，无意义的意义，以及独白和旁白的混杂、穿插，东西方时空交织。庞德认为“意象”就是一个放射的光点或簇，一个不得不称之为“漩涡”的东西。也就是说，他认为意象也有戏剧性的变幻。他追求意义的疑决性和多层面性，利用语句中的空间切断和语法切断引发出并时性，还有蒙太奇和突显视觉性，等等。他的一生就是个悲喜剧。当我看到他晚年孤独而好奇的照片，内心充满了无比的温情和太多的叹息。

问：帕斯呢？

答：墨西哥的面具、仙人掌和骄阳，与印度的泰姬陵、恒河，以及西班牙孤独的迷宫，在狂暴的季节里历史性地相遇了。一只直视太阳的戏剧性的鹰，两个唯一者的身躯造就的生命闪电。我最感奇怪的是，在叙述伟大文明的《太阳石》中，有那么多的花瓣般的现代女性名字，居然如此突兀而神奇地插入 1937 年在马德里的安赫尔广场上发生的惊心动魄的场面：一对情侣在轰炸时做爱。这个永恒的瞬间得以完成，帕斯的戏剧性无处不在。

问：还有勃莱呢？

答：一次清晨室内环境与内心的戏剧性变化，一个下午的外部景物置换和光线的戏剧性明暗，都可以催生他的诗歌杰作。

三

S说了一件很有意思的事。

去年他参加由北岛主持，香港中文大学主办的国际诗歌节，碰到了美国著名诗人加里·斯奈德。他问斯奈德，人们常常将你列入美国"垮掉派"的代表人物，你与金斯伯格有什么不同？斯奈德的回答机智而犀利。他说："也许在世人看来，我跟金斯伯格都具有爆炸性的力量，但是我们之间很不相同。金斯伯格把'炸弹'扔出去后，让现代文明与语言炸弹同归于尽。而我把'炸弹'扔出去，爆炸同样发生，但'炸弹'本身却依然存在。"

在船头，斯奈德这位清晰的沉思的诗歌大师，目光深邃，单腿跪立，口中哼着一首无词的歌，尽管八十岁了，仍然是一副"老水手"的派头，众人极为感动。

这使我沉思不已。我要验证自己心目中的斯奈德与S叙述的斯奈德，是否真正吻合。

在《四个变化》中，斯奈德说过："荒野是完整意识的国度"。就其本质而言，斯奈德的意识、心灵、想象力和语言，是狂野的、荒凉的。这种"狂野"复杂多变而十分古老，充满了甘洌空气中星空般的启示。他心中的"荒野"，确凿地存在于西海岸的北加利福尼亚、奥林根和华盛顿州一带，飘散出一阵印第安人的气息，有着熊、鹿、胡狼出没的踪迹。

他的诗歌有着很深的禅意，但这种禅意却是历经了现代文明由盛转衰之后的禅意，也是目击自然和工业文明间复仇之快意的禅意，于是一种坚实而清新的自然观在这个禅意中诞生了。其实，他与金斯伯格是殊途同归的。金斯伯格更多的是对现代文明的判决和摧毁，而斯奈德则竭力保护包括印第安土著文明在内的古老文化和自然生态免受所谓"现代精神"的侵蚀。荒野就是阵地。斯奈德旷日持久的写作就是一种绝世战争。有一次，他发现他能从一个有黄蜂巢的果树上摘苹果而不被叮蛰，连忙解释说："我的身上仍带有山的气息。也就是说具有山的气息与荒野气息本身就是一种保护。"

斯奈德与“垮掉派”直接的血缘关系在于，他在诗歌中表现嬉皮士那种放浪形骸、玩世不恭，也会求助于直觉、梦境、宗教、神话甚至麻醉品。但金斯伯格对社会的关注集中体现在国家政治生活上，而斯奈德则把他的政治身份定位为“荒野代言人”，揭示了现代文明和所谓的“城市”的本质。与金斯伯格声嘶力竭的“嚎叫”完全不同，斯奈德的诗歌更接近于事物的本色以对抗我们时代的失衡、紊乱与愚昧无知。

从诗歌本身来说，金斯伯格是美国诗歌传统真正的继承者，惠特曼革命性诗学的当代化身，而身为佛教徒，斯奈德的意识是神秘的和前科学的，正是这种神秘意识和对现代文明的身心拒斥，使他更为警醒和柔韧。

于是，一种内在而绵延的“爆炸”就这样发生了——

到正午时我们清扫
完了最后一段路，
在高耸的山岭边
在溪流上面两千英尺
到达山隘，越过
白色松林，花岗岩肩头，
继续前行到一片
雪水浇灌的绿色小牧场，
边沿长满白杨——高高的
太阳强烈地直射下来
然而空气却凉爽。
在颤抖的影子中吃一条
冷冷的煎鳟鱼。我窥视
一道闪亮，发现一块
黑色火山玻璃石——黑曜岩——
在一朵花旁边。手与膝
推动着丝兰，千万个
箭头的残余

在一百码外。没有一个
好箭头，仅仅是在一座除了夏天
就总是下雪的山冈上的剃刀片，
夏天的肥胖的鹿子之地，
它们前来扎营。在它们
自己的足迹上，我跟随我自己的
足迹来到这里。拾起冷冷的钻头，
鹤嘴锄，短柄锤，和炸药袋。
一万年。

——斯奈德：《佩特谷上》，董继平译

我们三人无休止地谈着我们共同喜爱的诗人，如惠特曼、庞德、帕斯、聂鲁达、博尔赫斯、弗罗斯特、威廉斯、史蒂文斯，以及美洲之外的诗人如里尔克、曼德尔斯塔姆、策兰、埃利蒂斯、米肖、勒内夏尔、阿莱桑德雷等。

对于埃利蒂斯的诗歌，我们一致的意见是好得“没话可说”。我觉得，他的那种气势和张力，那种来自太阳和文明源头的酣畅淋漓，那种源自残酷现实而超越时空的毁灭和复活，在我们一生的阅读经验中都是绕梁三匝的，又极具诗艺的典范意味。事实上，埃利蒂斯是一个当代诗歌废墟的光明使者。

Y 尤为感慨的是他第一次读埃利蒂斯的瞬间经验——

“这位爱琴海的歌手，运送我们的目光从古希腊一下穿越千年，来到现代的希腊。他的最重要的作品是《创世颂》（又名《理所当然》），是那样的纯粹而又清澈；他的短诗《畅饮科林斯的太阳》、《疯狂的石榴树》和《夏天的躯体》曾经使我疯狂；他的光明与阴影对称的理论使我沉思不已；他用超现实主义的手法连接古希腊文明的宏大建构和出神入化的语言技术，始终成为面前的、总想到中国古文字堆捣乱一番的一个参照。但是，我一直念念不忘的，是那首《英雄挽歌》，实际上它的副标题更能打动我——“献给在阿尔巴尼亚战役中牺牲的陆军少尉”。我说不上为什么喜欢这个副标题，也许是它为《英雄挽歌》作了一个具体的注解，也许是联想到了古希腊悲剧，也许是阿尔巴尼亚战役这个陌生的字眼，也许就是牺牲的陆军少尉。

“《英雄挽歌》打开了我的视野，它的那种清新和清晰的表达，那种不可阻挡、一往直前的饱含深情的抒情，使我重新看到抒情的巨大价值。

“我一定是被它的开头吸引了。伟大诗歌的开头，总是那么惊人，会从一个令人意想不到的地方入手。在这首《英雄挽歌》里，开头是这样的：‘在太阳最早居留的地方/在时间像个处女的眼睛那样张开的地方’。在战争开始的地方，居然是如此之美，这实在令人惆怅，我的潜意识里一下就冒出了这样的念头，为什么一定要有战争？而‘太阳最早居留’一句，使我一下想到了东方，想到了海边。这的确是个史诗般的句子。而‘时间像个处女的眼睛那样张开’的比喻，几乎是史无前例的，将时间变成了一个少女，一个只沉浸在自己的生活中的少女。所以在第二段里的一句诗就显得尤为重要：‘那里从来没有人扛过枪’。与此对应的，依然是战争前的美好：‘整个世界，像一颗露珠/在清晨，在山脚下闪烁’。有压迫就有反抗，虽然‘岛屿像一些头发冰凉的僧侣/在无声地切着荒野的面包’，但是‘山岳像匹马把鬃毛竖起来’。

“我注意到，这首诗几乎没有对英雄如何成为英雄的描绘，所谓的英雄，实际上只是反抗者，我以为这个定义很好，是对英雄的正解。所以这首诗重点是写了英雄的牺牲。而对牺牲者的描绘，它是从另一面来写的，也就是反抗，以及为什么反抗：

当一片母狼似的乌云，嗥叫着
从天空的林薮中闯出
给平原的饿皮肤上撒播一场抽搐的暴雨
然后大雪纷飞，无情的大雪纷飞着
然后它嗡嗡地奔入饥饿的山谷
然后迫使人们回答：
火或者刀斧！

“而更令人心痛的部分出现在第五章，那种沉痛，使人心碎；那种史诗般的叙事和抒情，有机地交织在一起。他从'太阳啊，你不是无所不能吗/鸟啊，你不是欢乐不息的时辰吗'开始问起，然后写道：

哎呀，山鹰问，那个年轻人哪里去了？
于是所有的小鹰都惊讶那个年轻人哪里去了
哎呀，母亲悲叹着问，我的儿子哪里去了？
于是所有的母亲都惊讶她们的孩子哪里去了
哎呀，朋友问，我的兄弟哪里去了？
于是所有的朋友都惊讶他们中的最小者哪里去了
他们摸摸雪，雪热得发烫
他们摸摸一只手，手却冻起来
他们咬一口面包，面包滴血
他们深深地凝望天空，天空变得苍白
为什么为什么为什么啊，死亡不给人温暖
为什么有这样可怕的面包
为什么是这样的天空，那里本来有太阳高照

"在一首悲壮的诗歌中，居然能用这种民谣般的小调来写，确实大胆。它就像这首诗的一个另类，实际上也是埃利蒂斯诗歌体系中的一个另类。考虑到这首诗是在艾略特多姿多彩、写法多样的《荒原》之后，所以这样写似乎也不稀奇。第六章则是回忆，这是不可多得的，它和随后也用了不少篇幅写到的母亲的无奈和哀伤一样，显得无比沉痛：

他是个漂亮的小伙子
他诞生那天色雷斯群山便弯下腰来
显示大地肩头那欣悦的麦穗
…………
他是个小伙子
身体很强壮
晚上躺在橘林姑娘们的怀中

他会把星星们宽大的长袍弄脏

“‘他会把星星们宽大的长袍弄脏’，这种写法过于杰出。我们无法不被触动。此后，一直到第十四章，也就是最后一章，诗歌一步步升华，显示了强大的思辩力和想象力。那么多的疑问，那么多的质问，那么多的祝愿，在诗中一一展现。出彩的句子层出不穷，诗人的情感一直不停息，包括母亲、命运、希腊的命运、祖国、自由和牺牲者本来应过的生活等。他甚至想象这位英雄或小伙子在天国的情景，希望他能安安静静，就像战前的平静生活一样。看着，湛蓝的海水，漫步在碧绿的树叶下。最后的几句，其实一直在重复，就像教堂里神圣的钟声，不停低声回旋的钟声：

水晶般的钟声在远处震荡，低回
明天明天，明天是上帝复活节！

“总之，从结构上说，脉络十分清晰。从战争的开始，到征战，到死亡，到回忆，到怀念，到思考，到祝愿。从语言上说，超现实主义的特征十分明显，有令人新奇的组合，有精彩的自由联想，同时饱含深情。给超现实主义注入强大的抒情功能或激情因素，是这首诗的一大贡献。另一个贡献是，把这首诗写成了超现实主义笔法的成功的史诗，这似乎也是首次。当然，要我说，它的最大的特点应是，把超现实主义从晦涩中解放了出来，变成了人人能读懂的清晰的超现实主义。”

对于Y鞭辟入里的分析，他的“新批评”式解读，我和S连忙点头称是。

2010年10月31日，杭州

图书在版编目(CIP)数据

那种黑，是光芒本身/王自亮著. 上海：东方出版中心，2013.2

ISBN 978-7-5473-0561-4

Ⅰ. ①那… Ⅱ. ①王… Ⅲ. 散文集-中国-当代
Ⅳ. ①I267

中国版本图书馆 CIP 数据核字(2013)第 004066 号

那种黑，是光芒本身

出版发行：东方出版中心
地　　址：上海市仙霞路 345 号
电　　话：62417400
邮政编码：200336
经　　销：全国新华书店
印　　刷：昆山亭林印刷有限责任公司
开　　本：890×1240 毫米　1/32
字　　数：254 千字
印　　张：9
版　　次：2013 年 2 月第 1 版第 1 次印刷
ISBN 978-7-5473-0561-4
定　　价：28.00 元

东方出版中心邮购部　电话：52069798